suhrkamp taschenbuch 436

Hermann Lenz, am 26. 2. 1913 in Stuttgart geboren, studierte Germanistik, Kunstgeschichte und Philosophie in München und Heidelberg. Seit 1976 lebt er in München. Er debütierte 1936 mit Gedichten und schrieb sodann Erzählungen *Das stille Haus,* 1947, *Das doppelte Gesicht,* 1949, denen 1959 sein erster Roman *Der russische Regenbogen* und weitere Romane und Erzählungen folgten.

Das Werk von Hermann Lenz wurde 1978 mit dem Büchner-Preis ausgezeichnet. 1975 nannte Peter Handke die damalige Trilogie der autobiographischen Romane *Verlassene Zimmer* (1966), *Andere Tage* (1968) und *Neue Zeit* (1975) einen »poetischen Geschichtsunterricht«.

Im ersten Buch sind es die Großeltern mütterlicherseits, die Eltern, die mittelständischen Kleinstädter und der noch kindliche Autor, die Vorkriegsjahre, Ersten Weltkrieg und Anfang der Weimarer Republik bestehen. Der Gesichtskreis ist beschränkt, die Wertvorstellungen sind bürgerlich, die Gesinnung bleibt vaterländisch. Doch das Bewußtsein, in einer Endzeit zu leben, führt den Großvater Julius Krumm, ehemaligen Büchsenmacher und nunmehrigen Wirt, der sich in Bart und Hut seinem württembergischen König angleicht, dazu, über die eigene Existenz zu reflektieren. Abhold der Lebenslüge begnügt er sich mit dem, was er ist, doch wünscht er den ihm versagten Glanz der Auszeichnungen, den Bildung, Stand und Lebensart geben, seiner pianistisch begabten Tochter.

Verlassene Zimmer ist ein Roman von – in der deutschen Gegenwartsliteratur – beispielloser Anschaulichkeit und Bildkräftigkeit der Schilderung. Die Lenzsche Technik der innerhalb der Sätze mehrfach wechselnden Erzählperspektiven, für die es in Werken von Carlos Fuentes und Mario Vargas Llosa Entsprechungen gibt, ist hier von inhaltlich und formal absoluter Konsequenz. *Verlassene Zimmer* ist das Beispiel eines deutschen »Magischen Realismus«.

Hermann Lenz
Verlassene Zimmer

Roman

Suhrkamp

suhrkamp taschenbuch 436
Erste Auflage 1978

Suhrkamp Taschenbuch Verlag
Satz: IBV Lichtsatz KG, Berlin
Druck: Nomos Verlagsgesellschaft, Baden-Baden
Printed in Germany
Umschlag nach Entwürfen von
Willy Fleckhaus und Rolf Staudt

4 5 6 7 8 – 88 87

ERSTER TEIL

SEINE FRAU ZOG EINEN FRISCHEN STRUMPF IN DIE GASlampe überm ovalen Tisch ein, wo ab und an der Dichter saß, der Bauer in Warmbronn war. Er erinnerte sich seiner als eines kleinen Mannes mit weißem Haar, das in den Nakken hing, und an sein faltiges und geschärftes Gesicht. Er sah es vor sich, während er in der Wirtsstube wartete, bis seine Frau vom Stuhl herunterstieg.

Die Lampe hing an einer Kette aus Gußbronze und unterschied sich kaum von einer Petroleumlampe, obwohl Gas praktischer als Öl war; es ersparte seiner Frau das umständliche Lampenputzen.

Luise zog an der Kette mit dem herausgestanzten A in einem Ring (die andere hatte ein Z) und hielt ein Streichholzflämmchen über den Zylinder; sie ließ das ausströmende Gas ›plob‹ machen, was sich anhörte, als ob sie einen Korken aus einer Flasche zöge. Und jetzt strahlte das Licht, beschien Luise, die vor der Lampe mit dem Glasschirm wie ein Schattenriß erschien, vom Stuhl herunterstieg und an der Schürze die Hände abwischte. Julius fragte, wo Irene sei und hörte: »Die ist bei Obermeyers.« Sie bürstete seinen Rockkragen, obwohl's unnötig war, weil er, Julius Krumm, sich jeden Samstag den Kopf wusch und weil heut Montag, der neunzehnte März war. Die Uhr in der Ecke stand auf viertel acht, und wie an jedem Montag hatte sich auch heut noch niemand in der Wirtschaft eingefunden.

»So, jetzt bist sauber«, sagte sie, und Julius sagte, er sei immer sauber. Er schlüpfte in seinen schwarzen Überzieher, den mit dem Samtkragen, setzte den Hut auf und griff den Stock mit der Silberkrücke, sein bestes Stück vom Hoflieferanten Gustav Louis Menner in der Kolonnade des Königsbaus. Er wußte, daß sein Hut für ihn und seine kleine Gestalt zu breitkrempig war; aber weil der König die gleichen Hüte trug und weil er, Julius Krumm, ein königlicher Büchsenmacher außer Dienst und Wirt zum Goldenen Hasen, fast dasselbe war wie jener König, hatte er das Recht dazu. Er schmunzelte; er sagte: »Also adieu« und ging. Auf der

Treppe traf er Schreiner Müller, der oben im Haus wohnte, und sagte zu ihm, er gehe heute abend in die Liederhalle zum Geiger Sarasate: »Der wird etwas Neues spielen, das nicht wie immer ist!«

Dies geschah in einem Weingärtnerdorfe gegen Ende des vergangenen Jahrhunderts und war nicht mehr als ein Bewegen und Verschieben weniger Minuten, in das die Weite hereinreicht, die unermeßlich bleibt.

Eine klare, von Windstößen durchflogene Nacht. Er blieb auf der Straße stehen und sah zum Schulhaus auf, vor dem eine Gaslampe ihre gelbe Lichtinsel verbreitete. Seine Tochter, die vierzehnjährige Irene, kam aus dem Haus und ging aufrecht, so wie er immer aufrecht ging, denn sich dukken nützte nichts. In ihrem grauen Kleide sah sie abwesend und ernst aus; eine mit glattem Haar, die Klaviernoten unter dem Arm hatte. Und während sie über die steinernen Stufen herunterkam, glaubte er in Gedanken ihr Spielen zu hören, zu Hause in der engen Wohnung auf dem Tafelklavier, das er bald zum Trödler geben würde, denn er wollte ihr ein neues kaufen. – »War er zufrieden, der Herr Obermeyer? Jetzt geh nur zur Mama hinein«, sagte er und gab ihr eine Silbermünze, weil er sich für heut abend in Weises Hofbuchhandlung auf der Königstraße ein Billett um drei Mark gekauft hatte und am Heidehof eine Droschke nehmen wollte, in der es nach Lavendelparfüm roch, wie es Emilie, die Tochter seines Cousins Feuerlein in Ludwigsburg, immer in den Kleidern hatte.

Im Weitergehen dachte er an Emilie Feuerlein, die im Prinzenbau beim Freifräulein von Ulmenstein wohnte, und von der es hieß, die werde einmal ihr Glück machen; sie komme noch zum Hof und von dort nach Rußland, Sankt Petersburg, obwohl dies auch keine bequeme Zukunft war; aber es kam nur darauf an, was sie draus machte ... Und, von der Nacht erfrischt, sah er über Bäumesilhouetten in Gedanken zu seinem Cousin, der Sekretär der Kreisregierung war, nach Ludwigsburg hinein, erreichte Baden-Baden und fand sich wieder in Amerika; aber diese Zeit hast du hinter dir; du bist froh, daß du von dort weggegangen bist... dachte er und ging, wie schon oft, zu seiner Werkstätte in Philadelphia hinunter, wo er als Feinmechaniker die Arbeit machte, dieses Feilen, dieses Glätten, dieses Ineinanderpassen von Maschinenteilen, das millimetergenau stimmen mußte, damit das Instrument für die Washingtoner Sternwarte fehlerlos und präzise fertiggestellt wurde, eben so, wie er es im Kopf hatte. Und dir ist es gelungen, und du kannst stolz darauf sein... Aber warmgeworden bist du drüben nicht; es hat dich einfach nicht gefreut. Gablenberg, Heslach, Stuttgart und den Hasenberg, die hast du wiedersehen wollen.

Er knöpfte seinen Überzieher auf, denn es wurde ihm warm. Er tastete nach seiner Uhr, zog sie heraus, betrachtete unter einer Gaslaterne diese Flache, Goldene, strich mit dem Daumen übers Glas und schob sie wieder in die Weste; es kam ihm vor, als ob er eine solche drüben in Amerika nie hätte kaufen können, weil dort das Feine gefehlt habe, das Durchscheinende... Aber was er sich unter Durchscheinendem vorstellte, hätte er nicht sagen können, doch fragte ihn auch jetzt niemand danach. Und er sah die Alleen in Ludwigsburg an einem Sommernachmittag, sah die bläuliche Schieferkuppel des Schlößchens Monrepos vor dem ovalen See, sah die Kanzlei seines Cousins Feuerlein in einem Seitenflügel des weitläufigen Schlosses, und wie der im hochlehnigen, ledergepolsterten Sessel saß, ein Mann mit grauem Schnurr- und Spitzbart, wobei der Spitzbart in der Art des Königs gerade gestutzt war. Und er erinnerte sich an ein Bild des österreichischen Kaisers mit dem Backenbart. Also war die königliche Barttracht der des Kaisers von Österreich-Ungarn ähnlich. Und weil hier viele Ländereien und Gebiete den Habsburgern gehört hatten, weil der König mit den Russen verwandt war und die Römer hier gewesen waren, freilich vor längerer Zeit und so, daß sie niemand mehr sehen konnte, deshalb gehörte er hierher und war auch in Amerika nicht warm geworden... Doch wie's zusammenstimmte, das wußte er freilich nicht genau und brauchte es auch nicht zu wissen. Aber er wußte, daß die Stadtfarben Schwarz und Gelb waren wie die Staatsfarben der kaiserlichen und königlichen Monarchie, dieses Habsburgerlandes, das er nicht vergessen konnte, seitdem er auf dem Schützenfest in Wien gewesen war. Die Umgebung von Wien glich den Hügeln hier herum, und auch der Geiger Sarasate war zuvor in Wien gewesen.

Wie ihm alles zusammenfloß in dieser Nacht; es wurde hergeschwemmt, und er konnte sich nicht dagegen wehren. Der Zug flog an einer Station vorbei, und auf dem Schild stand ›Cincinnati‹; der Urwald rückte an die Fenster, und er sah den Mississippi, als ob ein Arm des Meeres durch die Bäume stieße. Der Mississippi war auf einmal nahe da. Er ging der Heidehofstraße entgegen und dachte, das sei ein sonderbarer Name. Vielleicht war hier mal ein heidnischer Hof gestanden, ein Gutshof wie draußen in Heimerdingen, wo sie jetzt wieder gegraben hatten; nicht weit vom Römerstein ist es gewesen, und du hast's aus der ›Schwäbischen Kronik‹, denn dumm bist du nicht. Oder hast du's von dem Dichter, der in Warmbronn Bauer ist und der es dir am runden Tisch unter der Gaslampe erzählt hat? Und wie der schmunzelt, und wie ihm verästelte Falten auf den Backen zucken, wie sie auseinanderfahren, wenn er lacht...

Er winkte einem Kutscher und ließ sich fahren. Er saß im Kutscheninneren und lehnte sich zurück. Wie ausgeschlüpft aus deiner Haut fühlst du dich jetzt, während die Scheiben zittern. Du bist nicht anders als die andern, du bist ein Feinmechaniker, der Wirt geworden ist... Aber du weißt, daß du in einer Kutsche sitzt und zu einem Geiger fährst, der Spanier ist und Sarasate y Navascuez heißt; das ist viel. Der Doktor Rosenberg hat's dir gesagt.

Er sah den Doktor in der Liederhalle, und wieder ging der Arzt, ein Hagerer, kaum merklich vorgeneigt und die Augen hinter der ovalen Goldbrille verborgen, an den Pfeilern unter der Galerie vorbei. Was der alles wußte, das hätte Julius auch gern gewußt. Was einer gelernt hatte, das konnte ihm keiner nehmen. Geh zu ihm, sprich mit ihm, laß die Gelegenheit nicht aus, mit einem, der mehr weiß und mehr gesehen hat als du, in ein Gespräch zu kommen... dachte er, ging aber doch nicht zu dem Arzt hinüber, weil er zu sich selber sagte: was willst du jetzt schon mit dem reden.

Der kleine und beleibte Krumm mit der Stupsnase, dem Schnauzbart und der angegrauten Bartmücke unter der Oberlippe, ging allein in die leere Stuhlreihe hinein und setzte sich auf seinen Platz. Er las im Programmzettel, daß der Geiger von einer Dame namens Berthe Marx-Goldschmidt am Flügel begleitet werde, und betrachtete die Bühne mit den abgewetzten Dielenbrettern, eine seltsam trostlose Szenerie. Aber die Pfeiler standen da, und hinter ihnen streckten sich die verblichenen Wände. Die Decke war bemalt, als wäre sie ein Mosaikfußboden; hinter der Bühne zogen sich die Galerien weiter, Säulen standen über Balustraden, Rundbögen tragend, und von oben hingen Kronleuchter herab, alle mit Birnen dicht besetzt. Und Julius bewunderte das elektrische Licht, das seinen ungerührten Glanz ausstrahlte, freilich weniger vertraut als Gaslampenbeleuchtung und vom Petroleumschein weit entfernt; an die Kerzenlichter seiner Jugendtage aber wollte er nicht denken.

Sonst merkst du, daß inzwischen alles kahl und nackt geworden und bis in den letzten Winkel ausgeleuchtet ist... sagte er zu sich selber und hörte das sich drehende und mahlende, das raschelnde und wispernde Geräusch des Redens vieler zuströmender Menschen wie Transformatorensummen. Jetzt machte sich das Maschinelle in den Menschen breit, und ihm erschien es nicht als etwas Schlechtes; eher kam's ihm kurios und komisch vor; es war zum Schmunzeln; und er war froh, allein auf seinem Stuhl zu sitzen und zu schweigen.

Der Geiger kam, ein Mann mit kurzgeschnittenem und

dichtem Bart, schon angegraut. Da stand er, alle schauten nur auf ihn. Der Wasserfall des Beifalls rauschte. Das Schwarze in seinem Gesicht und daß er bleich war, dies beherrschte die Zuhörer. Der hätte aus einer rissigen Leinwand treten können, einem Bild drüben in der königlichen Galerie, vor der ein Mann auf einem schwarzen Bronzepferd saß und die Hand in die Hüfte stützte, eine Herrschergeste. Der Geiger aber hob den Bogen und spielte, daß es glühte. Das Glühen in den Tönen hörte sich zu stark an; vielleicht hieß man so etwas impulsiv, und es stand morgen in der Zeitung. Einer ließ gewichste Bartspitzen zittern, eine Frau hob die Schultern und atmete auf; so sah er's, spürte in den Sitzreihen Bewegungen anderer Leiber und merkte, daß er eingespannt war. Du gehörst zum schwarzen Menschentier, das der dort draußen streichelt... Er dachte an ›Rixraths-Fischbein-Corsets‹, die immer wieder in der Zeitung angepriesen wurden, und glaubte in den Pausen vor dem Beifall ein solches Konzert durchs Kleid einer Frau neben sich knistern und knacken zu hören. Aber das darf dir nicht auffallen, immerhin ist's eine Weihestunde und ein großer Abend; wenn du an Korsettstäbe denkst, während der draußen seine Töne duften läßt, wirst du zu einem, der hinter der Wand steht und nicht mehr dabeisein will. Immerhin, net schlecht... Übrigens hältst du dich auch sonst hinter der Wand, obwohl's kein angenehmer Platz ist.

Er sah die Dame an, die Berthe Marx-Goldschmidt hieß und den Geiger am Flügel begleitete. Die hielt sich ebenfalls hinter der Wand. Sie war eine Kleine mit strenger Frisur und dunkelhaarig; manchmal lächelte sie. Die dachte unterm Spielen etwas Spöttisches; die merkte, daß der Geiger sich hineinkniete in seine Kunst und etwas herausholte, das die Fischbeinkorsetts knacken machte, also vielleicht etwas Seelisches. So das gewisse Gaunerhafte, das Schmusen mit den Tönen, dieses Schmeicheln, das brillantinegewichst glänzte wie sein Bart und letzthin schmierig war [gestehe es dir ein], dieses gehörte zu jedem Solisten. Ohne das Falsche und Verlogene, ohne Gefallsucht kommt kein Virtuose aus. Oder bist du vielleicht sauber durch deine Jahre gekommen, sozusagen fleckenlos? Na also... Niemand gelang's, und der dort draußen konnte trotzdem viel. So wollte man's halt heute haben. Die am Klavier hatte nichts davon, sie konnte darauf verzichten, aber deshalb saß sie auch mit ihrem Spiel hinter der Mauer. Der Geiger warf den dicken Schatten seines Ruhmes und seiner Gefallsucht hin und deckte Fräulein Berthe Marx-Goldschmidt damit zu... Es nützte nichts, wenn der Berühmte auf sie zeigte, sie an die Rampe führte als ein großmütiger Mann, der im Handgelenk so etwas wie Grandezza hatte. Er gab drei Stücke drein, und zwei davon hatte er selbst gemacht; es war der sogenannte Clou des Abends.

Einer, der Furore machte. Wie wenn du auf einem Schützenfest dreimal ins Schwarze triffst... Die Geige war für diesen Pablo Sarasate y Navascuez dasselbe was für ihn die Scheibenbüchse, die er sich vom Abzugshahn bis zum Korn selbst gedrechselt, gedreht, gezogen und geglättet hatte; eine verläßliche und unblutige Büchse. Auch die Patronen hast du selbst gemacht; du kannst dein Handwerk.

Ein Handwerker also, der einen ruhmumflorten Geiger als Kollegen ansah. Und erfreulich zu sehen, wie einer sein Handwerk konnte. Du brauchst keinen Schmonzes zu machen vor den Leuten, weil du Wirt in Gablenberg bei Stuttgart bist. Du, ein gelernter Feinmechaniker... Und er sah seine rechte Hand an, eine ohne Zeigefinger, denn diesen hatten ihm die Ärzte abgeschnitten. Wieder lag er im Krankenzimmer, den Arm überm Bett in die Höhe gestreckt und die Hand mit einer Schnur hochgebunden, die von der Decke hing. Du siehst es, als kämst du von draußen herein, und vor dir läge dieser Julius Krumm, den eine Blutvergiftung hingestreckt hat... Und er dachte: ›Hingestreckt auf der Walstatt der Arbeit‹, so würde es im ›Vorwärts‹ stehen, aber du magst den ›Vorwärts‹ nicht. Warum eigentlich?

Schließlich bist auch du ein Arbeiter; aber der Dunst, der aus einer Arbeiterzeitung herausriecht, der ist halt nicht der deine. Du weißt's nicht so genau, wie die es wissen, die schreiben, daß sich jeder Fabrikant mit dem Schweiß seiner Arbeiter mäste... Und wieder sah er beim Nachhausegehen durch die nächtliche Stadt das hohe und enge Krankenzimmer, wo über einem Bett am Fenster ein Arm in die Höhe ragte, während daneben eine Frau saß, eine im dunklen Kleid und gegens Fenster. Die Frau war seine Frau, Luise Krumm geborene Laub, eine, die damals froh gewesen war, einen Militärbeamten aus der Rotebühlkaserne geehelicht zu haben, einen Büchsenmacher. Das war eine solide Sache, dieser Büchsenmacher, und für ihre alten Tage wär gesorgt gewesen, wenn... Wenn sich der Büchsenmacher nicht eine rostige Feile in die Hand gestoßen hätte.

Gut, daß du deinen Abschied nehmen mußtest... Und er erinnerte sich der militärischen Feiertage, dieser Festlichkeiten und Paraden an Kaisers und Königs Geburtstag. Nicht so das Richtige für einen, der gerne Privatmann war und im bürgerlichen Anzug in die Kaserne ging; nur an den Geburtstagen der Herrscher mußte er sich in Uniform zeigen. Luise hatte ihm den blauen Rock in die Kaserne bringen müssen; er hatte sich umgezogen und später das Kostüm in die Schachtel zurückgelegt, die Luise wieder mitgenommen hatte. Seine Tochter aber war damals zwei Jahre alt gewesen. Heut konnte sie schon so gut Klavier spielen, daß der Lehrer Obermeyer sagte: »Bald werd ich ihr nichts Neues mehr beibringen können.«

Die war also begabt. Nach der Mittelschule schickte er sie aufs Konservatorium; dort kam sie vorwärts; die Lehrer machten ihr Hoffnungen; wenn die ihr zu Kopf stiegen, sorgte er dafür, daß sie ihr wieder aus dem Kopf verflogen. Freilich, es wär interessant gewesen, wenn er eine Tochter gehabt hätte, die... Und er stellte sich vor, wie er, der Kleine und Beleibte, mit ihr durch den Künstlereingang in die Liederhalle hineinging, und wie Irenes langes Seidenkleid unterm Pelzcape hervorglänzte, wie es sich bewegte, und wie sie den Saum auf der Treppe hochhielt, übrigens ein Saum mit Goldbordüre. Irene bat den Saaldiener, ihr eine Flasche Mineralwasser heraufzubringen, und trank im nackten Künstlerzimmer schnell zwei Gläser leer. Draußen rumorten schon die Leute; wenn er hinausschaute, war der Podiumboden eine Fläche Licht, und darin stand der Flügel wie ein Block nassen Asphalts. Er sah, wie Irene alt wurde, älter als er jetzt schon war. Sie kam aufs Podium, verneigte sich, schaute zur Galerie und zu den Kronleuchtern hinauf. Dann setzte sie sich, spielte. Es klang streng und es klang stark; wenig Pedal war immer besser. Beim Lehrer Obermeyer lernte sie ›Frühlingsrauschen‹ von Sinding, ein Musikstück, in dem feuchte Luft zwischen den Tönen floß, denn so hatte man's heute gern. Und Julius dachte, eine wie Berthe Marx-Goldschmidt würde auch über das ›Frühlingsrauschen‹ auf jene Weise lächeln, wie sie bei ihrer Verbeugung an der Hand des Geigers Sarasate vor zehn Minuten noch gelächelt hatte.

Am nächsten Tag kam dann der Dichter in die Wirtschaft zum Goldenen Hasen, derselbe, der Christian Wagner hieß und Bauer in Warmbronn war, ein Mannlein mit weißem Haar und weißem Bart, der in zwei Büscheln um sein scharfzügiges Gesicht stand. Julius sah ihn im schwarzen Anzug als schmächtigen Mann, dem der Kragen zu weit geworden war, über die Treppe heraufkommen; er ging rasch und nahm die Stufen auf behende Weise, freilich nicht so eilig wie die Läufe des spanischen Geigers gestern abend aufgestiegen waren und oben geglänzt hatten. Seine Stirne, das Haar und der Bart waren hell, halt ein Kahlköpfiger. Wie bei dir, aber eine solche Stirne wirst du nie bekommen... Es drang auch Sonne durchs Oberlichtfenster über der Haustür herein.

Der Dichter gab ihm die Hand, die trocken und warm war; sie fühlte sich gebrechlich an. Er sagte: »Herr Krumm, zu Ihnen komm ich gern herauf.« Julius fiel nichts ein, was er hätte antworten können, und deshalb machte er nur eine kurze und halbe Verbeugung. Er ging mit ihm zum Eckplatz, wo sich der andere setzte, den Ellenbogen auf den Tisch stützte, die Hand an die Backe legte und seine runzlige Haut nach der Schläfe zog.

Julius brachte ihm einen hellen Wein. Sie tranken aus stumpigen Gläsern. Der Dichter zerbröselte einen Wecken, den er nur in kleinen Bissen essen konnte, weil er kaum noch Zähne hatte. Julius erzählte vom Geiger Sarasate; da horchte der andere auf. Die blauen Augen waren jetzt das Hellste in seinem Gesicht; er sagte: »Da hat der Sarasate also alles hergeholt aus Spanien und herauskrachen lassen aus seiner Geige. Wissen Sie, Herr Krumm, der hat's aus seiner Heimat, wo es einen Maler gibt, aber der ist freilich tot. Was ganz gleichgültig ist.« Seine Stimme klang wie eine Kreissäge, die Holz durchschnitten hat; er erzählte Julius von dem Maler, der als Grieche in Spanien gelebt hatte. – »Aber deshalb hat er, als ein Fremder, das gemalt, was im spanischen Licht ist und was bloß einer spürt, der nichts anderes tut, als hinabsteigen in den Keller seiner Phantasie, wo alles da ist, was zum Thymiangeruch und zum heißen Licht gehört.« Und Julius sah den Geiger wieder vor sich, einen Langen, dessen Finger sich gestreckt und dessen bleicher Schädel vom Kronleuchterglanz schräg hochgezogen und wie verzerrt worden war; oder es kam ihm jetzt in der Erinnerung so vor, als ob es gestern abend so gewesen wäre. – »Gelt, Herr Krumm, der hat sich so gebogen, der ist auseinandergezogen worden von seiner Musik?« sagte der Dichter, und Julius sagte: »Ja, es stimmt.«

Der war absonderlich; nein, er war ein Besonderer. Gut, daß du reden kannst mit einem, der weiß, wie ein spanischer Geiger spielt, auch wenn er nicht dabeigewesen ist. Für den spielte der Geiger Sarasate jetzt in der Wirtsstube des ›Goldenen Hasen‹ in Gablenberg, und diese Stube dehnte sich weiter als der Festsaal der Liederhalle aus. Er sagte auch, er sehe gern weit hinaus; früher, wenn er gepflügt habe

– »oben am Wald, vielleicht können Sie sich's denken« – sei er oft stehengeblieben, um zu sehen, wie draußen ein Fenster hinterm Dunst geblitzt habe; oder eine Glasscherbe in einem Misthaufen, aber die sei plötzlich scharf von Licht gewesen, und das sei ihm wie ein Wasserglanz der Luft erschienen.

Abends, beim Ins-Bett-Gehen, erzählte Julius seiner Frau vom Gespräch mit diesem Mann, und daß er gesagt habe, der Geiger Sarasate lasse alles aus seiner Geige herauskrachen. Luise horchte auf, nickte und bekam weite Augen. Solche hast du auch bekommen, als du's zum erstenmal gehört hast, dachte er, und Luise sagte: »So etwas fällt bloß dem Christian Wagner ein.« Dabei sah sie an den Plafond. Sie zog ihre Bluse und das Mieder aus und betrachtete, halb zur Seite gewendet, ihre linke Brust. Er fragte, was denn sei, und sie antwortete: »Ach, nichts«. Wenn sie »Ach, nichts« sagte, war etwas nicht in Ordnung, und deshalb fragte er nochmal. Da erzählte sie, der Triebel der Nudelschneidmaschine habe sie heute vormittag in die Brust geboxt, und seitdem tue ihr's dort weh. Julius betrachtete die Brust. Neben der Warze war ein roter Flecken. »Das mußt du dem Doktor Rosenberg zeigen«, sagte er. Sie lachte und sagte: »Ach, was!« Jetzt wußte er, daß es keinen Wert hatte, wenn er sie überreden wollte, und deshalb schwieg er. – »Mir wär's recht, wenn du morgen g'schwind im Laden wärst, halt für eine halbe Stund. Ich muß doch die Lampenzylinder putzen.« – »Ja, ist schon recht«, gab er zurück. Jetzt wußte sie, daß er nicht gern so früh im Laden stand, aber das machte nichts. Und am andern Tag kam es ihm vor, als ob sie länger als sonst unten bliebe, und er ging zu ihr hinunter.

Da rollte sie Nudelkuchen in Pergamentpapier, damit sie nicht zusammenklebten. Er half ihr dabei, und dann ging sie hinauf, der Lampenzylinder wegen. Ein Kind kam und verlangte zehn Eier zu je sieben Pfennigen, die er einpackte und dazu sein Sprüchlein sagte: »Ein Ei om sieba – Am Arm kratzt isch net grieba.« Das Mädchen wurde rot – es war eine gewisse Emilie Rühle – und schon tat es ihm wieder leid. Glücklicherweise hatte sie kein Ei um acht verlangt, denn dann hätte er sagen müssen: »Ein Ei om acht – Mach ins Bett daß kracht.« – »Horch net auf mei saudomms Geschwätz, Mädle«, sagte er und sah ihr nach, wie sie die Stufe zur Tür hinaufging, deren Fenster mit einem weißen Spitzenvorhang bespannt war. Die Sonne schlich herein und beschien die Regale, wo die Tüten voll extrafeiner Eierbandnudeln aufgeschichtet waren. Aber Luise hatte Schmerzen in der Brust, und die Unordnung im Laden tat ihm weh; schließlich war er auch schon dreiundfünfzig Jahre alt.

Seine Tochter Irene kam von der Schule heim; die hatte einen langen Zopf. Irene lachte und sagte das Sprüchlein auf, das er zuvor Emilie Rühle zugeflüstert hatte. Jetzt wußte er also, wie lang so etwas brauchte, bis es wieder zu ihm zurückkehrte. Auch ganz interessant. Irene stellte sich an den Ladentisch; er drückte den Stempel ›Leicht gefärbt‹ auf die Tüten für die extrafeinen Eierbandnudeln und wartete darauf, daß sie »Laß mich das machen«, sagte. Er schob ihr das gelblackierte Holzkästchen mit dem Stempel zu. Wieder fiel ihm seine Zeit in Amerika ein, er sah den eleganten Pfaender durch Philadelphia fahren, hörte seine Glocke läuten und wie er rief: »Kaufet auch Nüdelein!« Der hatte jetzt drüben eine Fabrik. Weiter gebracht als du hat er's auf jeden Fall, aber du beneidest ihn halt trotzdem nicht... Und er wunderte sich, weil er niemand beneidete, der mehr Glück als er hatte. Wahrscheinlich weil du denkst: mitnehmen kann der auch nichts, wenn er einmal fort muß.

Alltagsgedanken, Selbstgespräche, Empfindungen und Phantasien: die sind dir lieber als herumgehen, schaffen und schwatzen müssen... Den Mund aufmachen, das war meistens schlecht. Wozu auch, die ärgsten Dummheiten kamen alle durch Geschwätz zustande; den Leuten fiel sowieso wenig ein, außer es war einer wie der Christian Wagner. Aber der war ein Besonderer, und wenn alle so gewesen wären... Ja, auch schlecht. Und er überlegte, wie lange er wohl brauchen würde, bis er seine hunderttausend Mark beisammen hatte. Wenn es so weiterging wie jetzt, dann konnte es in vier oder fünf Jahren soweit sein. Dann ging er spazieren, sah den Wald, die Weinbergmauern, das Bachwasser und die Wolken an; mehr war nicht nötig. Denn dies war das Beneidenswerteste, das es überhaupt gab: herumgehen, etwas anschauen, sich klarwerden über ein Gefühl. Er stellte sich die Mühle seines Vaters in Grötzingen vor und wie dort der Bach auf dem großen Rad spritzte und stäubte; wie das Holz des Rades schwarz und glänzend war, wie die Mauer zwischen dem Fachwerk auf der Nordseite unter abgefallenem Verputz aus verwittertem, aus körnigem und grünlichem Stein und aus Backsteinen aufgeschichtet gewesen und wie das Wasser in der Holzrinne zwischen fettem Gras rasch und glatt gelaufen war; und wie die Wiesen dort ›mast‹ [so hieß man das] und vom Untergras dicht gewesen waren; denn für eine Wiese war das Untergras am wichtigsten. Und all dies wirst du erst dann richtig in dir selber spüren, wenn im Adreßbuch ›Privatier‹ hinter deinem Namen steht... Bloß war man halt mit hunderttausend Mark nur ein Knackwurst-Privatier. Dir aber langt's. Bist du soweit, dann braucht deine Luis – denn hier sagte man zu jeder, die Luise hieß, nur Luis – keine Angst mehr zu haben, daß ihr der Triebel der Nudelschneidmaschine in die Brust boxt. Und die Irene, die geht später aufs Konservatorium.

Irene stempelte immer noch die Nudeltüten; sie machte es genau. Die war ordentlich und strengte sich an. Und eigentlich ist es dir gar nicht recht, daß sie so pünktlich ist; wenn sie ein bißchen frecher wär: net schlecht... Aber zäh ist die und geht auch immer aufrecht; durchbeißen wird sie sich und sich nichts schenken. Du selber aber... Wenn du an dich denkst, bist du nicht so fürs viele Schaffen... Und ihm fiel ein, wie er zu Luise gesagt hatte: »Ich hab Weiberärm, die sind nicht zum Schaffen g'macht.«

Luise rief zum Essen, und er freute sich darauf. Über Mittag machte er das Nudelgeschäft zu.

Da war er nun also schon lange verheiratet und ging ins Dreiundfünfzigste. Wie lange eigentlich? Schauen wir doch nicht so genau hin und überlegen wir uns, wie's jetzt ist. Mit Schönheit kannst du den andern jedenfalls nicht dienen... Und er sah sich im Spiegel hinter der Glastür an, nahm einen Stock mit Silberkrücke aus dem gußeisernen Schirmhalter, dessen Standfläche, die einer Schale glich, aus massiven Weinblättern gemacht schien; Rippen und Blätterzacken waren im Eisen nachgebildet, und darüber umschlangen sich zwei Äste mit Rinde und Astlöchern wie im Wald. So hat man's heut, später wird's ein kostbares Stück sein, und Irene kann's teuer verkaufen, falls sie es zuvor nicht weggeworfen hat... Und Julius schmunzelte, sah seinen angegrauten Bartrest am Kinn an, diese ›Mücke‹, die er beim Rasieren immer stehen ließ, obwohl heutzutag niemand mehr eine solche Mücke trug. Damals, in Philadelphia, war es modern gewesen, und heute sah es komisch aus. Laß trotzdem diese Mücke stehen... Zwei seiner Brüder waren in Amerika geblieben und wahrscheinlich verkommen. Das sind Schambermänner gewesen, dachte er und überlegte, was dieses Wort bedeuten mochte, kam aber nicht dahinter. Er sah die Brüder vor sich, kleine Kerle alle beide, gnomische Burschen, gedrungen und mit krummen Beinen, zwei Krötenköpfe. Aber werde nicht hochmütig, etwas von denen ist doch auch in dir. Guck genau hin, auch du hast einen Bauch und dünne Beine und schaust dich aus den blauen Augen spöttisch an. Und was du zu dir selber sagst und wie du's siehst, das merken dann die andern und halten vor dir den Mund... Jedenfalls hatte der Mann, der in Warmbronn Gedichte schrieb und als Einschichtiger von verpachteten Äkkern lebte, mit ihm übers Geigespiel des Pablo Sarasate y Navascuez gesprochen; und er hatte verstanden, was der mit

›herauskrachenden Tönen‹ gemeint hatte. Das nahm er als ein gutes Zeichen. Es stützte ihn und es half ihm, es schob ihm Boden unter beide Füße und er dachte, das sei die richtige Standfläche. Was aber sonst eine Standfläche ist, das ahnst du bloß; du hast's in dem, was hinter dir liegt in Amerika, oder in der Jagdtasche... Und er berührte die Jagdtasche, deren Leder mit einem Fuchsfell überzogen war und dic cr noch vor sieben Jahren im Wald dabeigehabt hatte; jetzt hing sie vor ihm am Holz mit den Kleiderhaken neben der Doppelflinte, deren Laufmündungen mit einer ledernen Kappe verschlossen waren.

Er nahm ein Bambusstöckchen, das er abgeschnitten hatte, weil's für ihn zu lang gewesen war, setzte seine Mütze auf und ging in den engen Garten hinterm Haus, wo der Bach hindurchfloß. Kies knirschte ihm unter den Sohlen, er dachte im Quecksilberlicht des Frühlingstages, der sich nur am Rand der Wege, in nassen Moosspitzen und in den Knospen der Spaliere zeigte, an seine Erfolge auf Schützenfesten und überlegte, ob es im Jahr siebenundachtzig oder neunundachtzig gewesen sei, daß er im Rausch in ein Service aus Ludwigsburger Porzellan hineingefallen war. Das hast du in Heslach herausgeschossen. Damals hast du zu dir g'sagt: Jetzt hörst du aber auf mit Saufen, sonst wirst ein Lump... Und er machte die Augen schmal, ließ seine Lippen als Ritzen verschwinden und überlegte, wie es wäre, wenn er beim Württembergischen Landesschießen den silbernen Pokal gewänne, den der König gestiftet hatte, einen mit Muscheln und Ranken sorgfältig geschmückten Becher, der jeden golden blendete, wenn er den Deckel abnahm und hineinsah. Im Schaufenster des Hofjuweliers Gustav Louis Menner hinter der Kolonnade des Königsbaus war er zu sehen, und Julius wußte, daß zu ihm noch ein schwarzes Etui gehörte, dessen Inneres von purpurfarbner Seide strotzte.

Den kriegst du, den schießt du heraus. Du wirst erst in den Schießstand kommen, wenn alle andern abgeschossen und in Gedanken schon die Preise verteilt haben. Und wie schon oft wird es hinter dir raunen: ›Oh, der Krumm... Der kommt jetzt also auch noch... Der schießt uns alles weg...‹

Du bist doch auch ein einschichtiger Mann, nicht nur der Christian Wagner aus Warmbronn... Und er ging in die Stadt, ging zum Café hinter der Kolonnade, wartete eine Weile und sah den König, einen Mann mit grauem Spitzbart, der einen breitkrempigen Hut trug und zwei Spitzerhunde dabeihatte; er kam auf dem Trottoir von unten her, wo Hüte flogen. Ein Soldat, fast doppelt so groß und so breit wie Julius, ein Kerl mit Schützenschnur und blondem Bart, der ihm in beide Mundwinkel herunterhing, schaute in die Auslage eines Kunsthändlers hinein. Julius trat neben ihn und sagte: »Sie, Herr, dort kommt der König«, und schon war der Mann vom Trottoir herunter, pflanzte sich im Rinnstein auf, salutierte und ließ seine Absatzeisen knallen; das hieß man ›eine Front hinschmeißen‹. Der König ging zwischen den Spitzerhunden und zog den grauen Hut.

Wie angenehm, daß du jetzt nur noch Wirt bist... dachte Julius und machte eine Tür mit Ätzglasscheiben auf. Er setzte sich in eine rückwärtige Ecke, wo elektrisches Licht brannte und er im Windschatten des Geschwätzes saß; er lehnte sich zurück. Er las in der Zeitung eine spannende Stelle des Romans ›Schloß Oterno‹ und überlegte, weshalb im Leben niemals eine solche interessante Handlung vorkam. Also jedenfalls bei dir ist es nie spannend zugegangen, höchstens daß dir alles fremd erschienen ist, wie damals in Amerika, wo halt ein heftiger Betrieb geherrscht hat. Heimweh nach dem Hasenberg hast du gehabt, doch spannend ist das nicht gewesen; ungemütlich halt... Und was ereignete sich schon außer Krankheiten, Sorgen, die stillstanden und, wenn man Glück hatte, wieder verschwanden; ein Gespräch wie das mit Christian Wagner war recht selten; oder das Geigespiel des Sarasate; oder daß er sich vorstellte, seine

Tochter sei eine berühmte Pianistin... Vorstellungen und Gefühle, Empfindungen und Träume vermischten sich, und das Alter rückte näher; mehr war nicht sichtbar.

Julius nahm seine silberne Zigarettendose aus der Rocktasche, legte das Elfenbeinröhrchen dazu, betrachtete die Büchse für Zündhölzer, auf der ein Mädchen im Ballettrock, das kurz geschnittene schwarze Haar elegant zerwühlt, sich umschaute und mit dem linken Fuß die rechte Wade rieb. Er steckte eine selbstgedrehte Zigarette in das Röhrchen, zündete sie an und dachte vor dem auf Email gemalten Mädchen [das Email war in das Silber eingelassen] wieder an Emilie, die Tochter seines Vetters Feuerlein, der ein Geschwisterkind seiner Schwiegermutter war [da ging die Verwandtschaft um viele Ecken rum]; die war doch Kammerzofe beim Freifräulein von Ulmenstein drüben im Prinzenbau. Wenn er dort nach ihr fragte, kam sie angelaufen, umarmte und führte ihn durch den Bedientengang hinüber in ihr Zimmer, das nach hinten hinaus ging und wo sie ihm ein Glas Cognac einschenkte; sie setzte sich auf die Sessellehne, schlenkerte mit den Beinen und horchte nach der Tür, weil sie doch weggerufen werden konnte; damit mußte sie immer rechnen. Emilie war eine Schlanke, Dunkelhäutige, die sich gern drehte, wahrscheinlich, um ihre Taille zu zeigen; jedenfalls aber keine Trübsinnige, Langweilige oder Empfindliche, keine taube, sondern eine gefüllte, eine feste Nuß. Die paßte zu den Adligen und paßte auf, wie die Herrschaften redeten und sich bewegten; die gehörte schon mit achtzehn zu den ›feinen Kreisen‹, wenigstens als Kammerzofe. Trotzdem hatte sie nichts Affektiertes an sich, aber wenn sie einen Hund streichelte, sich zum blasierten Tipsy, einem Afghanen, der wie eine zottige, schwarzbraune Ziege aussah, auf den Teppich setzte und mit ihm spielte, war an ihr dieses Gewisse, das die andern vielleicht kokett hießen, das aber in den Rahmen paßte. Es konnte sein, daß sie ab und zu tat, als wäre sie nervös, aber nur, wenn er nicht dabei war; das traute er ihr zu. Die wußte, daß er das Nervöse gar nicht leiden mochte, obwohl es heut zum Stil der feinen Welt gehörte. Und Julius dachte, das Feine und das Elegante seien etwas wert, wenn sie gewachsen seien.

Er holte ein blaues Notizbuch mit Messingeinfassung aus seinem Rock, kritzelte hinein, wie viele Zentner Mehl er vom Gaißmaier bezogen hatte, und blätterte ein paar Seiten zurück, wo die Abrechnung mit den Weingärtnern Jakob Krämer und Johann Gottfried Siegle über fünfzig Hektoliter Rotwein stand. Das war in Ordnung, und wenn er überschlug, was er noch nicht ins Notizbuch geschrieben, aber bekommen hatte von den Gästen der Weinwirtschaft und von den Leuten, die seine Nudelkuchen kauften, dann kam er wieder einmal gut heraus, und es fiel manches für ihn ab. Und er sah sich am zweiten Januar des nächsten Jahres die Rathaustreppe hinaufsteigen, ins Zimmer des Gemeindeschreibers treten und zu ihm sagen: »Wie im letzten Jahr.« So war es üblich, so machte es jeder in Gablenberg, und man hieß das: den Steuereid ablegen.

Ruhige Zeit, obwohl in Südafrika die Buren der Engländer sich erwehren mußten.

Du bist froh, hier zu sein... Und wieder sah er sich in Philadelphia in seiner Werkstatt stehen und auf die Straße hinaussschauen. Dort machte er bald nur Zylinder für Automobilmotoren, und das war fad. Jetzt holte er den Gästen Brot und Wein, oder Kräuterkäse mit Butter; auch heiße Würstchen konnten sie bei ihm bekommen, Schnaps gab's, aber er mochte die Schnapstrinker nicht. Die ekelte er jedesmal hinaus.

Es war jetzt Samstag abend. Drei Burschen mit Flaumbärten kamen in die Wirtschaft. – »Habt ihr auch eure Hosen zugebunden?« fragte er, als einer von ihnen am Büfett nach den Salzstangen griff und im Senftopf rührte. Julius nahm ihm den Senftopf weg und stützte, ans Büfett gelehnt, den rechten Ellenbogen auf.

Jetzt wartete er, ob etwas geschähe und ob sich eine Rauferei entspann, doch wichen diese Jungen nur zurück und gingen.

Ein leichter Sieg; trotzdem war's ihm nicht wohl. Er hatte erwartet, daß sich diese Burschen mindestens auf einen Wortwechsel mit ihm einließen, aber dafür war er denen vielleicht schon zu alt. Freilich, es konnte möglich sein, daß sie vom Zwischenraum, den er die andern spüren ließ, abgedrängt worden waren, denn er hatte keine Lust mehr, sich mit jemand einzulassen, auch was die sogenannte Freundschaft anging. Er dachte an die Zeit, als ihn ums siebziger Jahr herum mit einem Kollegen namens Schick manches verbunden hatte. Sie hatten sich in Philadelphia täglich gesehen; jeder hatte gewußt, was der andere tat, wo er zu Mittag aß und wann er sich ins Bett zu legen pflegte [bei ihm war's damals meistens so gegen halb elf geworden]; und Schick hatte sich mit anderen oft über diesen Julius Krumm gewundert, weil der niemals Mädchengeschichten durchzumachen schien, denn er sprach nie darüber. – »Worauf läuft denn alles hinaus? Aufs Kinderwagenschieben, Opawerden und Pensionsberechtigtsein«, pflegte er zu sagen, und das gefiel Schick nicht, obwohl er lächelte. Sie saßen damals im Restaurant zum ›Schwäbischen Gruß‹, wo viele Württemberger aßen, hatten nach dem Essen Bier vor sich und schauten auf die Billardtische, über denen Gasflammen in Milchglaskugeln brannten. Schick straffte die Schultern, richtete sich auf und sagte: »Also, da kann ich nicht mit.« – »Ist's falsch, was ich sage?« fragte Julius, und Schick erwiderte: »Nein, aber du setzt es herab.« – »Was denn?« – »Das Leben halt.«

Das Leben... Schick glaubte, Julius werde immer mehr zum stärchen Junggesellen, also einem, der viele Eigenheiten hatte, die schwäbisch ›Mödele‹ hießen. So ärgerte es ihn, daß Julius abends immer elegant daherkam und sich das Haar mit Kölnischem Wasser bespritzte. Freilich, das mochte übertrieben sein, wenn man nur Feinmechanikergeselle war, aber so gefiel's ihm damals halt. Die anderen wollten immer, daß er sich nicht von ihnen unterscheide, und letzthin wünschte das auch Schick, der glaubte, daß es eine bedeutsame Sache sei, wenn er ein Mädchen gerne sah; aber daß er viele gerne sah und bald nicht mehr verstehen konnte, was ihm an der und jener mal bemerkenswert erschienen war, fiel ihm nicht auf; also war der sozusagen ein glücklicher Mensch. Er las Romane und glaubte drum, daß andre Menschen ihm »stärker zum Schicksal würden« als es dem eleganten Julius mit dem Zwischenraum um sich herum geschah; deshalb nannte ihn Schick oft den ›Zwischenraum-Julius‹, was ihn verletzte. Denn er war recht empfindlich und brauchte deshalb Zwischenraum zwischen sich und anderen Personen.

Übrigens Schluß mit diesem Schick; diese Bekanntschaft oder Freundschaft lag schließlich auch schon über dreißig Jahre hinter ihm, denn Schick war in Amerika geblieben, wo er eine Automobilfabrik gegründet haben sollte. Wenn du ihn wiedersähest, würde es dich freuen.

So suchten ihn Erinnerungen an diesen Schick heim, der einmal gesagt hatte, er, Julius Krumm, sei halt der Hingabe nicht fähig. Das konnte der auch nur aus einem Roman oder aus der Zeitung haben, und deshalb hatte Julius das Gesicht verzogen. Es war streng gemeint gewesen, Schick hatte immer etwas an ihm auszusetzen gehabt, und deshalb konnte der den Mann auch nicht vergessen. Trotzdem zweifelte er, ob so etwas wie ›Leben‹ ein bedeutsames Geschäft sei. Denn auch Schick tat nichts anderes als alle anderen; er nahm seinen Vorteil wahr und sorgte dafür, daß er bekam, was er sich wünschte. Zum Beispiel Einfluß auf andere Menschen nehmen und ihnen sagen, was sie tun und lassen sollten. Er schien's erreicht zu haben, denn als Besitzer einer Automobilfabrik konnte er mancherlei ausprobieren. Dir aber wär das arg; du hast halt keinen Ehrgeiz; das ist ein großer Mangel... Aber mal versuchen wollen, ob er so durch die Zeit kam, wie ihn die Natur gemacht hatte, das war auch etwas wert. Einigermaßen war's geglückt, obwohl du's auch zu nichts andrem gebracht hast als zum Ehemann mit Kind.

Das war das Gegenteil dessen, was er sich damals in Amerika mit Erich Schick ausgedacht hatte. Oder er hatte sich nichts ausgedacht und nur gewußt: was die Zukunft betrifft, stocherst du jedenfalls im Nebel... Und er erinnerte sich an den Tag, als er auf der Rückreise in Venedig angekommen und die Luft im Hafen zuerst stockfleckig wie altes Papier und dann fast dick geworden war, als ob das Wasser unter den Kaimauern dampfe. Denn er hatte Venedig nebelig gesehen, herbstluftdurchsäuert und belebt von Gondolieri, die mit langen Rudern durch den Nebel stelzten.

Er besuchte seinen Stiefbruder Otto draußen in Heslach, wo dieser nicht weit von der Apotheke eine Nudelfabrik gebaut und eingerichtet hatte. Was hatten's doch die andern, die zu ihm gehörten, mit ihm verwandt, bekannt oder gar befreundet waren, alle weit gebracht. Aber dich kümmert's nicht, du bist der Julius Krumm aus der Hauptstraße in Gablenberg und machst schließlich auch Nudelkuchen. Wem du zu wenig bist, der kann wegschauen, oder auf die Seite gehen; er braucht dich nicht zu kennen.

Julius fuhr mit der Straßenbahn, und dieses Heslach lag weitab. Er fuhr im waldigen Tal, wo immer wieder Gärten sich ausdehnten und Häuser selten waren. Wie ihm dies jetzt erschien: fast als ob er in eine fremde Gegend käme. Ein niederes Haus mit schiefen Fensterkreuzen wurde von Bäumen halb verdeckt. Denn Heslach hatte sich seit seiner Jugend kaum verändert, und heut, am hellen Nachmittag, saßen in den Wirtsgärten hemdsärmelige Leute. Er freute sich, weil immer noch die alten, im Boden festgemachten, vom Wetter geschwärzten Holztische und Bänke unter den Kastanien standen, wo er nach einem Schützenfest einen Steinkrug leergetrunken und auf dem Boden dieses Krugs einen Zigarrenstummel entdeckt hatte; das hatte sich dann sozusagen als ein Dämpfer aufs Gemüt gelegt. Heut aber würde er mit Otto ein Viertele trinken, und zwar in dessen Gartenhaus hinter der Apotheke. Denn Ottos Frau war die Tochter des Apothekers und hieß Eugenie.

Er sah sie dann stolz aufgerichtet in einer kleinen Chaise hinter ihrem Ponygespann sitzen und die Zügel halten, eine Imposante mit ausgestopftem, rötlich gefärbtem Haar und geschminkten Lippen. Der schauten viele Leute nach, und Julius dachte: die fährt deinetwegen weg. Und ihretwegen beneidete er seinen Stiefbruder Otto ebensowenig wie um seiner Nudelfabrik willen. Meine Luis ist mir halt lieber, dachte er und sah sie vor sich, wie sie am Hasenberg, wo er ein Baumstückle mit Zwetschgenbäumen hatte, jede Zwetschge auf ein Brennesselblatt legte, damit sie ihren Duft behielt; Ende September fuhr sie die Zwetschgen im Leiterwägelchen zum Markt hinunter und bekam für jedes Pfund, wenn es hochkam, zwölf Pfennig. Das war etwas, darauf konnte er sich verlassen. Und er nahm sich vor, sie zu überreden, ihre Brust endlich dem Doktor Rosenberg zu zeigen, weil sie von der Nudelschneidmaschine geboxt worden war; am liebsten wäre er jetzt wieder umgekehrt und heimgefahren, doch hatte er Otto versprochen, heut zu ihm hineinzuschauen.

Otto kam aus seinem Haus, ein Mann im hellen Anzug und mit hohem Kragen. Der hatte eine Hakennase und große, schwarzbraune Augen wie Emilie Feuerlein; es war fast wie bei Italienern, und Julius dachte: wer weiß, ob da nicht gar die Römer noch mitsprechen... Nein, das konnte nicht sein; es war zu lange her. Worauf ihm ein Lied einfiel, das drüben im Wirtsgarten ein Mann mit Holzfuß auf der Geige gekratzt hatte, als er vor fünfundzwanzig Jahren dort gesessen war. Inzwischen hatte sich das Geschehnis mit Patina belegt, als ob es ein altes Bild wäre, aber das machte ihm nichts aus. Die Patina war ihm schon recht; die sollte nie verschwinden.

»Grüß Gott, Otto.« Er gab seinem Bruder, diesem eleganten Mann, die Hand und dachte, daß der besser als er ins

Kolonnaden-Café passe; der hatte dieses Rosafarbene einer frischen Rasur auf den Wangen, das er selbst niemals herausbrachte und das vielleicht auch vom Rasierpuder kam; dazu lange Hände mit großen, ovalen Nägeln. Er hatte einen Stock mit Elfenbeinknauf bei sich, den er unters Kinn hielt, aber nur für einen Augenblick. Dann sagte er: »Ganget mer liaber in die Gartenwirtschaft, Juler. Weißt, die Eugenie ist halt um den Weg.«

In der Gartenwirtschaft zog Otto seinen Rock aus und saß mit gestärkten Manschetten da; sein Hemd hatte kleine schwarze Punkte. Julius sagte: »Wenn meine Irene mit der Schul fertig ist, schick' ich sie aufs Konservatorium«, und Otto sagte: »Ja, deine Irene...« Neben seinem Weinglas schaute er auf die geschwärzte Tannenholzplatte des Tisches, und Julius wußte, daß der jetzt wieder an Eugenie denken mußte; obwohl bereits fünf Jahre verheiratet, hatte Otto immer noch kein Kind; das war sein Kummer. Er hatte ihm auch schon einmal etwas erzählt, das er nicht jedem sagte, und Julius hatte ausgerufen: »Dann jag' sie halt zum Teufel!« Das war in Gablenberg gewesen. Luise hatte hinterher gefragt, was denn mit dem Otto gewesen sei und warum er gebrüllt habe; aber er hatte sie mit einem schnellen »ach, nichts« abgewiesen, weil er wußte, daß es mit diesem Zum-Teufel-Jagen nicht so einfach war; denn schließlich hatte Otto auch viel von Eugeniens Geld in die Nudelfabrik hineingesteckt; aber Otto sagte nicht »hineingesteckt«, er sagte »investiert«.

»Eugenie trinkt auch gerne Wein; manchmal zu viel«, sagte Otto, und Julius sagte, die werde mal ein versoffenes Luder. – »Das kannst du nicht wissen.«

Otto hatte sein unbewegtes Gesicht, und Julius kam es vor, als hätte er das mit dem versoffenen Luder jetzt nicht sagen sollen. Er wußte doch nicht, wie es in dieser Frau aussah; dann fiel ihm ein, daß er's von Otto auch nicht wußte; aber so war's richtig, so war's ehrlich. Alles war nur ein verwildertes Gebiet, in dem sich niemand zurechtfinden konnte, und besonders dann erwies es sich als solches, wenn einer versuchte, etwas aus dem anderen herauszuholen; immer fand er nur das, was er in sich selber hatte. Geschoben werden und sich schieben lassen, mehr blieb niemand übrig, der herumging, redete, dachte, träumte, seine Arbeit tat und aufs Bachwasser seiner Empfindungen schaute; weil halt keiner mehr als Wasser sah, das davonrannte.

Otto sagte: »Du, die Eugenie will einmal mit dir reden.« – »Ja, weshalb?« – »Es ist bloß wegen deinem Töchterle. Weißt du, Eugenie ist vor zehn Jahren im Pensionat Money in Avenches gewesen, und deshalb denkt sie: das wär auch etwas für deine Irene.«

»Wird man dort so wie deine Frau heut ist? Also, dann lieber nicht.«

Otto sagte, das dürfe er jetzt nicht behaupten, und schließlich habe er auch Fehler. Das Pensionat Money aber sei tadellos in Ordnung, das wisse er bestimmt; es sei sehr zu empfehlen. »Und wenn's dir nicht genügt, was ich jetzt sag, dann kannst du dich im Kleidergeschäft Scharschmidt am Marktplatz erkundigen. Eine von den Money-Töchtern hat einen Scharschmidt geheiratet.«

»So?« Also, die Scharschmidts waren feine Leute. Und von Eugenie war es nett, daß sie an Irene gedacht hatte. Ihr gefiel also seine Tochter, sie wollte ihr etwas zukommen lassen. Und bezahlen konnte er es auch, das war doch selbstverständlich. Zu Otto sagte er: »Ich werd mir's überlegen...« und dann: »A guater Wein... Und in drei Wochen ist das Württembergische Landesschießen. Der König hat einen Pokal gestiftet.«

»Den kriegst du«, sagte Otto, und Julius wehrte ab: »Ach was, ich käme mir doch vor dem Photographen komisch vor. So mit dem Lorbeerkranz und den Pokal im Arm... Der ist ja fast so groß wie ich.« Und er fragte Otto, was bei ihm in der letzten Woche passiert sei. Otto sagte, ein Bauer in einem blauen Leinenkittel sei zu ihm gekommen und habe sich seine Maschinen angesehen; der wolle in Plüderhausen auch so eine Fabrik hinstellen, ein gewisser Schüle. »Weißt du, das ist einer mit einem starken Gebiß. Der wird's besser als ich können. Der beißt sich durch.«

»Warum? Du kannst's doch auch.«

»Freilich. Aber die Eugenie... Du, eigentlich ist's mir am wohlsten, wenn ich auf dem Abtritt sitz. Dort bin ich wenigstens allein.«

Da war Otto also einer, der wie aus dem Hotel Marquardt oder wie aus dem Neuen Schloß aussah, und Geld hatte er auch; aber beneiden konnte er ihn trotzdem nicht. Ihm fiel ein, was er früher immer zu sich selber gesagt hatte, also dieses: bleib für dich... Bloß hatte er sich nicht daran gehalten. Jedenfalls das Schützenfest, das war dann eine Abwechslung für Julius Krumm. Gegen Mittag fuhr er nach Feuerbach hinaus, denn das Württembergische Landesschießen wurde heuer in der Mähderklinge abgehalten; zuerst sollte es in Heslach sein. Es war ein heißer und ein heller Tag.

Wenn er an seinen Bruder Otto dachte und was den quälte [also das mit der Eugenie], hatte er ein Gefühl, als ob er ein verschwitztes Hemd trüge, das er eine Woche lang nicht vom Leib gebracht hatte; jetzt mußte er es wechseln und durfte nicht mehr daran denken. Das war Menschengeruch. Immer geschah dasselbe, er aber wünschte sich, dieses verschwitzte Gefühl loszuwerden, das die empfunden hatten, die vor ihm gelebt hatten und mit denen er verwandt war. Wo aber wirst du's los? Eigentlich nur, wenn du dir etwas ausdenkst, oder wenn du in die Ferne schaust, also vielleicht hinüber zum Mainhardter Wald. In Wirklichkeit bist du weit weg.

Er saß im Zug. Der fuhr jetzt in das Tunnel. Drüben in der Helle sah er wiederum das Lederfutteral mit seiner Scheibenbüchse im Gepäcknetz liegen. Gleich war er auf dem Bahnhof. Da stand überm Tunnel die Fabrik mit der Villa, die ein spitzes und schiefergedecktes Türmchen hatte; das gefiel ihm, weil dicht daneben Akazien über die Straße hingen und überm Tunnel Gestrüpp wucherte, ineinandergewachsene, rankenübersponnene Büsche, eine verfilzte Wildnis, die weißschaumig blühte.

Heiß war's. Hinterm Fahrkartenhäuschen zog er seinen schwarzen Rock aus. Er überlegte, wie's geworden wäre, wenn er hier mit den andern vor zwei Stunden angekommen wäre und im Festzug hätte mitgehen müssen; er dachte: arg und grausig... Jetzt aber war es hell und leer. Feuerbach war ein Dorf. Ein Radfahrer fuhr vor ihm auf der Bahnhofstraße, und Julius ging den Pfad am Bach entlang; kam zum Mühlwasen mit der stillgelegten Mühle, sah das schwarzhölzerne, ausgetrocknete Rad und die Weinberge, die herabzusteigen schienen von den Hügeln. Die Kirche schaute rechter Hand vom Abhang her.

Er begegnete niemandem. Hinter einem weißen Spitzenvorhang klapperten Löffel. Er machte die Augen schmal und schwitzte, weil sich die Straße bis zur Mähderklinge kahl hinzog. Da hatte er das Futteral mit seiner Scheibenbüchse über der Schulter hängen und den Rock unter dem Arm, ein kleiner und beleibter Mann, der stehenblieb und den zurückgerutschten Hut abnahm; er wischte sich die Glatze. Jetzt sah der Wald herein.

Am Friedhof vorbei, kam er zu der Wirtschaft ›Im schönsten Wiesengrund‹, lehnte seine Büchse an den Brunnen, hängte den Rock darüber und krempelte die Hemdsärmel auf; seine goldenen Manschettenknöpfe, die mit den Brillanten, steckte er in die Hosentasche und ließ das Wasser bis zu den Ellenbogen laufen; das machte ihm das Blut und den Kopf sauber. Und so, mit nassen Unterarmen und zurückgeschobenen Hemdsärmeln, schlüpfte er in seinen Rock.

Im Weitergehen hörte er die Schüsse im Wald hallen, hier in der schattigen Mähderklinge, wo vor dem Wirtshaus alles voll Frauen war, die Kinder dabeihatten; sie aßen jetzt zu Mittag unter Sonnenschirmen. Eine schwarze Kalesche stand abseits, ein Gummiradler mit goldenen Adlern auf den Lampen; zwei Apfelschimmel ließen ihre langen

Schwänze flitzen und fraßen aus vorgebundenen Beuteln. Drüben saß der Kutscher in dunkelblauer Livree mit Silberknöpfen und sah von seinem Teller auf; das war einer vom Hof. Buchenlaub wurde durchschienen und war gelbgrün. Auf dem Schießstand roch's nach Pulver und warmem Teerpappedach. – »Jetzt kommt also doch noch der Krumm...«, hörte er hinter sich, als er dem Schreiber seine Mitgliedskarte zeigte, um sich ins Schießbuch eintragen zu lassen. Ein Leutnant ging vorbei, ein schmaler Herr in heller Litewka mit Reithosen und geschweiftem, silberblitzendem Säbel; also einer von der Kavallerie. Der Schützenmeister stellte ihm den Schützen Krumm vor, denn dieser Leutnant gehörte zur Suite des Königs; der sprach Schwäbisch mit hohem Tonfall; seine Finger fühlten sich hart und mager an wie bei einem alten Mann. Der Schützenmeister hatte einen dikken weißen Schnurrbart, der unter der Nase von Schnupfpulver gebräunt war. Der Offizier war bleich und glatt rasiert; in seine Hautfarbe war Bräunliches hineingemischt, und helle, fast farblose Augen mit grünlichem Schimmer schauten unter dunklen Brauen her. Der war hier, weil der König den Pokal gestiftet hatte, der hinterm Schreiber auf einem Wandbrett stand; wie im Schaufenster des Hoflieferanten Gustav Louis Menner im Königsbau zeigte sich dieser Pokal vor dem purpurseidenen Futter der Schatulle, an die eine Karte mit der Aufschrift ›Erster Preis‹ gelehnt war. Der Pokal ließ die Gravierung ›Gestiftet von Wilhelm II. König von Württemberg‹ im Dämmerlicht des Schießstandes nur ungenau erkennen.

Julius schoß. Es waren drei Zwölfer. Er hatte den Pokal herausgeschossen, und deshalb rückten sie ihm nahe, einer nach dem andern, alle, die schon vor ihm abgeschossen hatten und nach Wein rochen. Aber der Wein war auf dem Schützenfest etwas für Zwanzig- oder Dreißigjährige; freilich, anstoßen mußte er jetzt schon mit ihnen; und gut, daß Herr Leutnant von Süskind da war, denn der verhinderte die oft so arg freundschaftlichen Umarmungen der Schützenbrüder, die halt üblich waren. Julius sah auch das Horn glänzen, mit dem bei dieser sogenannten Siegerehrung der Salut geblasen werden würde, oder wie das hieß; aber dieses Hornsolo war ihm am liebsten. Er wurde nach dem Lied gefragt, das er sich wünschte, und er sagte: »Wie lieblich schallt…« Der Schützenmeister legte den Eichenlaubkranz mit dem schwarzroten Band um Julius' Hut, und Julius setzte den Hut auf. Es kam ihm vor, als ob nun alles schnell und stumm weghusche, wahrscheinlich, weil er sein Glas hatte leertrinken müssen. Trotzdem hallten jetzt immer noch Schüsse.

Er wurde zum Wirtshaus geführt. Sie sangen und schwenkten die Hüte. Er ging neben Leutnant von Süskind in der ersten Reihe. Der Platz vor dem Wirtshaus war umsäumt von Menschen. Herr von Süskind hielt eine Papierrolle in der Hand. Julius spürte das schwarzrote Seidenband des Eichenkranzes seine Backe kitzeln; er nieste, schneuzte sich, und dann war auch schon das gelbe Metallnest der Musiker da; es spielte einen Marsch und spielte. Säume heller Frauenkleider wischten über den Kiesboden, und er mußte vorne als einzelner in der Mitte stehenbleiben, um eine Rede des Herrn von Süskind auf den Schützenkönig des Württembergischen Landesschießens anzuhören, fast als ginge es um eine Siegerehrung auf dem Rennplatz. Aber hier war die Mähderklinge nicht weit vom Dorfe Feuerbach, und während Herr von Süskind den Text der Urkunde verlas, hernach der Hornist das Lied: »Wie lieblich schallt / Durch Busch und Wald / Des Waldhorns süßer Klang« mit seinem kühlen Echoton: »So weit… So weit… So weit…« am klaren Juninachmittag in den Wald schallen ließ, während das Laub sich in den hohen Bäumen glitzernd ineinandermengte, war's, als ob er diesen Platz als abgelegenen Ort sähe, entweder im Vergangenen, oder in einer Zukunft, da hier nichts geschah, das Wirtshaus leer stand, die Schießstände sich verfallen streckten, Gras, Büsche und Bäume die Böschungen erklommen hatten und von den Scheibenständen nur noch schüssezersplitterte und zerfetzte, durchlöcherte und ruinös bröckelnde Wände übrig waren. Er atmete auf. Oben, am Ende der verwilderten Schießbahn streckte sich hinter dem Graben überm hochgereckten Erdaufwurf der letzten Böschung, die alles gut abschloß, eine Mauer unter Bäumen, als gehörte sie einer uralten und versunkenen Siedlung an, und alles hier läge schon weit zurück und wäre längst vergangen.

»So weit... So weit...« klang's nach und hallte wider. Neben ihm stand die Schatulle wie ein schwarzer, rot aufklaffender Zuckerhut. Den silbernen Pokal hielt er im Arm. Herr von Süskind schmunzelte über seinem tiefen, graumelierten Litewkakragen. Eine Chaise fuhr neben dem Wirtshaus unter Bäumen vor, und ein Photograph stellte seinen Kasten mit schwarzem Tuch auf einem Holzstativ vor die Sonnenschirme mit den runden Eisentischen. Herr von Süskind griff Julius an den Ellenbogen und führte ihn zum Photographen. Sie stellten sich auf, Julius mit dem Pokal im Arm. Ein arges Bild wird's werden; halt zum Lachen, dachte er.

Dann gab er dem Wirt der Mähderklinge fünfzig Mark, damit er den Schützenbrüdern Wein auftrage, hängte die Büchse um und wollte gehen, als ihm Herr von Süskind den Pokal nachtrug. Die Schatulle fehlte; sie suchten die Schatulle und fanden sie auf dem Kiesplatz unter Kindern, die sie aufgeklappt hatten, um ihr rotseidenes Futter zu betasten. – »Geht amol weg«, sagte der Leutnant, und Julius stellte den Pokal hinein.

Er wollte zum Bahnhof gehen, aber Herr von Süskind sagte, für einen Schützenkönig sei ein Zug zu ordinär; und er winkte dem Kutscher jener eleganten Chaise, die neben der mit goldnen Adlern auf den Lampen herbeifuhr und wendete. Herr von Süskind machten den Schlag auf, verbeugte sich und sagte: »Bitte, einzusteigen«, als ob er einer Dame Komplimente mache. Da mußte Julius ihm folgen.

Er wurde vorausgefahren; hinter ihm kam der Leutnant, der lachte und winkte, wenn Julius zurückschaute. Es ging nach Feuerbach hinein, wo jetzt Kinder herbeigelaufen kamen und staunend am Weg stehenblieben. Julius ließ den Kutscher bei der Mühle halten und sagte zu Herrn von Süskind: »Also, ich fahr jetzt die Steige hinauf, dort sieht mich niemand.« – »Aber, Herr Krumm, die ist doch viel zu steil.« – »Dann steige ich halt aus.«

Der Leutnant freute sich; er mußte ins Schloß Rosenstein, und das war Julius gerade recht. – »Also, auf Wiedersehen, Herr von Süskind, und ich dank auch schön«, sagte er zu ihm. Herr von Süskind stand stramm, salutierte: »Ich werd es Seiner Majestät bestellen« und lächelte, diskret und glatt rasiert, das Monokel im Auge.

Julius sah, wie er davonfuhr und nahm die Schatulle mit dem Pokal vom Polster. Er fragte den Kutscher, wo er sie verstauen könne, aber die Chaise hatte keinen Kasten für Gepäck. Er versuchte, die Schatulle unter die Bank zu schieben, nur war es dort zu eng, und sie rollte wieder heraus; er deckte sie deshalb mit seinem Rock zu. Die Steige freilich war so steil, daß er ausstieg und nebenher ging; dem Kutscher steckte er eine Zigarre zu.

Es war gegen halb sechs. Das Tal lag drunten, und der Wald reichte von überall herein. Es leuchtete die Luft. Der Kutscher zündete sich die Zigarre an. Julius ging auf die andre Seite des stapfenden Gauls und war froh, nichts mehr vom Zigarrenrauch zu riechen. Weinbergmauern hatten grüne Sandsteinflanken und waren gewölbt. Bei der Ruhebank, diesem Steinbalken auf zwei Klötzen, wo die Bauernfrauen ihre Käzen abzustellen pflegten, um zu rasten, lag die Steige hinter ihnen, und der Kutscher wollte wieder fahren. Julius wurde es in den Hemdsärmeln kühl und er zog wieder seinen Rock an. Hier war es frei und hoch. Langsam fuhr die Chaise, der rötliche Wegsand knirschte, und über die Felder, die sich grün regten und einen Glanz hatten, sah der Weißenhof herüber, breit gelagert mit altersbraunem

Walmdach. Dahinter aber legte sich die Ferne aus, die Weite mit hellen Dörferflecken vor dem blauen Wald jenseits des Tals; der Rotenberg wölbte sich vor, rechts drüben zeigte sich ein Stück der Alb. Wenn er, gleichsam durch eine Hintertüre, nach Gablenberg hätte hineinkommen können, wobei ihn niemand hätte sehen dürfen, dann wär's ihm recht gewesen. Aber so, in der offenen Chaise und mit dem Pokal... Es war ein Graus.

Am Ostendplatz rief ihm der Weingrärtner Jakob Krämer zu, sie warteten alle schon auf ihn und er müsse den Pokal auch zeigen. – »Wo hast ihn denn?« fragte ihn der, und Julius deutete auf seine Knie; er hatte die Schatulle zwischen die Beine geklemmt. – »Komm, tu ihn raus«, sagte Jakob, und er mußte die Schatulle aufmachen und in den Arm nehmen. So fuhr er in das Dorf hinein. Kinder liefen herbei, er sah seine Tochter Irene unter ihnen, und alle winkten. Da lachte er, denn jetzt mußte er mitmachen. Und weil's schon egal war, zeigte er den Pokal in seiner rotseidenen Höhle, streckte die Brust heraus und schwenkte den Hut mit Eichenlaubkranz und schwarzrotem Band. Irene aber sagte vor dem Zubettgehen: »Warum hast du dich in der Chaise denn so arg geniert?«

Leute kamen und wollten den Pokal anschauen. Luise stellte ihn in der Wirtschaft auf den Tisch und ließ die Gäste in sein feuervergoldetes Innere hineinsehen; wenn sie den Deckel abnahm, klang das Silber. Die Weingärtner Seiz, Krämer und Siegle waren mit ihren Frauen da, und Julius spendierte eine Runde Rotwein, den er im letzten Herbst von Jakob Krämer gekauft hatte und der so schwer und dunkel wie das Seidenfutter der Schatulle für den silbernen Pokal war. Jetzt stand er in seinem Gehäuse, ein üppig mit Muscheln und Rankenwerk geschmückter Becher, der nicht in die enge Stube paßte.

Julius prostete den Weingärtnern zu. – »Da hast etwas für dein Alter«, sagte Jakob und deutete auf den Pokal. – »Wie meinst denn das?« – »Ha, wenn du amol Geld brauchst, dann verkaufst du den. Dafür kriegst viel.«

Ach so... Es war nicht einmal dumm gedacht; merkwürdig, daß ihm das nicht eingefallen war. – »Ach, Jakob, arg viel ist der auch nicht wert.« – »Sag das nicht. Innen ist er doch vergoldet.«

Alles recht und gut, aber wenn man so darüber sprach, hätte er am liebsten den Pokal verschenkt. Er hörte halt den Neid aus ihren Worten herausklingen, obwohl es lauter rechte Männer waren. Trotzdem gehörst du nicht zu ihnen; das ist es halt... Am liebsten wäre er ins Bett gegangen, weil's sowieso halb elf Uhr war. Er stellte den Pokal wieder in die Schatulle und rückte ihn beiseite. Da stand er neben ihm als schwarzes Gehäuse, das ihn an einen Kindersarg erinnerte. Und er sprach mit den Weingärtnern übers Schützenfest draußen in der Mähderklinge und sagte, heute sei es wie immer gewesen. »Als ich in den Schießstand gekommen bin, haben sie lieb gelächelt und hinter mir gesagt: ›Jetzt kommt auch noch der Krumm und schießt uns alles weg.‹ Die haben die Preise schon unter sich verteilt gehabt.«

Er schmunzelte und hatte Fältchen in den Augenwinkeln. Die andern lachten. Heut war also ein schöner Tag gewesen. Glück hatte er gehabt, aber es wollte ihm nicht schmecken. Warum wohl? Weil du siehst, was hinter ihren Stirnen sitzt... Und alles war halt bloß a Weile schön.

Irene hatte keine Angst vor andern Leuten; das war für eine Künstlerin nur gut. Auch in der Schule war sie immerzu die Erste, und Julius dachte: wie du auf dem Schützenfest... Du liebe Zeit, was war doch seine Tochter für eine Genaue, eine ›Pünktliche‹, wie man hier sagte. Und ihm, der nicht gern schaffte, weil er lieber zusah, dabeistand und prüfte, was er spürte, wenn er aufs Bachwasser, ins Gras oder auf die Trottoirplatten schaute, war's nicht recht, wenn jemand so ganz furchtbar redlich war. Als zweite oder dritte in der Schule hätte ihm Irene auch genügt, obwohl's natürlich wichtig war, daß er sich nicht um ihre Arbeit kümmern mußte; denn das wär schlecht gewesen. Zum Beispiel in der Rechtschreibung, da bist du nicht ganz sicher, dachte er und wischte mit der Hand ein Lächeln fort, wenn er Irene beim Schreiben ihrer Aufsätze zuschaute. Am liebsten hätte er zu ihr gesagt: »Mädle, leg den Federhalter weg ond gang auf d' Gaß!« Wenn die im Pensionat [jetzt fiel ihm wieder das Pensionat Money in Avenches ein] lockerer wurde, so konnte es nicht schaden; dann kam vielleicht eine gute Mischung heraus. Aber bevor Irene achtzehn war, schickte er sie nicht dorthin; es hatte Zeit, und er wollte auch noch einmal Otto bitten, mit Eugenie zu sprechen.

Ja, lockerer werden und halt ein bißchen: ich weiß nicht wie... das wünschte er Irene. Aber pst... du muaßt's Maul halte... Und er wartete ab. Er ließ die Zeit vergehen. Seine Tochter war recht zäh. Nicht umsonst hatte sie gesunde Zähne, was er von sich und von Luise nicht behaupten konnte. Besonders Luise litt arg unter Zahnweh; sie stand nachts auf und preßte heiße Kleiensäckchen an die Backen; die ging einen direkten Weg zum künstlichen Gebiß. Und du bist nicht weit davon weg, mach dir nichts vor... Aber der Sommer ließ sich heuer prächtig an, fast wie in dem Gesangbuchlied: »Geh aus mein Herz und suche Freud.« Jetzt war er also auch schon längst dort hinübergekommen, wo die Monate eilig ineinanderflossen und außer Volks- und Schützenfesten nur noch das erkennbar war, was sich im Licht der Jahreszeiten zeigte bis hinein ins winterliche Gold, das auf den Straßen glänzte, wenn Schnee schmolz. Das Gold des Winters und das Schneesalz... dachte er und spürte ein Gefühl von Änderung und Abwärtsgehen, wenn es früher dunkel wurde, was auch schon wieder spürbar war, obwohl er erst vor kurzem auf dem Schützenfest den silbernen Pokal herausgeschossen hatte. Und Julius dachte: das wär ein schöner Abendmahlskelch... überlegte, ob er ihn der Kirche schenken solle, wurde aber von Luise eines anderen belehrt, indem sie ihn daran erinnerte, daß einmal andre Zeiten kommen könnten; dann wären sie an einem solchen wertvollen Stück froh. – »Du hast doch schon einen Taufstein gestiftet«, sagte sie, und Julius ging ins Bankhaus Schwarz, um nachzufragen, wie er sein Geld anlegen solle. – »Aktien kaufen!« sagte Herr Deeg, der Geschäftsführer, und Julius kaufte Aktien, die ihm Herr Deeg empfahl.

Das war auch so ein schweißiges Bemühen, aber schließlich mußte er dran denken, daß er grau geworden war. Das Haar zeigte den Zustand der Gewebe an, und letzthin war das Haar auch ein Gewebe; spinnennetzähnlich... Und er dachte an seine Schwester, die in Grötzingen vom Nähen feiner Herrenhemden für das Geschäft Feigenheimer in der Königstraße lebte und eine Tochter hatte; sie verriet nie, wer der Vater ihres Kindes war. Er und sein Bruder Otto gaben Geld für dieses Kind, das heuer aus der Schule kam. Luise aber hatte eine Freundin, die in Straßburg einen Zuschneider mit Namen Friedrich geheiratet hatte und deren Tochter in Paris als Dirne lebte. So verzweigte es sich halt und lief hinaus, wob ein Gewebe, dessen Muster ab und an erkennbar schien, das aber bald wieder verschwamm und von dem jeder schließlich nur den Faden kannte, den er selber drehte.

Er sah dann seine Schwester wieder. Es war ein andrer Juni, schon ein wenig später, wahrscheinlich drei Jahre nach dem Schützenfest, und er ging mit ihr, die Agathe hieß, über den Schloßplatz, wo die Hügel hereinschauten, alle hinter einem wie seidenstaubigen Dunst; sie lagen nahe und hatten das Blau der Ferne wie an jedem Morgen, wenn es nicht mehr weit zum Sommer war. Solche würden noch viele erscheinen und sich herausbilden aus der Zeit, die draußen ruhte und ihm und Agathe unerreichbar war. »Was macht's denn aus? Uns braucht es nicht zu kümmern«, sagte seine Schwester, die natürlich weiter als er war, dieses unehelichen Mädchens wegen. Ihre Enttäuschung ließ sie klar sehen, aber nur, weil sie dieselbe hinter sich gelassen hatte und mit ihr vertraut geworden war; übrigens lauter Sprüche, dieses ›abgefunden‹ und ›vertraut‹. Die halfen seiner Schwester nichts. Für sie kam es drauf an, sich mit dem Nähen und mit dem Alleinsein abzufinden. Sie war eine mit hellen Augen, wie er sie auch hatte, und fast ein bißchen grünlich; ein Gesicht, nicht schön, aber kräftig, mit starken Backenknochen, wie's hier häufig vorkam. Und er dachte an einen Sekretär des Innenministeriums, der jeden Samstag zu ihm in die Wirtschaft kam und einmal gesagt hatte, hier schauten aus den Leuten überall noch die Hunnen heraus; in anderen Gesichtern zeigten sich die Römer, und in wieder anderen die Gallier; das Gallische, das hätten die Waldenser mitgebracht, oder es sei jünger, sozusagen aus Napoleons Erbschaft, die im Zierlichen einer langen Nase oder einem schmalen Kopf wie bei Emilie Feuerlein zu sehen war; Emilie aber nahm jeder Photograph gern rückwärts von der Seite auf, damit die Nackenlinie mit dem langen Hals herauskam.

Seine Schwester ging jetzt neben ihm über den lichtbelegten Platz vor dem Hauptpostgebäude an Kutschen vorbei zum frisch verputzten Hotel Royal, wo die Pflastersteine weißlich waren und zwei Offiziere in langen und hellen Hosen schlenderten, wahrscheinlich in einer neuen Ausgehuniform. Sie gehörten dazu, obwohl er nie gerne in Uniform gegangen war; die Eleganz der Offiziere gefiel ihm vielleicht nur, weil sie das Schwarz und Grau der Leute farbig machte; und schlank waren die Herren meistens auch, während er selber... Also das war selbstverständlich, daß ihm keine Uniform gut stand. Und er dachte an seine flache und stählerne Uhr, die er seine Offiziersuhr nannte, wahrscheinlich weil sie nüchtern aussah, obwohl Offiziere... Ja, es paßte nicht zusammen; immer blieb ein Spalt offen, durch den der Zweifel sickerte, und deshalb war's in Ordnung, was er dachte. Übrigens wandten sich die Offiziere in den hellen Ausgehhosen nach Agathe um, und für eine Sekunde wußte er, daß ihre feste, freie Art zu gehen, besonders wenn sie einen Schritt über den Randstein auf das Trottoir machte, vielleicht sogar in einem sogenannten delikaten Sinn auffällig war; trotzdem wußte er nichts vom Vater ihres Kindes.

Sie gingen ins Café des Friedrichsbaus, das im ersten Stock eröffnet war. Agathe setzte sich ans Fenster und hatte im Rücken eine spiegelbelegte Wand, was Julius unangenehm war; da sah er immer wieder sein Gesicht hinter der Schwester mit der gewölbten Oberlippe, diesem starken Munde und diesen Augen, welche auszuweichen schienen; solche waren ihm in Wien oft aufgefallen, wo ein Kellner zu ihm gesagt hatte, das sei kein Wunder, denn hier sähen viele Leute böhmisch aus; ob's ihm mißfalle? Nein, es interessiere ihn, hatte er dem Manne geantwortet und an seine Schwester denken müssen, die lächelte und wieder wie verwischt aussah, was vielleicht auch von den Spiegeln kommen konnte. – »Warum... was ist denn wieder hinter mir?« fragte sie ihn, drehte sich um und sah den Spiegel. – »Ach so«, sagte sie dann. – »Du hast mich bloß an Wien erinnert«, sagte Julius und dachte: die sieht nobel aus... In ihrer weißen Bluse mit den genau genähten und gebügelten Bordüren verschwand sie fast vor dieser weißen und gläsernen Wand.

»Irene wird's als Künstlerin leicht haben; das sehe ich ihr an«, sagte Agathe. Und nach einer Weile: »Sie läßt sich nicht drausbringen.«

»Ist es das Wichtigste?«

»Ja. Nicht nur als Künstlerin.«

Da erfuhr er also wieder von Agathe, was er selber gedacht hatte, allerdings nicht so genau. Seine Schwester aber wußte es, und vielleicht war, die Rolle einer Künstlerin durchhalten müssen, dasselbe wie ein Kind ohne Vater haben. Es kam darauf an, unbeirrt zu bleiben, den Leuten immer dasselbe Gesicht zu zeigen, wegzuhören und allmählich sogar wegzudenken oder wegzubleiben, auch wenn man unter ihnen war. Sie gewöhnten sich daran und wußten es, nahmen es hin, dieses Unpassende und Regelwidrige, Außergewöhnliche. Und war sie einmal von Grötzingen fort wie heut, da sie in Stuttgart weilte, so fehlte diesen anderen das andere. Freilich hätten sie nicht genau sagen können, was es war, nur daß die Fenster von Agathes Dachwohnung, die nach hinten hinausging und der Stadtmauer zugekehrt war, über der das Licht des verschwimmenden Tales ruhte – daß diese Fenster heut verschlossen blieben. In der Gemischtwarenhandlung mit den Gewürzgerüchen unter den Gewölben, den hellblauen Schürzen und den Fächern für Brotlaibe, den Fässern voll Heringen und den Töpfen, die gefüllt waren mit Fett und Honig, wurde diese Hemdennäherin Agathe Krumm vermißt, weil jetzt das Frauengeschwätz zügellos und lappig wedelte wie alte Kleider an der Stange unterm Dache eines Trödlers. So stellte es sich Julius vor, weil er mit seiner Schwester in Grötzingen oft zum Einkaufen gegangen war und beobachtet hatte, wie Frauen beim Gespräch mit ihr weniger fahrig mit den Händen zuckten und ihre Zungen gezügelter wurden, wenn sie fragte: »Wie war das? Ich habe nicht genau verstanden.« Und diese Kraft mußte sich auch Irene allmählich aneignen, damit sie später, wenn sie aufs Podium trat, die Leute im Zaum halten konnte mit ihrem Spiel auf dem Klavier.

»Also, ich kann der Irene jetzt auf dem Klavier nichts Neues mehr beibringen«, sagte Lehrer Obermeyer, und Julius ging auf das Konservatorium und fragte bei den Professoren, ob er seine Tochter einmal zum Vorspielen schicken dürfe, auch wenn er sich nicht einbilde, daß die Irene eine zweite Clara Schumann werde; vielleicht aber würden die Herren sich sein Töchterle einmal anhören. Da schmunzelten die beiden, von denen ihm einer namens Seyffarth, der einen Zwicker trug, besonders gut gefiel, weil er gemütlich aussah. Seyffarth sagte: »Darüber läßt sich reden. Also gehen Sie doch mal zum Sekretär und machen mit ihm einen Termin aus.« Professor Seyffarth aber hätte sich Julius vor einem

Viertele in seiner Wirtschaft gut vorstellen können, während der Sekretär nervös war, in vielen Akten blätterte und seufzte, ein schöner Mann, der sich ins lange Künstlerhaar griff, grübelte, die Augen schmal machte, in den Kalender und auf eine Liste schaute, wo Linien gezogen waren; er sagte, leider gehe es in diesem Monat nicht. – »Also, dann am siebten Mai um neun Uhr dreißig«, entschied er und schrieb das Datum elegant und kursiv mitten auf ein neues Blatt. Der Herr trug einen dicken Siegelring, aus seinem Kragen quoll ein grünes Seidentuch, das von einer Nadel mit falscher Perle gehalten wurde, also ein nobler und übrigens graumelierter Mann mit dunklen Augenbrauen. Julius machte ihm die Freude und war hochachtungsvoll zu ihm, staunte ihn an und verbeugte sich so linkisch wie er konnte, damit der Künstler dachte: welch ein Provinzler steht da vor mir.. Auch bei den Professoren hast du's richtig hingekriegt, weil die doch meinen sollen, du hättest keine großen Fürz im Hirn von wegen deiner Tochter, während du in Wirklichkeit die großen Fürze hast, sie aber nur herausläßt, wenn du mit dir selber sprichst; das macht sich gut... Auch vor den Herren Professoren hast du dich als bescheidener Mann erwiesen, als jener kleine Wirt aus Gablenberg, der über alle großen Fürze grinst. Du lachst darüber, weil du weißt, daß alles nicht weit her ist.

Es war ein bißchen kompliziert. Du gehörst zu denen, die ihre Eitelkeit verstecken und ins Gegenteil umdrehen, dachte er und schaute, als er wieder auf der Straße war, diesen Aprildunst an, der blank mit Regentropfen prahlte und in den Büschen kochte, die unterm Brunnen der schönen Galathee am Eugensplatz ihre Zweige neben Villen wedeln ließen. Die Fenster glänzten. Deine Zeit ist eine Villenzeit; die Leute haben Geld, und alles ist von einem langen Friedenslauf beruhigt; trotzdem ist dir's nicht ganz wohl, vielleicht weil dieser Burenkrieg noch nicht lange vorbei ist... Jeden Tag war in der Zeitung eine ganze Seite über Kämpfe in Transvaal und Ladysmith geschrieben worden; und daß die Leute für die Faschingsfeste Buren- und Engländeruniformen angezogen hatten, das war eine Geschmacksverirrung. Oder verstümmelten einander die Soldaten in diesem Krieg nicht? Und er dachte an Feuerlein, draußen in Ludwigsburg, der nach dem siebziger Krieg als Feldwebel der deutschen Besatzungsarmee [›cinq millards‹] eine heitere Zeit hatte verbringen dürfen. Wenn er davon erzählte, zitterten seine Schnurrbartspitzen und er zwinkerte ihm zu; der war ein Liebenswürdiger. In Ludwigsburg hatte ihn der Umgang mit den Herrschaften des königlichen Hofes auch noch elegant gemacht, aber wenn er aus seinem Büro nach Hause kam, hielt er die Perpendikel aller Uhren an, und dies bedeutete etwas, das er nicht wußte, oder sich nicht eingestand. Vielleicht wollte Feuerlein nicht daran erinnert werden, daß die Zeit fortschritt oder weiterrückte, denn er ging leicht, drehte, verbeugte sich und strich den Backenbart, der auch schon silberig durchleuchtet war; und er liebte das Leise und das Noble wie aus dem Salon, etwa beim Freifräulein von Ulmenstein oder bei der Gräfin Amerongen, wo er seine Tochter Emilie als ein Kammerkätzchen untergebracht hatte. Dies alles schien zu lächeln, fast als wäre es theaterreif, weil sich in Ludwigsburg mit seinem abwesenden Schlosse die Leute gerne so bewegten, als stünden sie zwischen Kulissen. Wer wußte, ob Feuerlein nur deshalb bei sich alle Uhren stille stehen ließ, damit es immer so blieb wie's jetzt war: windstill, mit Schützenfesten und dem König zwischen seinen weißen Spitzern auf der Königstraße, mit der Rubrik ›Vom Hofe‹ in der Zeitung, wo berichtet wurde, daß der König den Vortrag des Oberhofmarschalles und des Oberhofjägermeisters gehört und sich mit seinem Kabinettssekretär beraten habe?

Emilie Feuerlein schrieb an Irene; ihre Karte war in Baden-Baden abgestempelt worden; jetzt wohnte sie im Hotel Stefanie und wartete auf Urlaub. »Dann aber nix wie Stuttgart zu, und im Sturmschritt nach Gablenberg hinaus«, schrieb sie und machte drei Ausrufezeichen. Ja, die hatte ein anderes Leben zugeteilt bekommen, als es Irene hier abspulen mußte; und er übrigens auch. Freilich, Emilie war nur eine Domestikin, doch kam es auch bei ihr drauf an, was sie aus diesem Domestikendasein machte. Und du mußt wahrscheinlich aus deinem Leben als Wirt eines Weinwirtschäftle etwas andres ans Licht holen, aber was? Vielleicht kam's nur drauf an, zu wissen, daß es das Licht gab.

Die Karte war eine Photographie. Vorne stand Emilie in einem Kostüm mit langem Rock, lächelte beiseite und stellte im Licht des Gardasees ein Sonnenschirmchen auf die Ufersteine; die lagen hinter ihr ganz kantig da, und das Wasser war fast weiß. Das Gestein reichte in den See und streckte sich wie vor zweitausend Jahren, indes ein Mädchen oder eine junge Dame, die zufällig Emilie Feuerlein hieß, ihre Handschuhe dabei hatte; ihr Federhut war nicht zu groß, und sie selbst eine zierliche Figur, die wegging oder sonstwie verschwand, weshalb, das wußte keiner. Denn Julius kam's vor, als wüßten alle andern, beispielsweise jener Christian Wagner aus Warmbronn, der sogar Dichter war, oder auch dieser Rechnungsrat, der drüben in der Ecke saß, was den Grund der Veränderungen anging, letzthin nichts Gewisses.

Ja, du bist ein Spintisierer. Jedenfalls: Emilie Feuerlein, die hat's abwechslungsreich. Da war sie also in Mentone und Paris und kam nach Baden-Baden. Wenn die einmal krank wurde, ärgerte sich ihre Fürstin Orlow-Dawidow, weil sie einen Arzt kommen lassen mußte, der in den Dachstock des feudalen Hotels hinaufstieg, wo Emilie in einem engen Kabuff lag; aber zum Glück hatte die höchstens einmal Influenza oder Halsweh, vielleicht auch einen Schnupfen. Nun ja, mit dreiundzwanzig... Und ihre Fürstin seufzte, warf in der Kommode Wäsche durcheinander, weil sie ein Halsband oder eine Brosche suchte, von der nur ihre Domestikin Feuerlein wußte, wo sie sie hatte liegenlassen, während die andere, die für sie eingesprungen war, nicht die geringste Ahnung hatte.

Mißmut und Verdrießlichkeit: damit mußte sich auch eine wie Emilie Feuerlein abfinden; aber anmerken ließ sich die natürlich nichts. Und wie das mit dem Henri Conin aus Versailles war, diesem Diener des Fürsten Orlow-Dawidow, den Julius noch aus einer Photographie am Strand von Nizza im Gedächtnis hatte, das wußte er nur ungenau, halt aus Andeutungen, die sie Irene gemacht, und die Irene ihm auch nur als Andeutungen weitererzählt hatte. Freundliche Andeutungen übrigens, nur war's nicht sicher, ob auf Henry Conin aus Versailles Verlaß war; aber das ging ihn gar nichts an. Der Conin würde wohl ab und an zu ihr hineinschauen, wenn sie krank war; und wahrscheinlich auch sonst. Für die Dauer aber... Nun ja, für die Dauer.

»Fahr doch zur Emilie nach Baden-Baden. Schau mal hinein ins Hotel Stefanie, dann kriegst einen Geschmack vom feinen und vom großen Leben«, sagte er zu seiner Tochter, die aus der Klavierstunde nach Hause kam. Irene aber antwortete: »Ach was!« weil sie sich nur recht langsam auf etwas Neues einstellen konnte [da war er anders]. Doch beim Essen sagte sie: »Ich könnte eigentlich für einen Tag hinfahren, oder meint ihr nicht? Bloß leg ich mich halt nicht gern in ein fremdes Bett.«

»Wie du willst«, sagte Julius und dachte, das mit dem fremden Bett würde sich bei ihr hoffentlich bald ändern. Und schon einen Tag später gab er ihr vor dem Haus seine mehlige Hand, weil er zuvor den Nudelteig eingerührt hatte. Über der Hauptstraße stand ein Werktag in halbgarem Wetter still, und Windstöße wechselten mit Lichtreflexen.

Er sah Irene nach, die drüben auf der hellen Seite ging. Und er dachte, hoffentlich bekomme sie einen guten Geschmack vom Leben, das die reichen Leute führten. Der gute Geschmack sollte ihr Appetit machen, denn seine Tochter war ihm immer noch zu still und zu geduldig hier in Gablenberg. Wenn die nicht mal was andres roch, bekam sie ins Hirn keine großen Fürze, die nötig waren, wenn man es zu etwas bringen wollte. Die sollte denken: ich will, daß mich die Fürstinnen bestaunen, weil ich sehr gut Klavierspielen kann.

Sie kam dann mit Emilie Feuerlein zurück, die sich in die Wirtschaft setzte und: »So, jetzt einen Kräuterkäs mit Butter!« sagte. Die war froh, das »alleweil Feine, und wißt ihr: auch so dieses Leise, wenn du alleweil bloß auf Teppiche trittst und huschen mußt« wenigstens für vierzehn Tage hinter sich zu haben. – »Die Irene mag es ja, und die findet's halt vornehm. Aber jeden Tag« – Sie schüttelte den Kopf, ließ sich den Kräuterkäse schmecken, denn in feinen Hotels roch es für sie immerzu nach Badewasser, und auch noch nach parfümiertem. Irene aber war der Geruch angenehm gewesen; sie erzählte von Baden-Baden mit der langen Allee, wo der Fürst in der Troika herangebraust war, »also, ich sag euch, wunderbar schnauzbärtig!« – »O ja, ich kenn's«, sagte Emilie, und ihrem Lächeln glaubte Julius anzumerken, daß sie sich anderer Ereignisse entsann, die zwar mit dem Fürsten zusammenhingen, aber nicht unbedingt in der Allee geschehn sein mußten. – »Wenn der so säuft...«, sagte sie, und dabei schien es ihr zu grausen.

Ein sauberes Mädle und ein schlankes; die war um die Hüften wie eine Schachfigur gedrechselt, während Irene leider einen flachen Hintern hatte. Dazu dieses schmale Gesicht einer Schwarzhaarigen, die braune Augen hatte. Von einer Adeligen würdest du Emilie nicht wegkennen... Und wenn sie so herauskam, sagen wir einmal: über weiße Treppen, so gab's ein gutes Bild. Julius freute sich, als Irene von weißen Gartenmöbeln erzählte, die im frischen Gras gestanden hatten, allerdings weitab. Denn nahe hatten sie an diese Fürstlichkeiten nicht herangedurft, obwohl einer eine Figur wie Julius gehabt habe und General gewesen sei. Ein unheimlich langer schwarzbärtiger Mensch aber habe mit einer Reitpeitsche in den Park gezeigt, übrigens der Generalstabschef der Russen. Und drüben eine weiße Villa, eine mit Balkonen und roter Markise, deren Farbe ausgewaschen war.

»Ja, in Baden-Baden ist die Stille glatt wie Butter, manchmal aber auch so ranzig.« Und Emilie lachte laut und sagte, zum Glück sei in Gablenberg die Butter frisch.

Ihr schmeckte jetzt die Heimatluft wie ihm, als er aus Amerika heimgekommen war. Gut, daß du dort gewesen bist, dann weißt du wenigstens, was sich alles zusammenschiebt... Und Emilie Feuerlein hatte etwas in den Kleidern, das Irene auch bekommen mußte, denn sonst war's nichts. Ich meine halt: als Frau... dachte er und sagte zu Emilie, das Herumzigeunern bekomme ihr also recht gut, er meine, so dem Anschein nach. – »Halt aus Gewohnheit. Und ich spür's schon, wenn es in der Luft liegt, daß wir wieder mal fortmüssen. Wie viele Hutschachteln ich immer zum Hoteldiener hinunterschleppen muß, davon habt ihr natürlich keine Ahnung. Aber der wundert sich dann gar nicht; ich meine jetzt den Hoteldiener.«

So mußte er sich also mit den Hutschachteln begnügen, hoffte aber, daß Emilie der Irene auch noch anderes erzählte; wie gesagt: damit sie auf den Geschmack kam.

Julius sah die Photographie Feuerleins im Album an, das einen roten Samtdeckel und goldschnittverzierte Kartons hatte; darin steckten die Aufnahmen. Feuerlein lächelte ihm zu, als gäbe es überhaupt nichts Bedauernswertes, und deshalb beneidete er ihn. Dazu der königliche Backenbart und diese Ordensschnalle mit Verdienstmedaillen, die Julius lächerlich erschienen, obwohl er wußte, daß sie ihm nicht komisch vorgekommen wären, wenn *er* sie gehabt hätte. Er blätterte im Album weiter, sah das Bild seines Bruders Gustav und dachte: bei dem bist du lang nicht mehr gewesen... Gustav war Junggeselle und hatte das, was man auf schwäbisch einen Riebeleskopf hieß, also denselben runden Schädel, den auch jene beiden Brüder gehabt hatten, die in Amerika versunken waren; ein häßliches Gesicht mit breitem Mund und Sattelnase, die Figur klein und der ganze

Mann einem Gnomen gleichend, einem, der glaubte, daß sich niemand mit ihm zeigen wolle. Er war Flaschner. Am nächsten Sonntag werd ich mit Irene den Gustav besuchen, dachte Julius, denn Gustav war zu seiner Tochter immer ganz besonders nett; die genierte sich auch nicht, wenn sie neben ihm ging. Ihr zeigte er seinen Taubenschlag, wo er oft saß, zuschaute, wie die Tauben hereinflogen, sich bewegten auf dem Brett, gravitätisch oder ängstlich, eine Schar, die sich zusammendrängte, wenn ein Gewitter aufzog, und in das alte Spiel von Liebe, Futterneid und Grausamkeit zurückfiel, sobald das Wetter milchsuppenwolkig stillstand oder ein Gemisch von Helligkeit und Schattenschwere ausgoß. Klares Wasser mit dünnem Blau schien die Tauben zu reinigen, ihre Federn leuchten zu lassen, als wären sie frisch geglättet worden, und auch ihre Köpfe auszuputzen; dann flogen sie besonders leicht, ein schimmerndes Oval von Flügeln, über den Heslacher Dächern; wenn sie zurückkamen, drängten oder hackten sie einander nicht vom Eingang weg, sondern trippelten schnell und schnurgerade an; da gab's nicht dieses Trödeln und geduckte Huschen wie an Regentagen; aber auch die Hitze war ihnen vertraut.

Es kam ihm vor, als wäre er mit Gustav in einen Ring geflügelter Leiber eingeschlossen, der sie beide schützte. Ein Fächer aus Federn breitete sich aus und war mit Licht durchwoben. Sonst gab es für Gustav nichts Helles. Er bückte sich in seiner Flaschnerwerkstatt, schweißte und nietete im Licht des Acetylenbrenners, im Geruch des Öls und des Karbids. Aber er hatte seine Tauben. Und Julius schämte sich, weil ihm jetzt das Wort von den ›Schambermännern‹ einfiel, denn so hatte er seine Brüder in Amerika genannt. Er aber war doch schließlich auch nicht so arg schön. Von jedem deiner Brüder lebt etwas in dir. Merk dir's.

Freilich, es nützte nichts, immer nur gebückt herumzuschleichen und alle, welche auf der Seite lebten oder unten kriechen mußten, zu bedauern oder einzusehen, daß ihnen nur Glück fehlte; das machte ihm doch nur die Glieder schwer. Und er entsann sich eines Mannes, den er auf einem Maskenfest vor einer Wahlrede in Cincinnati gesehn hatte, eines Gouverneurs, der General gewesen war und sich über den anderen in einem Faltstuhl zurückgelehnt hatte; ein Mann mit Hakennase, schwer und groß, der gewohnt war, daß alle vor ihm salutierten oder sich verneigten. Er hatte ein Bein dicht überm Fußknöchel aufs andere Knie gelegt, eine saloppe Geste, die verriet, wie gleichgültig ihm Menschen waren, weil er wußte, daß sie beherrscht zu werden wünschten; einer, von dem etwas ausging, einer, der oben saß.

Es stand halt das Verschiedenartigste beisammen, und jeder hatte recht. Oder weißt du etwas, das endgültig richtig ist? Es kommt nur darauf an, daß du dir etwas klarmachst. Zieh' es aus dem Trüben heraus, stell's vor dich hin und sieh wie's ist.

Du mußt dich umschauen, sieh um dich; was du bemerkst, das gehört dir.

Er ging zu Gustav, und es war gegen halb fünf. Die Flaschnerwerkstatt lag hinter einem Hof. Ein Karbidbrenner zischte. Gustav kam im blauen Schurz heraus und strahlte. – »Dreh deinen Brenner ab«, sagte Julius zu ihm; Gustav trabte zurück und kam gleich wieder. Der hatte einen glatten Schädel und ein rissiges Gesicht. – »Der Irene darf ich nicht erzählen, daß ich ohne sie zu dir gegangen bin«, sagte Julius. Und Gustav: »Ganz gewiß? Ist's wirklich wahr?« – »Ha no, glaubst denn, ich lüg dich an? Die Irene freut sich immer arg, wenn sie dich sieht. Aber das hast doch schon selber g'merkt.«

Gustav schaute auf die Seite und wischte sich die Augen: »Jetzt ist's schon wieder weg.« Der glaubte doch, die Leute lachten immer über ihn, oder hätten nur Verachtung für ihn übrig. – »Deine Irene«, sagte Gustav, »ach ja, die Irene... Ja, die...« Und er schaute zum Dach der Werkstatt hinauf, das aus Wellblech war. »Was die noch alles vor sich hat.« – »Auch nichts anderes als wir. Oder glaubst, bei der ging's später ohne das ab, was so scharf in den Bauch schneidet? Ich auch nicht.« Und Julius erinnerte sich, wie Gustav immer strahlte, wenn Irene sich bei ihm einhängte und ihn zur Straßenbahn begleitete.

Gustav sagte, er müsse noch eine Dachrinne löten, dann gingen sie miteinander hinauf. Und er schnitt Weißblech ab, das bläulich wie der Himmel war, wenn er im Dämmerlicht ausbleichte oder von der Frühe gestreift wurde. Dazu der Lötgeschmack und der Geruch der Säuren, das Gefühl der Blechkanten, die wie Erinnerungen Gustavs waren, der nie etwas erwartet hatte. Und gut, daß du dem Bruder nichts erklären mußt, weil ihr euch kennt im Beieinanderstehen als zwei Einverstandene, von denen einer Flaschner, der andere aber Feinmechaniker und Wirt geworden ist. Merkwürdig, wie bald du dich zwischen Weinfässern und Nudelschneidmaschinen zurechtgefunden hast. Das verdankst du deinem Glück und weil's dir immer vorkommt, als wäre alles nur vorübergehend, sozusagen provisorisch und nicht für immer. Für die Dauer eines Lebens halt... Und er dachte daran, wie er vorzeiten Stahlkolben geglättet und blanke Glieder ineinandergefügt hatte, letzthin also eine leise Arbeit, bei der es darauf ankam, eins ans andre anzupassen. Oh, dir ist's gut gelungen... Gustav aber hatte sich mit Nieten, schreienden Werkzeugen und Flüssigkeiten zu befreunden, die Metall durchfraßen. Und wenn sein Bruder ihn anschaute, spürte er auf dem Gewissen einen Säuretropfen.

Gustav war mit seiner Arbeit fertig und zeigte sie ihm. Das war eine genau bemessene Dachrinne, solid und fugenlos verpaßt. – »Saubere Sache«, sagte Julius. Da fuhr dem Gustav wieder sein glatzköpfiges und rundes Gesicht auseinander, er schlüpfte aus dem Schurz und zog die Jacke an; er sagte: »So, jetzt hinaus und Schluß!« Er versperrte die Werkstatt, pfiff ›Alte Kameraden‹, ließ den Schlüsselbund klirren und ging armeschlenkernd und behende neben ihm, ein Gnom, der über eine Treppe huschte und Julius in die Kammer führte, wo sein Schatz sich gurrend spreizte, diese Flügelleiber, eine Ansammlung von Federn, in die Gustav hineingriff und eine weiße Taube herausholte, die aussah, als hätte sie ein Ei verschluckt, das im Hals steckte. – »Pack ihn nur an. Der ist habhaft«, sagte er und schob Julius den warmen Körper in die Hand, daß er ihn mit den rosaumränderten Augen nahe hatte. Dann setzte er sich an das Flugloch seines Taubenschlages, das Kinn auf die Faust gestützt, und sah hinaus. So saß er stundenlang, wenn er allein war. – »Hier geht auch mir der Sonntag wie ein Wind vorbei«, sagte er und grinste wieder auf seine heftige Weise.

Julius spürte neben seinem Bruder den Lufthauch schlagender Taubenflügel; sie wischten ihn hinaus und hinweg übers Ineinanderschieben, Ineinandergreifen frischer Blätter, welche wie ein Boden waren, auf dem er in die Ferne ging. – »Von hier aus siehst du gerade noch den Rotenberg«, sagte Julius und glaubte, auch den Rundtempel zu sehen, wo Könige beerdigt waren.

Bald darauf fuhr er mit seiner Tochter zum Konservatorium. Irene hatte ihr langes, neumodisches Konfirmationskleid an. Zu Mädchen gehörten kurze Röcke, und es lächerte ihn, wenn ein Kind wie Irene – denn die war noch ein Kind – ins knöcheltiefe Kleid gehüllt daherkam, über das ihr ein glänzender Zopf als dicker Schwanz bis zum Hinterteil reichte; und weil sie klein war, sah das lange Kleid noch kurioser aus, während er, der Untersetzte und Beleibte [was von den Hunnen kommen sollte, falls jener Sekretär recht hatte, der zuweilen zu ihm in die Wirtschaft kam] sich im schwarzen Anzug mit seiner kleinen Tochter in der Straße mit den krummen Dachfirsten, den moosbelegten Ziegeln und engen Vorgärten, wo es blühte, an einem grauen Tage zur Straßenbahn aufmachte, die vom Heidehof abfuhr. Er kannte ja den Weg. Immer war dieser Weg anders, aber was ihn heut verändert hatte, das wußte er nicht; oder es war die andere Empfindung, und die wurde bestimmt von Früherem, an das er sich nicht mehr erinnerte, weil's abgesunken war ins Tiefere. Was jedermann in sich ablagerte, was er anhäufte, ohne es zu zeigen und ohne es zu wissen, daraus setzte sich das Tier zusammen, das jeden an die Stelle schob, wo er sich zurechtfinden mußte. Und er, Julius Krumm, wurde jetzt mit seiner Tochter Irene zum Konservatorium geschoben, wo der Sekretär mit Künstlerhaar die Luft über den Zähnen einsog, daß es zischte, die Augenlider regte und aus lederbezogenem Schreibtischsessel aufstand, um von hoch oben her zu sagen, daß sie zum Übungssaal drei über die Treppe gehen müßten; und dann gleich linker Hand.

Der Übungssaal war weiß und hoch und hatte braune Stühle und ein braunes Podium, wo ein Flügel stand. Die Professoren versammelten sich; sie lächelten und schmunzelten in den vorderen Reihen, als Irene, gerade aufgerichtet und sicheren Schritts im langen dunklen Kleide, den Zopf im Rücken, auf den Flügel zuging und sich setzte. Ihre Noten breitete sie auf der ebenhölzernen Stütze aus, in die eine Lyra geschnitzt war, und spielte dann dieses Salonstück, das ›Maiglöckchens Leiden‹ hieß. Es hörte sich gefällig an. Die Professoren lächelten deutlicher als zuvor, aber dann hob der mit dem Zwicker, der Professor Seyffarth hieß, seinen stumpigen Zeigefinger und machte die Lippen rund. Die anderen nickten ihm zu, hoben auch die Finger und schmeckten es ab, obwohl Maiglöckchen leidend war und nur Irene Krumm am Flügel saß, ein kleines und bezopftes Mädchen im schwarzen Kleid. – »Beachten Sie den Anschlag, meine Herren, diesen Anschlag!« hörte Julius flüstern und sah Professor Seyffarth die Augenbrauen in die Stirne hinaufziehen; sein Zwicker blitzte. Das war nun also so etwas wie ein wichtiger Augenblick für seine Tochter; es wurde etwas eingefädelt, das sie mit dem Künstlerischen, oder wie man's hieß, verknüpfte und das in einer Schule bei Lehrern gelernt wurde, die als Meister galten, denn auch einer wie Professor Seyffarth hatte seinen Meisterbrief erworben, und seitdem konnte er sein Handwerk. Es kam drauf an, Fingerfertigkeit zu haben und dafür zu sorgen, daß die Hände das taten, was sich der Kopf zuvor ausgedacht hatte, also was jeder Handwerker auch können mußte. Es mußte genau zusammenpassen wie ein gefeiltes, mit Schmirgelpapier geglättetes und eingeöltes Stahlstück; am wichtigsten waren die Gelenke. Und ihm fiel das Gärtle für den Weihnachtsbaum ein, das er in seiner Werkstatt als Bataillonsbüchsenmacher, droben in der Rotebühlkaserne, gemacht hatte, ein sauber vernietetes Stück Arbeit, freilich etwas, das er nebenher gebastelt hatte und das jedem Feinmechaniker zwar solid, aber nicht bewundernswert erschien; es sollte nur der Christbaum darin stehen können und hübsch sein; also ein Gartenzaun aus Eisen, der an den Rändern einer Stahlplatte festgemacht war. Es sah nett aus; vorne war ein Gartentürchen und in der Mitte die Metallröhre, in die der Stamm des Weihnachtsbaumes hineingesteckt wurde. Hinterm Zaun wurden die Krippe und die Könige aus dem Morgenland aus farbigem Wachs aufgestellt. Den Weihnachtsbaum behängte er mit massiven, dunkelblauen und silberglänzenden Glaskugeln, die auf den Boden fallen konnten, ohne zu zerbrechen.

Aber da war er in Gedanken schon in der Weihnachtszeit, während man heute im Mai war.

»Du hast's g'schafft«, sagte er zu Irene, als sie wieder draußen waren und durch die regennasse Schillerstraße nach den Anlagen gingen, wo die Kastanien kinderhandgroße Blätterschirmchen hatten. Und noch im Kolonnaden-Café des Königsbaus hatte Irene rote Backen und riß die Augen auf, wenn sie von ihrem Spiel im hohen Saal erzählte. – »Jetzt liegt es hinter dir; sei froh«, sagte er. Irene stand noch unten an der Treppe, während er... Du bist schon weiter oben, dachte er und es kam ihm vor, als ob immer dasselbe wiederkehre: der Anfang, das Hinaufsteigen, dann die Podeste, wo die Treppe eine Kehre machte und er einen Augenblick verschnaufen durfte, denn um die Fünfzig herum durfte jeder ein bißchen verschnaufen.

Ach was, kümmere dich nicht darum... Und er bezahlte die Schokolade für Irene und seinen Kaffee; er steckte die silberne Zigarettendose und das Elfenbeinröhrchen wieder ein. Das waren Handgriffe, Betätigungen, die zu Gewohnheiten geworden waren und ihn daran erinnerten, daß immer dasselbe geschah. Er sagte zu Irene: »Du, ich muß noch g'schwind etwas besorgen; fahr doch alleine heim.« Und sie sagte: »Ja, gern, Papa«, und lächelte, wahrscheinlich, weil sie von der Mutter wußte, daß er gern allein war. Und er dachte an seine Fahrten im Zug, beispielsweise nach Grötzingen, wo er seine Schwester Agathe besucht hatte; kam er zurück, so fragte ihn Luise: »Was ist gewesen?«, und er antwortete: »Ach, nichts Besonderes.«

Es war auch nichts Besonderes passiert. Er sah den Hausdiener des Hotels Marquardt im grünen Schurz vor dem Eingang stehen und herüberschauen. Julius roch seine brennende Zigarette. Es hatte aufgehört zu regnen, und das Trottoir erinnerte ihn an den eingeölten Lauf eines Gewehrs; es glänzte dunkel auf grünlichem Grund.

Wie alles vorbeiging. Wie es sich verschob, und trotzdem gleichblieb; zum Beispiel der Tod, das Altern und die Jahreszeiten. Irene also ging aufs Königliche Konservatorium [in die Elementarklasse], und einmal trafen sie sich hier in seiner Wirtschaft: Agathe, Gustav und Otto. Sie saßen beieinander, und Agathe war jetzt auch schon an die Vierzig, nur dachte man bei ihr eigentlich nicht daran, weil sie den Abstand zu den andern hatte; das machte sie ein bißchen anders, oder schob sie von den andern weg. Genau sagen, was es war, das hätte er nicht können, nur war's halt etwas anderes. Es kam von ihrem unehelichen Kind, und weil sie damit rechnen mußte, daß die Leute was zu ihr sagten, das sie verletzen sollte; deshalb hatte sie eine spanische Wand um sich aufgestellt, die niemand sehen konnte, die sie aber spüren ließ. Auch Gustav hatte die spanische Wand, nur wurde die von einem anderen Gefühl gefestigt. Ja, es war dasselbe, das Luise meinte, wenn sie das Wort: »In der Welt habt ihr Angst« wiederholte, das in der Bibel stand. Seinem Stiefbruder Otto merkte jeder an, daß er Fabrikbesitzer war [eine kleine Fabrik] und die Tochter eines Apothekers geheiratet hatte, was ein bißchen schwierig für ihn war. Letzthin war nur er, Julius, das geworden, was sich für ihn geschickt hatte, aber warum? Nicht höher und nicht niedriger als er's, der Müllersohn, erwarten konnte, war er hinauf- oder hinabgestiegen, und seine Frau war eine Metzgerstochter; ihr Vater war ein hitzköpfiger Mensch gewesen und nach der achtundvierziger Revolution zwei Jahre lang auf dem Asperg in Festungshaft gesessen. Aber wie man bei so etwas wie Revolution mitmachen konnte, wenn die Herrschenden doch umgängliche Leute waren, das verstand er nicht. Übrigens war sein Schwiegervater Anno fünfundsechzig an den Pocken gestorben. Und weshalb es sich bei ihm, Julius Krumm, so geschickt hatte, daß er nach seinen Jahren in Amerika in einem begrenzten Bezirk leben durfte, das hätte er nicht sagen können. Weil sich's halt so ergeben hatte. Weil es deine Natur ist, dachte er.

Jetzt saßen sie am ovalen Tisch beisammen, und Gustavs grauhaariger und kurzgeschorener Riebeleskopf strahlte, weil Irene bei ihm war. Das Kind – was denkst du immer: das Kind... wo sie doch im Dezember sechzehn wird – sprach mit seinem benachteiligten Bruder über die Großmutter, die vor dem Schreiner Müller oben im Dach gewohnt hatte: »Da hat sie immer mit ganz hoher Stimm durchs Fenster hinausgeschrien: ›Irene!‹, wenn ich auf der Gaß gewesen bin. Und das hat mich geärgert.« Oder sie erzählte, daß sie sie oft am Rücken – sie sagte: »am Buckel« – habe kratzen müssen, und das sei ihr – sie schüttelte sich – arg gewesen.

Wie die Irene jetzt schon redete – also grad, als wär sie eine Alte. Die ist dir halt zu päb, nur ist es besser, als wenn sie frech wäre... Ins Pensionat mußte sie selbstverständlich auch einmal, bloß hatte das noch Zeit. Nicht damit sie affektiert wie alle andern wurde, sondern um etwas zu lernen. Also in das Pensionat Money in der französischen Schweiz, das ihm Otto empfohlen hatte. Fast eine schon abgestandene Sache, diese Pensionatserziehung, und insgeheim lächelst du darüber, aber heutzutage ist es halt üblich... Eine Wirtstochter wird ins Pensionat geschickt: da siehst du, wie du in etwas hineinwächst, das anders ist, als man's bei dir daheim gehabt hat... Die Tochter eines Müllers, die wäre nie ins Pensionat gekommen; die sieht bloß ihr Grötzingen oder Gablenberg, sonst nichts. Aber vielleicht kommt's daher, weil du in Amerika gewesen bist, als Büchsenmacher von den Offizieren manchmal etwas aufgeschnappt hast, und dein Bruder Otto eine Apothekerstochter zur Frau hat... Und er stieß ihn mit dem Ellenbogen an: »Komm, Otto, sag auch einmal was.«

Der entschloß sich dann langsam zum Reden, aber schließlich kam's heraus, daß seine Frau jetzt ein ›Prozeßkleid‹ hatte. Sie trug es, wenn sie vor Gericht geladen wurde; sie zettelte halt gerne Streitigkeiten mit den Mietern ihres Hauses in der Reinsburgstraße an.

Julius hörte zum ersten Mal, daß die Frau seines Bruders ein Haus hatte, das ihr allein gehörte, und Otto mußte den Mund halten. Das war befremdend, so etwas gab es nicht bei Leuten seiner Art, aber Otto stand halt auch schon wieder anderswo, also fast dort, wo das Pensionat Money in der französischen Schweiz lag.

Merkwürdig, wie sich's durcheinandermischte und verschmolz: das Pensionat und daß sie alle nicht mehr richtig zueinanderpaßten. Luise sagte nichts, oder sie lächelte auf ihre abwesende Weise und hatte mit dem Essen viel zu tun. Trotzdem: es mußte einmal wieder anders werden; das Beieinanderhocken im Familienkreise verbrauchte die Luft, und Julius sagte: »Allmählich werden wir alle auch bloß alte

Simpel«. Sie schauten sich an: Agathe, Gustav, dem's besonders lustig vorkam, was sein Bruder gesagt hatte, wahrscheinlich, weil er beim dritten Viertele war, und Otto, der in sein Glas schaute, als schmecke er Bitteres.

Man ging dann wieder auseinander. Gegen den Herbst zu wurde Julius ins Rathaus ans Telephon gerufen. Die Frau des Flaschnermeisters, bei dem Gustav schaffte, sagte, daß sein Bruder heute nicht in die Werkstatt gekommen sei; da hätten sie nach ihm geschaut; und er liege jetzt im Bett und schnaufe und hierchele so; er sei nicht bei sich.

Julius fuhr nach Heslach. Dort lag dann Gustav im Bett auf der Seite. Die Flaschnersfrau sagte, er wolle immer den Kopf heraushängen, aber sie bleibe jetzt schon bei ihm. »Der Doktor hat gesagt, es werde nicht mehr lange dauern, und machen könne er da auch nichts.« Julius setzte sich am Bett auf einen harten Stuhl, sagte: »Sie müssen wahrscheinlich das Essen machen«, und sah sich, allein gelassen, in der Stube um, wo's sauber war. Er wußte, daß sein Bruder seit einunddreißig Jahren dieses Dachzimmer bewohnte und es selbst sauber hielt. Der mit Sand gefegte Bretterboden schien durchlässig fürs Sonnenlicht zu sein. Der Schrank hatte ums Schloß eine Verzierung aus Messingblech, und Julius sah es genau an; es war eine blumenumkränzte Fackel, die zu lodern schien und aufrecht stand. Und er erinnerte sich, von dem Dichter Wagner aus Warmbronn gehört zu haben, solch eine Fackel, wenn sie aufrecht stehe, sei etwas Uraltes und bedeute ›Leben‹, während eine umgedrehte – Und Julius machte leise die Tür auf, schaute den Schlafenden an, aber der war gut zugedeckt in seinem kurzen Bett. Er ging hinaus auf den Dachboden, wo es warm war und nach Holz roch, als wär es Sommer, machte die Tür zum Taubenschlage auf und fand sich umgeben von Tieren, die hinterm Gitter mit den Flügeln schlugen, melodisch gurrten, gravitätisch schritten, die Schwanzfedern spreizten. Dort stand Gustavs hoher Stuhl, ein ledergepolsterter Bock, auf dem er bequem saß, wenn er die Arme aufs Brett vor dem

Käfig legte und hinaussah durch das Flugloch, vor dem die Luft hellblau stillstand. Er saß wie sein Bruder, stützte das Kinn auf beide Fäuste und horchte nach hinten. Ein warmer Luftzug ging. Ein Täuberich spreizte vor dem Flugloch seine weißen Flügel, daß er für einen Augenblick wie ein Wappenvogel aussah, weil die Flügel ihre Federn einzeln zeigten, stieß herein, stand still und sah ihn aus rötlichen Augen an, als wär er größer als der Mensch, der vor ihm hockte und sich duckte.

Julius glaubte, hinter ihm sei eine Tür gegangen. Dann knarrte auch die Tür zu Gustavs Zimmer. Er ging hinüber. Sein Bruder war jetzt tot.

Sie trafen sich auf der Beerdigung: Agathe, Otto und Julius. – »Daß wir so bald wieder zusammenkommen, hat von euch keiner gedacht«, sagte Agathe, und Julius kam's vor, als ob sie es als einzige damals im Frühjahr gewußt hätte. Otto sagte: »Also, ich bezahle die Beerdigung.« Sie gingen noch einmal in Gustavs Zimmer und standen im Taubenschlag voll warmen Mistgeruchs dicht beieinander. Otto kannte jede dieser Tauben; er wußte auch, wann sie sein Bruder gekauft hatte. Agathe sagte: »Dann nimm doch du die Tauben.« Julius freute sich, weil sie jetzt an das dachte, was zu bedenken war, denn schließlich mußte man sich überlegen, was mit Gustavs Sachen anzufangen sei. – »Du möchtest den Kasten mit dem Messingschloß, gelt Julius?« sagte Agathe und deutete auf den Schrank, an dem die Fackel glänzte. Otto sagte, am liebsten ließe er alles so wie's sei; dann habe er hier einen Platz, wo er alleinsein könne; freilich, das gehe nicht, der Flaschner brauche doch die Stube für seinen Gesellen.

Sie gaben sich die Hände und gingen auseinander. Jetzt dachte jeder: wer wohl der nächste ist? aber Agathe sprach mit Julius über seinen Obstgarten hinterm Haus, und ob er heuer wieder so feines Spalierobst wie im letzten Jahre habe, zum Beispiel diese schweren Flaschenbirnen. – »Krieg ich davon wieder einen Korb voll?« fragte sie, und Julius schmunzelte: »Ja... das muß ich mir noch überlegen...« Unerwartet hatte er einen starken Geruch faulenden Laubes in der Nase, das würzig zwischen den Heslacher Gärten roch, wo sie jetzt gingen; trotzdem mochte er diesen Geruch nicht. Agathe schaute auf den Weg. Es kam ihm vor, als ob sie etwas wisse, von dem er ausgeschlossen sei. – »Kümmere dich nicht um mich. Denk an dich selber«, sagte sie und hob einen Apfel auf. Sie biß in ihn hinein. Die hatte gesunde Zähne wie seine Tochter und fragte: »Willst auch einmal beißen? Komm, da beiß!« Und er mußte sein Taschenmesser hervorholen und einen Schnitz abschneiden, bevor er beißen konnte.

Seine Zähne waren schlecht, aber das machte nichts. »Es macht nichts«, dieses Wort, das er zu seiner Schwester zwischen zerfallenden Gärten gesagt hatte, fiel ihm später noch oft ein, später, als Winter war und seine Tochter gewissenhaft, wie's ihrer Art entsprach, ins Konservatorium ging und lernte. Die Theorie hängte sich ihr als Gewicht an den Kopf. »Ja, genauso ist's... Ein Zopf aus Blei«, sagte sie, obwohl sie jetzt das Haar hochgesteckt trug; oder sie sagte, diese Theorie sei wie das Rechnen in der Schule, denn mit dem Rechnen war sie nie zurechtgekommen. Dafür gingen ihr das Technische und Praktische, die Fertigkeit und das Gefühl ohne Pedal leicht von den Fingerspitzen. Nun ja, so stellte er sich's vor und es gelang ihm, zuzuhören, zu verstehen, was sie spielte; das war am leichtesten. Er spürte es, und seit sein Bruder Gustav tot war, glaubte er noch mehr davon zu spüren, jetzt schon Mitte Fünfzig als ein ›gestandener Mann‹. Aber es machte nichts, ihm ging nichts ab, wahrscheinlich weil er noch nie gedacht hatte, früher sei's schöner als jetzt gewesen. Und weshalb hätte er so denken sollen? Vielleicht der Spielereien mit den Mädchen wegen? Aber die hatte er als junger Mensch ja auch nicht übermäßig praktiziert. Und er dachte an den weißen Täuberich, der in Gustavs

Taubenschlag die Flügel gespreizt hatte und hernach hereingeschritten war, um ihn, feststehend, anzuschauen.

Allmählich rückte auch das Pensionat Money näher heran, dessen Adresse er Otto und Eugenie verdankte. Avenches gefiel ihm. Weshalb eigentlich? Ach, halt so... Freilich, es spielte da etwas hinein mit diesen Römern, die lange in Avenches gewesen waren und Ruinen hinterlassen hatten, viele unterm Gras verborgen; das hatte in einem Prospekt gestanden. Also zieht dich alles an, was unterm Boden schläft... Und er bemühte sich, schnell wieder etwas anderes zu denken, denn zu den Römern wollte er noch nicht hinuntersteigen. »So halt...« und: »Es macht nichts«, sagte er laut, als er mit seinem gelben Bambusstöckchen im Garten herumging und Steine aus den Beeten las, die jetzt wieder frühlingsnaß glänzten. Die Erde sah fettig aus.

Agathe hatte er im Herbst seine Spalierobst-Flaschenbirnen zugeschickt und deshalb mit Luise laut geschimpft, denn die war nicht dafür gewesen, alle wegzuschenken, obwohl dies seine Sache war. Und wieder fielen ihm die Römer ein, die nach Meyers Konversationslexikon gewissen Göttinnen Früchte zu opfern pflegten. Die Fruchtsäule auf dem Cannstatter Volksfest war etwas Ähnliches. Aber Agathe hieß nicht Pomona, das wäre ja auch lächerlich gewesen, doch hätte es nichts ausgemacht. Und elegant gewohnt hatten die Römer auch, mit Heißluftheizungen und so... nur war das späterhin vergessen worden, und die Leute hatten wieder damit angefangen, sich in muffigen Quartieren zusammenzupferchen, weil sie's jetzt wieder einmal anders haben wollten. Aber das machte nichts.

Hör auf mit diesem ewigen ›Aber es macht nichts‹; sonst glaubst du am End selber noch, du seist ein alter weiser Mann... Und er fing an, Mist einzuschoren, kam in Jäst und spürte seinen Rücken.

Gustavs Schrank mit der messingblanken Fackel am Schloß stand jetzt auf dem Gang neben den Kleiderhaken, an die er sein Jagdgewehr und die mit Fuchsfell bezogene Tasche gehängt hatte. So sah er jeden Tag die aufrecht lodernde und blumenumwundene Fackel. Seine Tochter Irene wurde von den Kindern des Lehrers Obermeyer arg beneidet, weil sie in die Fremde fahren durfte. Eins dieser Mädchen sagte: »Weißt du, das brauchen wir natürlich nicht. Wir haben doch geistige Werte.« Und Irene erzählte es Julius, der die Lippen spitzte und leise pfiff.

Als es heiß wurde, kamen zwei zu ihm in die Wirtschaft und wollten Irene sprechen. – »Bitt schön, meine Damen«, sagte Julius, machte eine Verbeugung, wie er sie bei einem Nachtportier in Wien gesehen hatte, und fragte, wen er melden dürfe.

Die Mollige hieß Gretel Schäfer, die andere mit dem Glitzerblick, die sich das Haar zu zwei schimmernden Wülsten hochgebürstet hatte, Elfriede Rauscher, und beide sollten im nächsten Frühjahr auch nach Avenches fahren. Irene trat zu ihnen als eine Gemessene mit einem Nest im Nacken und gab den beiden, die die Beine schlenkerten und immerzu beiseitelachten, ernsten Gesichts die Hand. Endlich lachte sie auch, und Julius sagte: »Wenn ihr im Pensionat gewesen seid, dann werdet ihr den Julius Krumm nicht mehr anguk-ken.« Gretel wurde rot, die Rauscher aber stellte sich steif auf, schaute mit müd hängenden Augenlidern auf ihn herab, weil sie – und das war keine Kunst – größer als er war; sie tat, als hielte sie mit abgepreiztem kleinem Finger ein Lorgnon. – »Wir aus den bleichsüchtigen Rixraths-Fischbein-Damen-Corsets-Kreisen«, sagte sie und näselte aus ihrem rosahäutigen Leichtsinns- und Übermutsgesicht heraus, stolzierte auf den Zehenspitzen, daß es aussah, als ob sie Stöckelschuhe trüge. Die wird von der Pensionatszeit wahrscheinlich am meisten haben und sie weidlich ausnützen, weil sie eine Pfarrerstochter ist... Und Gretel sagte, ihr Vater sei Rechtsanwalt, deshalb passiere der Irene nichts; das garantiere sie.

Da zeigte sich also der Mensch im ersten Augenblick so wie

er war. Oder hast du vielleicht nicht gleich g'spürt, wie jede von den beiden ist? Eben... eben... so isch's ond bleibt's... Jeder blieb derselbe bis zum letzten Schnaufer; was er empfand und spürte, änderte sich nicht; es wurde nur von dem, was er im Lauf der Zeit erfuhr, aus dem Dunkel herausgezogen. Und wieder dachte er, daß die Empfindung das einzig Unveränderbare sei, das jeder habe, denn darauf kam es an.

Luise rief ihn ins Haus und zeigte ihm eine Postkarte von Emilie Feuerlein, die aus Nizza schrieb. Es war eine Photographie. Emilie war darauf zwischen Gesteinsbrocken neben einem jungen Mann zu sehen, der einen Borsalino-Strohhut trug und wie ein Baron aussah. Julius wollte sich schon lange einen solchen Strohhut kaufen, am liebsten in der Königsbau-Passage, wo's die feinsten Hüte gab, und verglich sich in Gedanken mit dem jungen Herrn, von dem Emilie schrieb, er heiße Henry Conin, stamme aus Versailles und sei Diener beim Fürsten Orlow-Dawidow. »Eigentlich mein Verlobter, aber so genau nimmt man's hier nicht«, hatte Emilie in ihren dünnen, nach rechts liegenden und wie fliegenden Schriftzeichen an den Rand gekritzelt; ihre Feder hatte gespritzt. Conin trug eine helle Weste und hatte einen Stock mit Silberknauf dabei; den Ellenbogen stützte er auf einen dieser scharfkantigen Steinblöcke, und Julius dachte, es müsse dort hart zu liegen gewesen sein. Das Bild war am Strand aufgenommen, über die Köpfe sahen weiße Hotelbauten her; ein überbelichtetes Photo übrigens, und ob die Helligkeit am Meeresstrande daran schuld war? Neben Henry saß eine Dame mit Sonnenschirm, von der Emilie nichts schrieb. Sie schaute ihm über die Schulter und hatte eine weiße Bluse an.

Da kamen jetzt also schon Grüße aus der Ferne, und die Mädchen, die sie schrieben, waren elegant geworden. Ob seine Tochter in Avenches auch von diesem Gewissen berührt und verändert wurde, das Emilie auf der Photographie an sich hatte? Wollen wir es hoffen... Und er holte das Bild in den nächsten Wochen oft aus dem Schreibtisch hervor, der einen feuerfesten Safe hinter der Eichenholztür hatte. Dann schmunzelte er, rauchte eine selbstgedrehte Zigarette aus seinem Elfenbeinröhrchen mit der Silberspitze und schaute in Gedanken durch Glastourniquets in die Foyers feiner Hotels hinein, an denen er früher vorbeigegangen war, zum Beispiel am verschlafenen ›König von Ungarn‹ in Wien, am ›Danieli‹ in Venedig und am ›Continental‹ in München; gewohnt hatte er anderswo, also in Wien im ›Einhorn‹, in München im ›Blauen Bock‹, und in Venedig bei einer Familie namens Rossi hinterm Dom, wo das Trippeln vieler Schritte erst nach zwei Uhr nachts verstummt war. Und er dachte an die Fensterläden seines Zimmers in der Mittagshitze, Fensterläden mit Brettchen, die er, um hinauszuschauen, schrägstellen konnte, ohne von der Gasse aus gesehn zu werden.

Gut, diese Fensterladenbrettchen in Venedig; auch das Schlendern in der Wiener Innenstadt, wenn's heiß war und er auf der Schattenseite eines Palais in der Marc Aurel-Gasse vor einem Mann mit grauem Bart vom Trottoir heruntertrat, einem Rabbiner oder Priester, war erinnerungswürdig. Den Mann vergaß er nicht; sein Gesicht schaute ihn an; es war wie abgekehrt und übersah das sogenannte Elegante.

Dir aber gefällt's, du hast dich noch nicht davon abgewendet... Vielleicht war er zu irdisch, weil er so etwas wie sein Zigarettenetui mit Schlingpflanzenmuster gerne hatte oder seine flache goldne Uhr befühlte, zu der noch eine andere Uhr kommen mußte, auch aus Gold, aber kleiner, in deren Sprungdeckel ein fingernagelgroßes Glas eingefügt war und welche beim Hoflieferanten Foehl in der Stiftsstraße im Schaufenster auf dunkelblauem Samt auslag, wo er ihretwegen oft vorbeiging. Sobald Irene nach Avenches fährt, kaufst du die Uhr, dachte er, denn dann kam's nicht mehr darauf an, weil ein Jahr Pensionatszeit teuer war und Sparen, ohne daß man etwas davon hatte, nur einen Geizhals fröhlich machte. Denn was blieb einem schon als diese Sehnsucht nach etwas Besonderem, das nicht jedermann hatte? Alles andere war sowieso bloß grau und fade... Er aber freute sich aufs nächste Konzert in der Liederhalle, für das er seine goldenen Manschettenknöpfe mit den Brillantensplittern ins frisch gestärkte Hemd einknöpfeln, die Zugstiefel anziehen und in einer Chaise mit grummibereiften Rädern von der Heidehofstraße durch die Charlotten- und Alleenstraße fahren würde, an Konsulaten und Villen vorbei. Und er überlegte, ob nicht früher eine Straße, die nicht weit vom Hoppenlaufriedhof gelegen war, Constantinsallee geheißen habe, doch kam's ihm vor, als bilde er sich das nur ein. Ja, es war Phantasie, die Constantinsallee gab es hier nirgends.

Immer noch war Irene in der französischen Schweiz, und Julius überlegte, ob sie dort auch von den Stachelbeeren nur die Häute aß, ihr kühles, gallertiges Innere aber ausspuckte, denn so hatte sie's hier immer gemacht. Das kam ihm als ›Mödele‹ vor, als eine Angewohnheit, die ihm fremd war und wahrscheinlich damit zusammenhing, daß sie keine Geschwister hatte. Jetzt hatte sie über ein Dutzend, und die stammten aus der ganzen Welt.

Irene schrieb jede Woche, und allmählich reimte er sich die Mädchen zusammen; er konnte sich vorstellen, wie sie waren. Am besten gefiel ihm Liesl von Uriel, eine Offizierstochter aus Wien mit langem Zopf und breitrandigem Hut in einem hellen Kleid, aber auch die Gußmann war nicht schlecht, nur hatten deren Eltern halt ein Varieté in Kiel. Die war in Ordnung, die war besser für Irene als Emilie Rühle aus Gablenberg, auch wenn Emma Gußmann den ›Nordexpreß‹ zur Quetschkommode sang. Merk nur, wie's zugeht, sieh, was ringsum los und locker ist, dann läßt du vielleicht auch einmal Arme und Beine schlenkern und gehst nicht mehr so steif... Bind nur mit den andern Bettziachen zusammen – ja, das heißt auf hochdeutsch halt

Leintücher, und ich weiß, daß du jetzt glaubst, das Schwäbische sei nicht ganz salonfähig – also, laß dich an Bettziachen in den Garten rutschen und rauche im Pavillon Zigaretten; ich weiß, daß du trotzdem ein braves Mädle bleibst.

So redete er in Gedanken mit Irene, wenn er einen ihrer Briefe las, und versuchte, sich die andern Mädchen vorzustellen, von denen er kein Bild gesehen hatte, wie beispielsweise von Juliette Jaccard aus Genf, die »schwarzhaarig und sehr temperamentvoll« war. Was wohl Irene mit ›temperamentvoll‹ sagen wollte? Vielleicht dies, daß Juliette einmal einen Brief zerrissen hatte und darauf herumgetrampelt war, freilich nur auf einem Briefe ihrer Mutter, die zuwenig Geld fürs Ballkleid geschickt hatte. »Ein einfaches tut's auch, und du schmeißt es in einem halben Jahr doch weg«, hatte Mama geschrieben, und das war freilich schon ein Grund zum Temperamentvoll-Werden. Julius sah es ein und konnte mitfühlen. Susanna Beltraghi aus Mailand aber hatte für ihn etwas Schmalziges, er konnte sich nicht helfen, während ihm Helene Silber aus Göppingen, die mit dem offenen Haar, nahezu schwärmerisch erschien. Ob die nicht später so etwas wie Heilgymnastik lernte, wenn sie keinen Mann bekam? Da wäre ihm Marietta von Gerber [aus Zagreb] fast lieber gewesen, denn die hatte immer dunkle Nagelränder und eine zerwühlte Frisur, freilich bloß, weil sie ein bißchen schlampig war; aber die Garnisonstadt Zagreb, die und den Major von Gerber, die konnte er sich gut vorstellen; der ging halt gern ins dunkelrote Plüschsessl-Café, weil er so leidenschaftlich Billard spielte, obwohl das Billard sich zuweilen auch in Poker oder Baccarat verwandeln konnte, um von der blonden Bufettdame ganz zu schweigen. Du hast gut aufgepaßt, damals in Wien vor sieben Jahren; jetzt merkst du erst, daß du dir allerlei von dort zusammenreimen kannst, besonders diese wunderbare kaiserliche und königliche Monarchie... Und Julius glaubte, den Balkan und das Böhmische im Blut zu haben, das sich mit Schwäbischem übrigens gut vertrug. Ein rumänischer Geiger fiel ihm ein, der ihm über den Fiedelbogen hinweg immer wieder zugezwinkert hatte, was zwar freundlich gemeint, aber nur aufs Trinkgeld gemünzt gewesen war. Eulalia Stone mit der Milchkaffeehaut war in Trinidad daheim und hatte große Augen, dicke Lippen, ein Kind, noch nicht ganz vierzehn Jahre alt. Emma Tassius aber, Emma Tassius aus der Niederlausitz – doch leider fiel ihm zu ihr gar nichts ein.

Du mußt abwarten; im nächsten Jahr fährst du nach Avenches und holst deine Tochter ab, schaust auch ein bißchen nach den Römern und ihren eindrucksvollen Trümmern. Aber daß du den ersten Virtuosen-Erfolg deiner Tochter nicht gebührend würdigst, das ist eine Schande... Und er las noch einmal ihren Brief. Da hatte sie also eine Etüde von Chopin gespielt und hörte unterm Spielen, wie's hinter ihr trappelte, wisperte und schließlich still wurde; jetzt war das Aufatmen zu hören. Nachher klatschten sie und jubelten. Also hatte seine Tochter Irene einen Triumph im kleinen Kreis einheimsen dürfen, Irene, deren Schrift sich übrigens geändert hatte und runder, breiter, fülliger geworden war; sie schrieb jetzt auch lateinisch; sie benützte nicht mehr spitze Federn wie zuvor und mischte französische Brocken unters Deutsche, so daß er also sagen konnte, dieses Pensionat schlage bei seiner Tochter recht gut an.

Er tat in Gablenberg dasselbe, was er früher getan hatte, und sein Gesicht veränderte sich kaum; es wären denn die bleichenden Haar an Bart und Schläfen aufzuzählen, um die er sich aber nicht kümmerte; zudem hatte er eine Glatze und, wenn er sich aus dem Abstand ansah, merkte er, daß er in den letzten fünf Jahren eben doch gealtert war, vielleicht, weil er, was ihn selbst anging, nichts Neues mehr erkennen konnte. Die Zeitung las er nur noch flüchtig, denn irgend etwas, das nicht ins Reine gebracht werden konnte, hatte sich jetzt eingeschlichen, obwohl doch alles gleichzubleiben schien. Dann las er wieder einen Brief seiner Tochter Irene, die mit Helene Silber aus Göppingen Freundschaft geschlossen hatte, einer Professorentochter und dieselbe, die auf dem Bild mit offenem Haar zu sehen war, als sänke sie dem Frühling an die Brust.

Inzwischen war auch Weihnachten herangekommen, und Julius hatte den Christbaum in das Gärtle gesteckt; er behängte ihn mit massiven, blauen und weißen, grünen und roten Glaskugeln, steckte Lichter in die Halter und dachte daran, daß er bald zum Bahnhof fahren werde, mitten in der Nacht. Irene kam wieder zurück, und ob sie dann von ihm, dem Wirt und Büchsenmacher, nicht enttäuscht sein werde als von einem schlichten Manne, der ihr nichts Neues zu sagen wußte, weil sie in Avenches vieles gesehen hatte, neues und anderes, das war gut möglich. Hier hing doch immer noch seine Schildmütze zwischen Jagdflinte, Stock und Jagdtasche am Garderobenständer vor der Tür; in der Wirtsstube waren weder Tische noch Stühle von ihren Plätzen weggeschoben worden, und Luise hatte ihr grauseidenes Kleid angezogen, das Irene auch schon seit dem Jahre neunzehnhundertundeins kannte.

Aber dann umarmte sie ihn auf dem Bahnsteig, sagte: »Grüß Gott, Papa. Am Anfang hab ich Heimweh g'habt und g'heult; aber jetzt geht's...« wobei sie das Wort »Papa« schwäbisch aussprach, also so, daß das zweite a dumpf klang, halb verschluckt und nach o hin verändert. Sie war anders geworden, und das gefiel ihm. Ihre Gesichtshaut war glatt und sauber, sie sah frisch aus wie früher, aber was ihm an ihrer Handschrift aufgefallen war, das sah er jetzt auch an ihr selber; es war das Kräftige. Das hochgesteckte Haar hatte sie über der Stirn zu zwei Wülsten ausgestopft, und dann stand ihr der Mantel gut, dieser um die Hüften enge und nach unten weite aus der Schweiz. Dazu der Hut mit den zwei Federn, die im Hutband steckten, als wären sie hineingeschossen worden. Er deutete darauf und sagte: »Aha, zwei Liebespfeile... Aber wenn sie nur dort oben sitzen, ist's nicht schlimm.« Sie wurde rot, und er sah weg.

Zu Hause die Geschenke. Das heimatliche Weihnachtsessen: Kartoffelsalat mit Saitenwürstchen. Die Stille vor den engen Fenstern, und daß Schnee gefallen war, gehörte auch dazu. Irene setzte sich ans Klavier und spielte: ›Stille Nacht‹ und ›Es ist ein Ros' entsprungen‹. Er sah den Christbaum an, den er, wie früher, auf vielen Märkten gesucht und schließlich beim Charlottenplatz gefunden hatte. Irene nahm eine der dunkelblauen Kugeln in die Hand und wog sie auf den Fingern. – »Solide...«, sagte sie und schmunzelte. Sie war jetzt anders als zuvor, aber wie, das hätte er nicht sagen können; es war nicht ihre neue weiße Bluse und nicht ihr langer Rock, es war, daß sie sich leichter zu bewegen schien und ihre Arme oder Schultern, wenn sie sich umdrehte, mehr Raum als früher brauchten; so kam es ihm wenigstens vor.

Also sah er wieder einmal etwas Neues und vielleicht das Wichtigste, das es überhaupt zu bemerken gab: wie sich ein Mensch veränderte und etwas erfuhr, das in ihn drang, als wäre in sein Blut etwas hineingeflossen, das alte Reste hinwegspülte; und er bemerkte es an seiner Tochter. Helene Silber, ihre neue Freundin, zu der sie Lene sagte, kam am zweiten Weihnachtsfeiertag aus Göppingen herüber und zeichnete den Zirkel einer Studentenverbindung mit Ausrufezeichen hinter eine Photographie, auf der sie wieder offenes Haar hatte, während sie mit einer Nestfrisur zu Tische saß. Ihre Brüder studierten Theologie; deshalb der Verbindungszirkel hinter Lenes Namen, dieses »Vivat Crescat Floreat Stochdorphia«. Sie sagte, sie sei Bundesschwester, riß die Augen auf und redete fast so, als ob sie auf einem Katheder stünde, freilich immer nur ein paar Minuten lang. Julius fragte, was ihr Vater sei, erfuhr: »Gymnasialprofessor«, sagte: »Ach ja, ich weiß... Die Irene hat es mir geschrieben« und dachte, also sei ihre Art zu reden sozusagen ein Erbstückle. Lene und Irene wechselten einander im Erzählen ab, und Julius hörte von der Leiterin des Pensionats, einer gewissen Sylvia, die Wurstfinger hatte; die Mädchen mußten zu ihr Mademoiselle sagen, was bei ihr wie ein Titel klang. In ihrem Salon stand ein Samowar auf einem Spitzendeckchen. Der Bruder der Elfriede Rauscher war sehr elegant, nur hatte er sich auf dem Ball nicht um Mädchen wie Lene und Irene kümmern können; da mußte eine schon... Und Irene spreizte beide Hände vor der Brust, als drücke sie was Rundes und Gefülltes an sich. Es kam deutlich heraus, und deshalb wurde sie auch wieder rot. Julius hätte gern gesagt: ›Aber Fräulein Silber ist doch auch gut ausgepolstert‹, blieb aber still und dachte: daran kann's also nicht liegen.

Immer kam etwas hinzu, das niemand kannte. Und es war nett, junge Mädchen dazuhaben. Irene spielte eine Etüde von Chopin, dieselbe, mit der sie in Avenches Beifall geerntet hatte; das hörte sich dann wie durch Jalousien eines Hotelzimmers in Venedig an; dorthin hätte es besser gepaßt als in die enge Gablenberger Stube. Etwas anderes von Schubert, diesem Wiener, kam Julius dann besser vor, weil's wie ein Volkslied klang. Und er fing an, das Lied: »Da streiten sich die Leut herum« zu summen. – »Komm, Papa, sing's!« sagte Irene, und Lene Silber war begeistert: »Bitte! Aber bitte schön, Herr Krumm!«

Er sang's, Irene begleitete ihn, und seine Stimme kam ihm brüchig vor; aber für dies: »Und sag der Welt ade« war jenes Brüchige vielleicht doch das richtige Timbre; denn Lene und Irene redeten von Timbre, und er ließ sich erklären, was es sei; jetzt wußte er's.

Sie sprachen dann noch übers Faschingskleid. Irene würde also als Rotkäppchen gehen, und Julius dachte, das sei ein unschuldiges Kostüm, sagte aber nichts. Das ist dein Leben und es kommt dir abgestanden vor... Er gähnte und sah Luise an, die mit gekrümmtem kleinem Finger Linsen über die Tischkante in einen Topf streifte. Er konnte sie nicht überreden, zu Doktor Rosenberg zu gehen, weil sie nichts mehr vom Stoß der Nudelschneidmaschine spürte. Also gut, dann glaubte auch er, daß es nichts Ernsthaftes sei. Und im

Mai fuhr er in die Schweiz, um sein Töchterle abzuholen, schließlich hatte er es ihr versprochen.

Er fuhr einen Tag früher, weil er alles allein sehen wollte. Im Schnellzugscoupé begleitete ihn ein Traum. Hinter einer Ecke sah er unter einem gelben Leinendach auf einem Podium Frauen hervortreten, deren Gesichter Tierköpfe wurden, so daß einmal die Schnauze eines Hunds unter der Nase einer Dame herausschaute; dann glitt ihr Gesicht wieder ins Gewohnte, behielt aber einen weißen Fleischrest auf der Backe, der nicht verschwand. Er hatte die Frau früher ebensowenig wie ihren Impresario gesehen, der auf dem dünnen Brett des Podiums vortrat und seine Damen einwies; ein Magerer mit schmalen Händen, die sich geschmeidig regten. Zuschauer war außer Julius, der um die Ecke schaute, nur ein Mann in gelbem Sweater, der eine ovale Kappe trug.

Dann kam er an, ließ seine Reisetasche auf dem Bahnhof und ging in einem klaren Nachmittage weiter. Ging die Rue Centrale hinunter, was wahrscheinlich auf Deutsch Hauptstraße hieß, stand vor einem trockenen Brunnen und fand sich unter Arkadenbögen, wo er ins glatte, gelbe Licht der Straße schaute. Es war noch blätterleer; die Bäume hatten grüne Zweigspitzen, was im Gegenlicht wie Tropfen aussah. Dann war er schon wieder im Freien und sah am Rand der Stadt das Pensionat, ein altes Haus mit Walmdach hinter einer Mauer, wo der Garten sich ausstreckte, jetzt kahl und sorgfältig geputzt mit Beerenbüschen, die auf dünnen Stämmchen standen; das war doch wider die Natur und weder Baum noch Strauch. Der Garten und das breite Haus schienen zu warten, wahrscheinlich, weil es Zeit zum Abendessen war. Nirgends ein Mensch. Weibliche Menschen... dachte er und betrachtete die Aussicht, deren Weite ihm südländisch vorkam, blau- und goldgemischt. Das Gras hatte da und dort noch manche falben Stellen, besonders vor der langen Mauer, die weitab zu liegen schien, vergrast und meistens eingebröckelt, was sie krumm erschienen ließ, ein angewittertes, angefressenes Schattenbild vor dünnem Goldbelag am Himmel; wo ein runder Turm herauswuchs, war die Mauer glatt und kantig, auch von einem Torbogen durchbrochen, und dieser zugemauert. Dann Steinblöcke an der Straße und neben ihnen rundbogige Pforten, alle offen und heut nicht mehr benützt; es fehlten die Türflügel. Nur noch der Weg wurde begangen, dieser freilich feinsandig und zuweilen von einem Staubfaden belebt, der sich verflüchtigte. Er war der einzige, der jetzt hier ging, wahrscheinlich dieses Samstagabends wegen, oder weil er etwas finden wollte, das vor ihm noch niemand gesucht hatte. Lächerlich... aber so mutete es ihn hier an, und er stellte sich vor, wie er am nächsten Tage, also morgen – und wie selbstverständlich, daß dieser nächste Tag schon morgen war – daß also morgen ein gewisser Julius Krumm sich auf den Hang vor diese Mauer wünschte, während er, ein Weinglas in der Hand, unter duftenden Mädchen stehen mußte. Und er ging ein paar Schritte, atmete auf, betrachtete den Weg und glaubte etwas einzuatmen, das ihm bis heute noch niemals zugeweht worden war. Ein weiter Ausblick und nicht mehr, freilich nach rückwärts, dort hinüber, wo das Podium unterm gelben Leinendach gestanden war, also im Traum.

Römische Mauern, römische Türme, daher der weite Ausblick. Hinter den Mauern lagen Steinbrocken, und manche glichen Trommeln; an einer Wand eine Inschrift auf einer Marmorplatte, wo lauter große Buchstaben in lateinischer Schrift zu sehen waren, alle scharfkantig hineingehauen; nicht weit davon eine zerfressene Säule, wie ein entfleischter Finger neben einem Holzzaun aufgerichtet; ein Baum stand da, und es war beinah hinterm Pensionat, weshalb er einen Bogen machte, Gras sah, das an ein Fell auf einem magern Leib erinnerte, weil unter ihm sich Mauern abzudrücken oder heraufzudrängen schienen, als ob es Knochen wären. Und er ging wieder zur Bahnstation zurück, um seine Reisetasche abzuholen.

Im Gasthof bei den Gleisen nahm er sich ein Zimmer.

Er sagte andern Tags einem Mädchen mit blondem Zopf, der ihre Hüfte streichelte, seinen Namen und daß er der Vater von Irene Krumm sei. Das Mädchen lächelte, verschwand und ließ ihn in dem weiß getünchten Vorplatz stehen, wo er an der Wand entlangging und Schattenrisse ansah, die meisten kleiner als seine Hand; das waren Porträts längst verstorbener Herrschaften, unter ihnen ein Student mit farbiger Schirmmütze. Julius stützte sich auf seinen Silberkrückenstock und war verwundert, weil's hier so hell war und er sich nach Irenes Erzählungen dieses Haus dunkler vorgestellt hatte. Aber was willst du, schließlich stammst du nur aus einem Dorf... Er war über sich selbst erstaunt und es kam ihm vermessen vor, daß er jetzt den Wunsch hatte, in ein vornehmeres Haus zu treten als dieses hier, wo ihn die blendend weiß getünchten Wände eines Vestibüls im Vormittagslicht die Lider zusammenkneifen ließen. Aber gut, daß er allein hier warten, ungestört den schmalen Schreibtisch unterm Bogen, dort wo die Treppe linker Hand hinaufging, anschauen und sich an der Ordnung freuen konnte, die in den beiden Ledermappen mit der Goldpressung ›Answered‹ und ›Unanswered‹ auf dem grünen Löschblatt sichtbar wurde. Denn dies erschien ihm ungewöhnlich, fast als wäre es durchleuchtet oder eben anders, als er es gewohnt war. Denn weil er nur noch selten etwas sah, das ihn nicht ungeduldig machte, war er froh, hier wenigstens den alten Schreibtisch anschauen zu können. Am wohlsten ist dir's halt, wenn du allein bist; denk bloß an die Römermauer gestern abend... Und er drehte sich um und glaubte, die lange Säule schaue hier herein durchs Fenster, aber dann war es Irene mit der bezopften Blonden, und darüber freute er sich herzlich.

»Du... Es war doch ausgemacht, du kommst erst heute abend? Und das ist die Liesl von Uriel aus Wien.«

Um die Augen herum war Liesl noch wie zugewachsen, eben kindlich, und er dachte: die wird sie noch früh genug aufmachen müssen. Die Mädchen hatten helle Kleider an, und ihm kam's vor, als ob er sie nur in Umrissen, also wie gezeichnet sähe, eine Bewegung leichter Stoffe mit einem Hauch von Kölnisch Wasser. Liesl sagte: »Deinen Pappi müssen wir doch Mademoiselle Sylvia zeigen« und streckte den Zeigefinger in die Luft. Er sah in einem Spiegel, der zur Decke reichte, wie ungeschickt er lächelte. Seine Figur im schwarzen Anzug und mit Bauch gefiel ihm nicht, doch war er sowieso keiner von denen, die gerne in den Spiegel schauten. Was willst du hier, du gehörst nicht unter junge Leute, dachte er und überlegte, wie er wieder wegkam, hinaus zur Römermauer und auf den Hügel vor der Ebene. Wer weiß, am Ende schadet's deiner Tochter, wenn die andern Mädchen dich hier sehen... Und ihm fiel ein, daß er Irene übermorgen wieder mit nach Hause nahm. Dann machst du also alles hier noch mit, wie's vorgesehen ist, verbeugst dich, wenn du das für richtig hältst... Aber mit Neunundfünfzig kam man nur noch selten in eine solche Verlegenheit. Und er begrüßte Mademoiselle Sylvia, eine Große und Massive im dunkeln Kleid, die rosige Wurstfinger hatte. Da fühlte er sich wieder leichter, dachte: du kannst dich noch gut zeigen... und ging neben der Anstandsdame zum Essen in die Glasveranda, während der Gong dröhnte.

Ein hastiges und karges Essen, denn heute Abend war doch Ball. Er aß von einem Teller mit blau verziertem Rand, während die Mädchen weiße vor sich hatten, und wiederum bereute er, zu früh hergekommen zu sein. Wie behaglich wäre er jetzt drüben beim Bahnhof gesessen, wo er den Rock hätte ausziehen können, wenn ihm, wie hier, die Sonne in den Nacken brannte, nur ließ er sich das nicht anmerken. Daß du anders bist als daheim in der Wirtschaft zum Goldenen Hasen, das gibt's natürlich nicht... besann er sich und wollte nicht, daß seinetwegen am Tisch Deutsch gesprochen wurde; ihm wär's lieber gewesen, wenn er den Mund nicht hätte aufzumachen brauchen. Aber dann wollten sie's so haben, wie's die Anstandsdame bestimmt hatte. Er sagte zu Liesl von Uriel, sie sei ein nettes Mädle, und mußte von Gablenberg und vom Jakob Krämer erzählen, dem Weingärtner, der nur deshalb gesunde Zähne hatte, weil er sie mit einer Rinde Schwarzbrot putzte. Elsa Gußmann aus Hamburg drehte, bevor sie losprustete, große dunkle Augen zu ihm her, und er sagte zu ihr: »Ich weiß schon, daß Sie den Nordexpreß singen können.« Die Gußmann saß steif auf ihrem Stuhl, machte den Mund faltig und sagte, schließlich sei ein Kabarett nichts anderes als ein Pensionat, bloß liefen dort manchmal die Mädchen nackt über die Treppen, schliefen aber auch im Haus. – »Meine Eltern haben doch in Kiel ein Tingeltangel«, fügte sie hinzu und freute sich, wahrscheinlich weil sie jetzt, Julius Krumms wegen, von der Anstandsdame nicht zurechtgewiesen werden konnte. Liesl von Uriel biß sich auf den Daumennagel und ließ ihren Zopf fliegen. – »Was ist das?« sagte sie, hielt den Zopfschwanz unter die Nase, und nur Julius Krumm wußte, daß es ein Kuß war.

Vorbereitungen für den Ball. Die Mädchen wurden von der Vorfreude erwärmt. Elfriede Rauscher richtete sich auf, wahrscheinlich, um hinter Julius durchs Fenster hinauszuschauen, weshalb er Platz machte. Aber dann lächelte die andere: »Ach, leider bloß mein Bruder«, worauf Juliette Jaccard sich über ihren Teller mit dem rosa Nachtisch beugte. Elfriede hatte Glyzeringlanz in den Augen, aber der war echt. Wenn die keine derart kräftigen Hände gehabt hätte und mager gewesen wäre, hätte er, ihrer Augen wegen, ›die wird's später schwer haben‹ denken müssen; aber so, mit *der* Figur … Die konnte zupacken, obwohl sie zärtlich war. Oh, das gab's nicht oft; eine seltene Mischung also, die Elfriede, und deshalb würde sie sich auch beim ersten Mal den Falschen nehmen, das sah er voraus. – »Darf ich meinen Bruder hereinholen?« fragte sie die massige Mademoiselle Sylvia und sprang schon auf.

Dann führte sie ihn in die Glasveranda. Der Bruder hatte eine dünne, spitzzipfelige Oberlippe, unter der die andere rot vorsprang, und lange Finger, in denen immer eine Zigarette hing; einer, der sich auf eine Stuhllehne stützte und zu Juliette Jaccard über deren linke Schulter sprach. Julius dachte: ein frecher Kerl... beneidete ihn um seine lockeren Arme und daß er ungehindert drauflosplauderte, nur hatte dieser Bruder, der Student war, für Julius etwas an sich, das ihn sonderbarerweise an einen Küfergesellen und an seinen Freund Schick erinnerte, der in Amerika geblieben war. Er hätte nicht sagen können, was es sei, dachte aber dann: vielleicht die Stirn... oder nur die Frisur, denn dieser junge Mann hatte sich das Haar bis zu den Brauen in die Stirn gekämmt. Trotzdem: über der Nasenwurzel war ein Wulst, der seine Stirne schattig machte.

Da überlegte er sich also, wie die jungen Leute waren, und Neid mischte sich in sein Gefühl; seine Tochter aber hatte er kaum angeschaut. Jetzt willst du dich hinlegen. Wie's heute abend werden wird, kannst du dir denken. Und es war, als ob er einen kleinen Mann mit kugelrunder Weste, die Beine krumm und den Schnauzbart in beide Mundwinkel herabgestrichen, geröteten Gesichtes, ein verlegener Glatzkopf, zwischen Mädchen sein Glas heben und Eiertanzschritte probieren sähe, vorsichtig und als einer, der sich wie der Tintenfisch im Salon fühlte, also fehl am Platz. Ein spanisches Sprichwort, er entsann sich dessen, denn in Philadelphia hatte er nicht nur mit Deutschen verkehrt. Und dieser Spanier, der bläuliche Backen gehabt hatte, weshalb er sich einen Bart hätte stehenlassen sollen [aber der ging immer glattrasiert], hatte ihn damals unter braunen Lidern hervor angeschaut und das Wort vom Tintenfisch auf ihn gemünzt. Übrigens ein eleganter Bursche und ein Bankbeamter, der ihn zum ersten Mal ›Zwischenraum-Julius‹ genannt und zu ihm gesagt hatte, wenn einer bei ihnen daheim so wie er auf Abstand bedacht sei, sagten sie, der habe eine portugiesische Großmutter.

Das konnte nun bei ihm nicht stimmen, denn er mit seinen dünnen Beinen und dem breiten Gebiß sah vielleicht russisch aus. ›Kosakisch‹, wie Emilie Feuerlein zu sagen pflegte, denn die mußte es wissen; nicht umsonst waren die Verwandten des württembergischen Königshauses, also jene, die mit Herzogin Wera zusammenhingen, lauter Russen; aber genau sagen, wie die hineinspuckten ins Schwäbische [pßt! ›hineinspucken‹ ist kein Wort fürs Pensionat], das hätte er nicht können. Und er sah die Herzogin Wera mit dem kurzgeschorenen Kopf – dieselbe, die auch Autofahren konnte und Männerhosen trug – neben dem Spiegel im Gasthofzimmer herschauen, wo er sich auf einem Plüschsofa ausstreckte. Freilich, gescheiter wär's gewesen, er hätte sich ausgezogen und ins Bett gelegt, obwohl er heute abend sowieso ein frisches Hemd anziehen mußte und es gleichgültig war, wenn er das alte jetzt zerknitterte.

Abends seine ansehnliche Tochter im girlandengeschmückten Saal. Daß sich Irene so aufputzen würde, das hätte er nicht erwartet; freilich, es war dezent gemacht. Liesl von Uriel schob sich neben ihn und flüsterte: »Wir haben halt ein bißchen nachgeholfen, ich und die Juliette.« – »So?« sagte Julius. Liesl öffnete ihr Täschchen und zeigte einen Lippenstift in silberner Röhre, von der sie sagte, daß es ein Erbstück von ihrer Urgroßmutter sei: »Die hat sich damals für Herrn von Metternich schön gemacht.« Und er tat so, als ob er wüßte, wer gemeint sei, fragte, ob dieser Metternich auch ausschweifende Krägen mit langen Spitzen getragen habe, und Liesl sagte: »Oh, gewiß! Den Vatermörder!« was ihm dann als etwas arg Altmodisches vorkam, weil sein Vater – Ach, du liebe Zeit. Da war er also mit seiner Erinnerung schon in den Tagen, da Herr von Metternich in Wien am Rennweg Geige gespielt hatte, abends bei den Soiréen. Denn all dies wußte Liesl von Uriel, sie erzählte es, und dann merkte er, daß hier Kerzen in alten Kronleuchtern brannten; alle elektrischen Deckenlampen waren ausgemacht. Elfriede Rauscher hatte ein tiefes Decolleté und ein spitzenbenähtes Kleid, und jetzt erst kam ihm Liesls Kleid nicht ganz modern vor. – »Weil er halt alles merkt, dein Pappi, hat mich der gleich auf meine Großmutter angesprochen«, sagte sie, und Julius konnte sich nicht helfen: ihm gefiel der Tonfall, obwohl sie's nur zusammenschwindelte, das mit ihm und daß er gleich das Ballkleid ihrer Großmutter gesehen habe. Aber es war doch auch kein großer Unterschied zwischen damals und heut, wenigstens jetzt noch nicht... Er sagte es dem Mädchen, und die fragte, wann er geboren sei. – »Ich bin ein Achtundvierziger«, sagte er, und ihm kam's vor, als ob dieses Jahr achtzehnhundertachtundvierzig im nächsten Zimmer läge. Denn hier war im Kleid der Liesl von Uriel die Vergangenheit noch da; und weil damals sein Vater jung gewesen war, während er heut im neunundfünfzigsten... kam es ihm vor, als ob sich alle Zeiten ineinanderschöben. Das Kerzenlicht auf Juliette Jaccards bloßen Schultern, auf den Gesichtern von Elfriede Rauscher und Liesl von Uriel, machte die Haut gelbsamtig. Fräulein von Uriel zeigte ihm eine Puderdose, auf der ein Emailbild glänzte, und das war ein Herr mit hohem Kragen, der bis an die Ohrläppchen reichte; sein Frack war aus hellblauer Seide, und auf der locker geschlungenen Krawatte, diesem recht bequemen Halstuch, hing ein Orden an schwarzgelbem Band. Dies schaute also noch herein in diese Gegenwart der Pensionate in der französischen Schweiz.

Musik begann. Bei der Polonaise konnte er mitmachen, und Liesl hielt ihn an der Hand. Du liebe Zeit, es hätte sich ja alles fast romantisch angelassen, wenn nicht die hohen Spiegel dagewesen wären und er sich immer wieder drin gesehen hätte; er, der kleine Dicke mit Schnauzbart, flachem Kragen und Deckkrawatte, das dünne Haar fast weiß, in einem schwarzen Anzug, der unter hellen Kleidern auffiel, obwohl die jungen Männer so wie er gekleidet waren. Einmal wurde es ihm schwindlig und er lehnte am Treppengeländer, als die Paare sich im Vestibül verloren. Liesl von Uriel mußte Elfriede Rauschers Bruder die Hand geben und zog die Nase hoch. Julius ging in den Saal zurück, der für kurze Zeit leer blieb; es spielten nur die Musiker, und niemand tanzte. Der am Klavier hatte einen ausgezehrten Nakken, und seine Frackschöße streiften fast den Boden. – »Der Rauscher ist doch nicht besonders elegant...« sagte Liesl zu Julius, als sie wieder mit den anderen zurückkam; sie fragte, was denn mit ihm draußen im Gang gewesen sei und er sagte: »Nichts Besonderes.« – »Aber man muß doch auch auf sich aufpassen«, sagte sie. – »Vielleicht. Aber in meinem Alter...« – »Vielleicht in jedem Alter mein' ich. Und Irene meint es auch.« – »Ach, seid doch lustig. Kümmert euch nicht drum.«

Er durfte sich doch nicht anmerken lassen, daß ihn alles nichts mehr anging; da mußte er aufpassen, und Liesl und Irene hatten recht. Er setzte sich in das samtgepolsterte Ecksofa, überlegte, wie er verschwinden konnte, ohne aufzufallen, und dachte, so wie heut sei er noch bei keiner Gesellschaft bemerkt worden, nur mache ihm das jetzt beinahe nichts mehr aus. Wie sich alles veränderte und wie es trotzdem gleichblieb... Und es fiel ihm ein Fest daheim im Lindenhof um achtzehnhundertsiebzig ein, wo es auch so wie hier gewesen war, nur halt ein bißchen anders kostümiert; freilich auch weniger ›fein‹ als hier. Aber daß einer dabei war wie dieser junge Rauscher, um den sich so ein Fest zusammendrängte, auch wenn er meistens mit der Juliette Jaccard tanzte, das war vergleichbar, und deshalb würde es auch immer in der Ordnung sein. Und wieder dachte er, die Ordnung sei das Kinderwagenschieben, das Opa-Werden und das Pensionsberechtigtsein; darauf laufe alles hinaus.

Helle Kleider. Heller Wein in hochstieligen Gläsern. Liesl von Uriel puderte sich die Nase und schob Irene ihre Dose in die Hand. Irene ging damit hinaus. So lernte also seine Tochter die Gepflogenheiten der verwöhnten Leute kennen, diese Handgriffe des Vergnügens. In Gablenberg würde sie sich freilich nicht mehr pudern, und auch die Farbe auf den Lippen würde morgen schon weggewischt sein; eigentlich schade ... Und Julius wunderte sich, daß hier alles heiter weiterging, fast so, als ob die Mädchen barfuß übers Parkett liefen, das ihm zwar als gelb glänzendes, aber festes Wasser vorkam. Wenn sich's wieder zurückverwandelte ins nachgiebige Element, auf dem jede einsänke ... doch gab's dies zum Glück nicht. Ihm spiegelte so etwas nur sein Alter vor, die Mädchen aber konnten sich auf diesen festen Boden hier verlassen. Unsinn, auf einem Ball daran zu denken, daß der Boden nur fest gewordenes Wasser war ... Und er dachte an sein Haus, an die Baumstückle, eines auf dem Hasenberg und zwei an der Grenze zur Markung Gaisburg; dazu die Aktien, nicht viele, aber immerhin ... Lauter Papiere, alle mündelsicher ... Die konnten ihm doch nicht weggeschwemmt werden ... Also gut, er sah wieder den Paaren zu, den Tänzern.

Es bewegte und es regte sich, und immer wieder war es anders. Da schob es sich zusammen, als ob es sich verfestigte für einen Augenblick, doch bereits lockerte sich's wieder auf, wurde mit Luft durchsetzt, porös, verschnörkelt, ein verschlungenes Ornament aus Leibern, Kleidern, Haar ... Und er erinnerte sich an gewisse Augenblicke, da er von der Kolonnade des Königsbaus auf den Schloßplatz gesehen hatte und ihm die Bewegung der Leute wie ein Gespinst erschienen war; jetzt wurde es engmaschig und dann löcherig, als ob's zerbröseln wollte, nur fand sich immer wieder ein Geschehnis, das es neu belebte: eine Droschke, die vorbeifuhr, ein Leiterwagen, eine Straßenbahn, ja sogar einer dieser Motorwagen, die Stinkkutschen genannt wurden; nur durfte er sich nicht erlauben, alles so zu sehen. Jawohl, dies war verboten, und wie bist du darauf gekommen? Du weißt es nicht. Du siehst es eben anders als vor dreißig Jahren, dachte er und sah sich mit Agathe, seiner Schwester, über den Schloßplatz und hinauf zum Hotel Royal gehen, wahrscheinlich weil er glaubte, daß Agathe die Bewegungen der Leute – du gehörst doch auch zu ihnen – so wie er anschaute. Hier aber sah nur er aus einem Zwischenraum auf die Gesellschaft, die starr wurde, sich lockerte, ausbreitete, zerfloß, wieder verhärtete, um dann von neuem – »Doch gemach. Keine Angst, wenn ich Sie bitten darf...«

Er drehte sich um und wollte sehen, wer dies sagte. Herr Rauscher sprach mit Liesl von Uriel, und Liesl zupfte sich am Zopf. – »Stehn'S doch kommod«, sagte das Mädchen und machte einen Schritt zur Wand; dort lehnte sie sich an. Sie zwinkerte Julius zu, der jetzt mithörte als der Alte, der nichts zu sagen hatte, weil's ihm bekannt erschien, vertraut von alters her, das Gespräch einer hellen und einer dunklen Stimme, und die dunkle gehörte dem jungen Rauscher.

»Strengen'S sich bloß net so an. Dank schön, ich geh net mit.«

»Bitte, es verpflichtet Sie zu nichts. Oder sind Sie eifersüchtig auf Juliette?«

»Dann müßt ich ja in Sie verliebt sein, Herr... Wie heißen'S denn? Ich vergeß immer die Namen... Was Sie jetzt von mir wollen, das tut eine wie ich halt nur, wenn d'Engerln Musik machen. Die höre ich aber bei Ihnen nicht.« Und sie sagte etwas, das schnell verflog und das Julius sich erst späterhin zusammenreimen konnte, als er aufstand, aus dem Saal hinausging, sich ans Treppengeländer lehnte und wieder einmal an Wien dachte, weil Liesl dem jungen Rauscher von den Sophiensälen erzählt hatte. Dort war er auch einmal gewesen, erinnerte sich aber nicht, im ersten Saale rechter Hand ein Mädchen aus Marmor oder ein ›Marmormadel‹, wie Liesl sagte, gesehen zu haben, also eine Siegesgöttin, die einem Barbarenjüngling – »wissen'S, so einem Haarigen mit Pflaumenlochmund und arg viel Bart« – das Schwert aus der Hand gedreht und gelächelt hatte.

Irene kam mit Lene Silber vorbei. Lene hatte rote Augen und zerknüllte ein nasses Taschentuch. – »Laß diesen Simpel fahren, der ist doch bloß blöd! Schau die Liesl an, wie die ihn wegschubst!« Und Irene redete französisch mit der Lene, wahrscheinlich weil er nicht verstehen sollte, was sie sagte, obwohl er doch gut wußte, was »bien cultivé« hieß.

»Avec ta maison de naissance si bien cultivée, tu es obligé de faire partir ce barbare si misérable! Compris? Alors, va t'en!«

Provinzialfranzösisch mit schwäbischem Akzent, aber es genügte. Liesl von Uriel war selbstverständlich eleganter, doch wär es unpassend gewesen, Gablenberg an Wien zu messen; es wäre nur dabei herausgekommen, daß Gablenberg halt kleiner war. Kultiviertes wehrte sich gegen Barbarisches, und das Barbarische war weder anrüchig noch kräftiger, sondern bloß anders. Und wieder dachte er an die römische Mauer am Rand der kleinen Stadt und sah, wie diese, glatt und scharfkantig und streng, sich gegen die Barbaren gestemmt hatte, freilich ohne Erfolg und warum? Weil es so dem Lauf der Zeit entsprochen hatte.

Auch auf der Heimfahrt mit Irene dachte er an diese Mauer. Eine halbe Stunde schlief er im gepolsterten Coupé. Für die umständliche Reise hatte er ein Zweiter-Klasse-Billett gelöst, und im Traum wollte er hinter die Mauer kommen, fand aber nicht den Eingang. Immer ging er an moosigen Quadersteinen weiter und dachte, es liege etwas hinter ihnen, das sich zu sehen lohne; was er war, wußte er nicht.

Daheim tat er dann wieder, was er zuvor getan hatte, und sein Leben änderte sich nicht; er hatte es auch nicht erwartet, doch blieb der Wunsch, es möge anders werden, aber wie? Darauf wußte er keine Antwort und hatte das Gefühl, als wäre er nur halb in Gablenberg, mit der andern Hälfte aber anderswo; übrigens hatte er dies auch in Philadelphia empfunden und vielleicht überall, wo er gewesen war; denn ganz hielt er sich nie dort auf, wo er gerade lebte. In seltenen Momenten, wie damals vor der Römermauer in Avenches, hatte er dieses Gefühl freilich nicht gehabt, und vielleicht war's deshalb fast so etwas wie Glück gewesen. Glück war allein sein und sich eins fühlen mit der Landschaft.

Irene ging nun wieder ins Konservatorium, und es schien fast, als ob sie es jetzt anders tue; deshalb schmunzelte er sich eins. Aber sie sollte glauben, daß auch sie zu den Künstlern gehöre, von denen einer namens Backhaus seine dicke gekräuselte Mähne schüttelte, wenn er den Flügel handhabte und in der Liederhalle wie Beethoven dastand, breiten Gesichts, nur ein bißchen gutmütiger; da durfte sie dann auf der Galerie jubeln und bravo rufen; immer wieder gab Backhaus eins drein, und Irene lauschte, den Zeigefinger an der Schläfe, sinnenden Gesichts. Im Konservatorium aber haute Seyffarth den Flügeldeckel zu, weil sie geschlampt und sich schlecht vorbereitet hatte und schenkte ihr hernach seine Photographie; auf die Rückseite hatte er eine Widmung geschrieben. Irene sagte, Seyffarth sei zuweilen recht nervös, und Julius freute sich, daß sie ihm das mit dem zugehauenen Flügeldeckel erzählt hatte. Also war sie trotz Avenches nicht affektiert geworden. Aus der Zeitung schnitt sie Aphorismen aus [das Wort hatte er früher nicht gekannt, jetzt aber lernte er's von seiner Tochter] und legte sie in eine Schatulle zu andern Kalenderblättern, auf denen Sprüche und Sinngedichte standen. »Das Buch der Lieder«, einen Band mit Goldschnitt und gepreßtem Deckel, den er vor langer Zeit – er glaubte: in Philadelphia – gekauft hatte, stellte Irene auf ihr Bücherbrett; das hing dann irgendwie mit Gefühlen zusammen. Jakob Krämer sagte zu Julius, jetzt müsse er wahrscheinlich auch dran denken, seine Tochter an den Mann zu bringen, und Julius sagte: »Ja, ich weiß.« Als ihn Luise einmal darauf ansprach, ward er ärgerlich und schrie: »Ich brauch doch meine War' nicht auf den Markt zu tragen!«

Im Konservatorium hatte Irene Schwierigkeiten mit der Theorie, also mit Kompositionslehre und so weiter. Julius dachte: wie mit der Mathematik in der Schul... denn Rechenkünstlerin war sie keine gewesen. Gretel Schäfer, die mit ihr in Avenches gewesen war, hatte sich verlobt; der Mann hieß Albert Roth, sein Vater hatte ein Baugeschäft und eine Villa in der Unteren Birkenwaldstraße, wo immer ganz besonders gut gegessen und getrunken wurde. Aus

Göppingen kam Lene Silber zu Besuch und machte große Augen, lachte und war Julius ein bißchen zu arg fröhlich, denn ihm kam's vor, als stecke irgendwas dahinter. Lene erzählte von Tübingen; dort hatte sie im Verbindungshaus ihrer Brüder [es mußten drei sein] phantastische, herrliche Bälle mitgemacht oder erlebt. Trotzdem bahnte sich auch bei ihr noch nichts Richtiges oder Dauerhaftes an. Gewiß, die hatte Zeit, sie war vier Jahre jünger als Irene, aber trotzdem... Ihr Vater schloß sich immer wieder in sein Zimmer ein; er zankte mit den Söhnen, und dabei ging's um so etwas wie Weltanschauung oder Höheres. Der Vater schrieb Gedichte, und Lene las einmal eins vor, in dem der ›Turm des Schweigens‹ vorkam. Ihre Mutter – und das wußte Julius von Irene – war aus einem ganz besonders feinen Berliner Haus und die Tochter eines Regierungsrates. Lene aber hatte in Avenches nur als Halbpensionärin mitgemacht und in der Küche und beim Saubermachen helfen müssen, denn ein Professor mit drei Söhnen, die studierten, mußte sein Geld fest zusammenhalten.

Die Enge, und daß es ihm widerwärtig war, seiner Tochter einen Mann herbeibringen zu müssen, dies bekümmerte ihn jetzt; es war nicht das richtige Geschäft für ihn, der doch für sich sein wollte. Und dann: war's überhaupt notwendig? Wenn sie unbedingt einen haben wollte, sollte sie den Sohn des Lehrers Obermeyer nehmen, der im Nachbarhause wohnte und in zwei Jahren mit dem Studium fertig war. Freilich, sagen konnte er's ihr nicht. Sie galt doch im Konservatorium als hoffnungsvolle Schülerin, und wer dies vor sich hatte – also eine sogenannte Karriere – der sollte mit den Männern – –

Nein, das durfte er niemandem sagen, obwohl er sich vorstellte, daß seine Tochter eine sei, die zäh war, unerbittlich schaffte am Klavier, sich an der Sprossenwand des künstlerischen Trainings hochzog und bald im Konzertsaal hören lassen konnte. Also, Mäusle, wenn ich an deiner Stelle wär, dann würde mich so etwas wie der Ehestand nicht locken.

Hast denn noch nicht gemerkt, daß du das auch sonst haben kannst, was jeder manchmal braucht? Aber pßt... nicht weitersagen... Und er verriet es niemand, was er dachte, weil dies nur für einen Mann galt, der sich heraushielt. Ihm war's auch nicht gelungen, obwohl er erst mit vierzig geheiratet hatte und seitdem die Sache ganz in Ordnung fand. Denn das mußt du dir eingestehen: ohne Luise hättest du die Weinwirtschaft und das Nudelgeschäft nicht machen können. Ja, wenn du weiterhin als Büchsenmacher in der Rotebühlkaserne hättest schaffen können, wär es etwas anderes gewesen.

Irene wurde dann einmal von Gretel Schäfer zu einem Ball ins Haus des Baumeisters Roth eingeladen und las danach nicht mehr so oft im ›Buch der Lieder‹. Jetzt kam sie auch aus dem Konservatorium des öfteren eine dreiviertel Stunde später heim, sagte, sie habe ›Besorgungen‹ machen müssen, und brachte ihm Tabak und Zigarettenpapier aus der Stadt mit. Ein paar Tage später aber sagte Jakob Krämer, die Irene gehe auf der Gänsheide mit dem Paul Hahn spazieren, und der sei doch ein Studienfreund des jungen Obermeyer.

Wie's halt so ging... Ihn interessierten solche Neuigkeiten weniger als früher, wahrscheinlich weil er Zucker hatte; doch der Zucker war nicht schlimm, er machte ihn nur müde. Schade, daß der Bauerndichter aus Warmbronn nicht mehr in seine Wirtschaft kam, denn mit ihm hätte er gern einen Schwatz gemacht; halt so in der vertrauten Art: die Hand am Fuß des Glases, oder in den Fingern eine Bretzel, die er zerbrach. Aber er sollte doch weniger Brot essen oder nur ein Extrabrot für Zuckerkranke, doch schmeckte das nach nichts. Im Alter mußte man wie auf einem Sparbrenner leben, obwohl sechzig Jahre kein bemerkenswertes Alter waren. Wenn du jetzt noch beim Schützenverein Heslach wärst, hätten dir deine Schützenbrüder ein Ständle bringen müssen; aber das hast du abgebogen und weißt auch warum. Weil es doch bloß ein Schwindel wäre, denn gern gesehen haben sie dich nie auf ihren Festen; denen hast du viel zu gut geschossen.

Er wußte, wie es sich verhielt, aber das war in seinem Alter nicht verwunderlich. Übrigens hatte er es in der Jugend auch gewußt, freilich mehr äußerlich und so, daß es ihn nicht berührte. Jetzt kam das von innen herauf und nützte ihm ebensowenig wie mit zwanzig; es war nur da. Und er ging auf einem Weinbergweg, betrachtete den Stein, aus dem ein Weinglas, eine Traube, fünf Buchstaben und die Jahreszahl 1779 herausgemeißelt waren, übrigens eine angenehme Ziffer, weil sie aus Ungeraden zusammengesetzt war. Du könntest also sagen: eine krumme Zahl... obwohl dies nicht gebräuchlich ist... Denn immer mußte man sich an das Gebräuchliche halten, das letzthin eben doch langweilig war. Aber er konnte sich an dieser Langeweile rächen, indem er seiner Tochter jede Freiheit ließ, die von ihr sowieso nicht mißbraucht wurde. Jawohl, Irene war nicht fürs Außergewöhnliche; sie nahm sich nichts heraus. Und wieder dachte er: eigentlich schade.

Überm Tal schoben sich Licht- und Wolkeninseln hintereinander weiter. Eine Bürste aus Regen streifte die Hügel drüben beim Weißenhof. Die Türme der Stiftskirche und des Alten Schlosses schienen näher dazustehen und höher gereckt zu sein als sonst; die Rotebühlkaserne zeigte ihre breite Front. Und wieder wurde der Schloßplatz unerwartet im Dächerbraun hell und grün, ein silbriges Gebilde, nur für ihn gemacht. Merkwürdig, daß er dachte, er sei der einzige, der dies jetzt sehe, obwohl's wahrscheinlich genug Leute gab, die es anschauten und für die es auch mehr war als Stein und Blätter.

In Gedanken ging er über den Charlottenplatz, ließ sich aus dem Vier-Röhren-Brunnen die Hände bespülen, sah in der Hauptstätterstraße eine Droschke mit bärtigem Kutscher wenden, sah Wägen, deren graue Leinenplanen gebauscht waren, vor Wirtshäusern warten, sah Agathe, seine Schwester, aus einem Hause neben der Uhland'schen Apotheke treten, begleitet von einem Manne mit Zylinderhut und Stock, der kein anderer war als jener unbekannte Vater ihres Kindes; Agathe lachte, sie war im Sommerkleid und legte den Kopf in den Nacken: lauter Augenblicke ihres geduldigen Lebens, die von ferneher erleuchtet wurden und die sie niemand zeigte, die er aber jetzt zu sehen glaubte als eine Lichtbewegung auf der Stadt, die unten lag. Und er beneidete seine Schwester, als hielte sie etwas Kostbares in einer Dose aus Zinn verborgen, das sie ihm einmal gezeigt und dabei gelächelt hatte, obwohl er davon gar nichts wußte; aber so stellte er sich die Erinnerungen seiner Schwester vor.

Er dachte an seinen Geburtstag, als sie ihn besucht hatte, wiederum im schwarzen Kleid. Sie schaute auf den Boden, lächelte und strich das Tischtuch glatt; sie bückte sich nach einer Rose, die aus dem Geburtstagsstrauß herausgefallen war. Eine gedämpfte Stimmung, und er wünschte sie sich anders; jemand hätte nun ein bißchen lachen sollen... Statt dessen erzählte Mathilde Hieber, die irgendwie mit seiner Frau verwandt und deren Mann gestorben war, daß sie jetzt eine Stellung im Christlichen Hospiz zum ›Herzog Christoph‹ gefunden habe, wo sie die Zimmer putze und von der Arbeit aufgesprungene Hände bekomme, weil sie die Messingbettstellen mit einem scharfen Mittel blankpolieren müsse, das ihr die Haut zerfresse; und sie zeigte ihre Hände vor, beide breit und schwielig und die Innenflächen schrundig, die Risse mit Schorf überzogen. – »Wie wär's mit Gummihandschuhen?« hatte Julius gefragt, aber das wollte sie nicht gelten lassen.

Gut, daß er jetzt allein war; weggehen konnte er nicht mehr; er hatte es auch nicht im Sinn. Du mußt darüber hinwegsehen und dir ausmalen, daß es andre vielleicht schöner oder eleganter haben... nur waren das halt wenige. Emilie Feuerlein gehörte wahrscheinlich zu denen, weil sie nie schwielige Hände hatte und mit einem, der Conin hieß und wie ein Bonvivant aussah, am Strand von Nizza photographiert worden war. Sonst aber mußte sie sich um die Wäsche ihrer Herrschaft kümmern, Blusen bügeln, Tischtücher ausbreiten, Teller und Bestecke zurechtlegen, den feinen und den groben Adligen recht geben und Kleider aus den Schränken holen; und so weiter... Für sich selbst aber hatte sie nur wenig Zeit. Du aber hast vor ihr voraus, daß du für dich sein kannst. – Für sich sein war am wichtigsten. Am Schluß bist du auch nur für dich.

Später dann – der Sommer wehte – ging er zum Bahnhof mit Irene, wo Frau Menne Pfaender aus Philadelphia dicht hinterm Kondukteur aus einem Erster-Klasse-Wagen stieg, während der Zug gerade noch sanft fuhr; sie schimpfte schwäbisch, als ob sie eine geschwollene Zunge hätte, und Julius lächelte, den Schlapphut in der Hand; er hätte sich am liebsten beiseite gedrückt, doch blieb er hier. Und Menne, eine Blonde – ihre dünne Backenhaut war rosig wie bei Metzgersfrauen und das Rad ihres Huts mit Kornblumen garniert – Menne also rief nach einem Gepäckträger. »Emmer isch koiner do, wenn du oin brauchschd!«

»Du kannst's noch. Fast hätte ich geglaubt, daß du's verlernt hast«, sagte Julius, indes der Dienstmann herbeitrottete und sich den Schweiß vom Schnauzbart wischte, die Lederkappe luftete und in den Wagen kletterte, ein Mann, mindestens so alt wie er, weshalb sich Julius vor ihm schämte. William Gottfried Pfaender erschien im Fenster, spuckte einen Zigarrenstummel auf den Bahnsteig und kam hemdsärmelig, das Jackett überm Arm und einen Strohhut in den Nacken gerückt, mit offener Weste heraus. Er umarmte Julius, obwohl ihn der nur als Bub gekannt hatte. Sie kauderwelschten, es hieß: »Hallo, old fellow!« wie es üblich war, und Julius sah aufs Hemd des Pfaender, auf seine weiße Weste mit den schwarzen Sternchen und auf seine Manschettenknöpfe, die viereckig waren und dicke grüne, in Gold gefaßte Steine hatten. Das war einer mit gelblicher Haut, dem das Haar fettig über der Stirn klebte und der hängende, bräunliche, man sagte: umflorte Lider hatte, als ob er Schokoladepuder darauf verwischt hätte; der war auch hier ein eleganter Mann und wurde wohl für das gehalten, was jeder heutzutage arg bewunderte, also für einen Adligen. Und Julius sah, wie er Irene die Hand reichte; er tat es kräftig und umarmte sie, und das gefiel ihm dann.

Die Damen gingen voraus, zwei helle Figuren in lang schleppenden Röcken. Wieder fiel Julius der wippende und sich beständig regende Hutschmuck von Menne auf, hellblau und locker hier in dämmeriger Bahnhofshalle. Auf seinem Karren schob der Gepäckträger dicke Koffer. Julius sah einen aus genarbtem Leder hellgelb unter der Hutschachtel von Menne liegen; den hätte er jetzt gern betastet, um an den Fingerspitzen – und freilich nicht nur dort – das Gefühl der Eleganz zu spüren; aber schließlich hatte er's auch so, während er neben Pfaender ging, der in Heidelberg gewesen war und heute im Coupé ... Aber dem fiel ein Wort nicht ein und er blieb stehen, legte die Hand an die Wange und machte die Augen zu. Julius sagte: »Ach, du hast geduselt«, und Pfaender wiederholte es, indem er's mit der Zunge quetschte. Julius stellte sich vor, wie Pfaender in den roten Samtpolstern mit Spitzendeckchen geduselt hatte: hängenden Unterkiefers und im Schlaf nicht arg aristokratisch. Ob ihm dabei ein Faden Speichel übers Kinn gesickert war? Aber es war doch dumm, an so etwas zu denken. Du solltest dich ein bißchen schämen, weil du glaubst, Pfaender sei elegant ... was vielleicht nicht ganz stimmte. Vielleicht ... aber du kümmerst dich nicht drum. Du schaust dem Pfaender und der Menne zu; dabei wirst du etwas erfahren, und darauf kommt es an.

Jedenfalls gab Pfaender dem Gepäckträger fünf Mark, die er aus der Westentasche holte und dabei Fältchen in den Augenwinkeln hatte, als der andere sich laut bedankte. Pfaender hatte braune Augen, und die veränderten sich nicht. Julius dachte: wie du's schon öfter beobachtet hast ... Jetzt standen sie beim Hotel Marquardt, wo der Lohndiener in grüner Schürze einen Zigarettenstummel fallen ließ und nach dem gelben Koffer griff; aber auch dies hast du bereits gesehen, als du mit deiner Schwester hier vorbeigegangen bist... Der Säulenvorbau des Königsbaus ragte auf der anderen Straßenseite in die Helligkeit des Nachmittags, und der Schloßplatz zeigte hinter Kastanien über Rasenparterres die Wasserwölbungen der Brunnen; die Fensterfront des Neuen Schlosses glänzte; hinter der Kuppel mit der schwarzgoldenen Krone streckten sich die grünen Hügel, da und dort besetzt mit Villen. Eine hohe Sommerwolke stand darüber. Gut, daß du es siehst, und jetzt gehst du mit Pfaender in das elegante Hotel Marquardt, um feine Lebensart zu schmecken.

Teppiche. Die Réception. Der Aufzug, in dem beide hinauffuhren und durch die Glastür winkten. Mit Irene wartete er in der Halle und dachte: deine Tochter paßt hier auch herein... Und weil er sich daran erinnerte, daß seine Schwiegermutter lange Jahre Gänse gestopft und die Leber ihrer Gänse an dieses Hotel verkauft hatte, kam's ihm vor, als ob er hier nicht fehl am Platze sei und sich nicht zu genieren brauche. Deine Beziehungen zum Marquardt sind sozusagen gerechtfertigt durch die Gänse deiner Schwiegermutter, dachte er und sagte es Irene, die ein Lachen verbiß und seine Hand anfaßte.

Gute Zeit. Blättern in Zeitungen: Bei der Gala-Tafel zu Ehren des k. k. österreichisch-ungarischen Gesandten von Pereira-Arnstein waren der Legationssekretär Doktor Julius [der heißt also wie du] von Szillas und Pilis, der Präsident des Staatsministeriums und Staatsminister der auswärtigen Angelegenheiten, Doktor Freiherr von Mittnacht, Staatsrath Freiherr von König-Warthausen und viele andere Herrschaften zu Tisch gesessen, und Julius sagte zu Irene: »Der Pfaender und die Menne müssen auch zum König.« – »Ja?« und Irene hatte große Augen. – »Nein, es ist geschwindelt.«

Sie tranken dann mit den beiden Kaffee. Menne gab eine Tasse mit eingetrockneten Kaffeeflecken am Rand zurück. Das war Julius unangenehm und er dachte, die sei aber eingebildet. – »So machen wir es alle in Amerika«, sagte Menne, und Julius sagte: »Aber ihr seid doch demokratisch«, worauf Menne ihn belehrte, daß Schlamperei immer undemokratisch sei. Pfaender zog seinen Hosenbund über den Nabel, zündete eine Zigarre an und sagte, Julius sei immer noch der Alte und viel zu wenig grob und muskulös. – »Aber, was wollt ihr denn... Ich hab doch Weiberärm!« sagte er und streckte beide Arme in die Höhe, nahm sie aber gleich wieder herab und sah sich um. Nein, niemand an den andern Tischen hatte es bemerkt. Und er überlegte, während Irene von Avenches erzählte und der Vorhang hinter ihr vom Licht weiß war, daß er es gut getroffen habe, hier in Stuttgart und in Gablenberg. Und wieder dachte er: auf die Dauer wäre dir Amerika halt gräulich vorgekommen.

Pfaender und seine Menne rückten ihm jetzt auch schon wieder in die Ferne. Freilich, das waren gesunde Leute, und einer wie Irene tat's nur gut, daß sie mit einer resoluten Frau, die alles wußte, was man als Frau wissen mußte, bekannt wurde. Wenn sie erzählte, im Pensionat sei in Brandmalerei der Spruch »Ruhe ist vornehm« an der Wand gehangen, lächelte Menne. Die wußte, daß der Mensch durch Vornehmtun bloß am Leben gehindert wurde, und hoffentlich würde Irene dies bald selber merken. Sie lernt es nur von einem Mann, der sie fest anpackt; aber den findet sie erst, wenn ich nicht mehr dabei bin.

Er sah – Pfaender und Menne waren wieder abgereist, diesmal nach München – eine Photographie des amerikanischen Paars mit seiner Tochter an. Die Frauen trugen weiße Blusen, beide sorgfältig gebügelt, und über den Stirnen hatten sie ihr Haar mit Wülsten ausgestopft; es machte sich sehr gut. Pfaender lachte und ließ einen Goldzahn sehen. Und Irene: gar nicht schlecht... Allmählich wurde die schon richtig, und ihr breites Gesicht mit dem dichten Haar darüber, dazu der Mund: die kamen ihm nicht wie bei allen andern Leuten vor. Wie sie war, wenn sie am Klavier saß, und was aus ihrem Spiel herauskam, das zeigte sich auch in dieser Photographie; nur war es, scheint's, von andern Männern außer ihm noch nicht genügend erkannt worden, zum mindesten von jüngeren; doch Herr Professor Seyffarth vom Konservatorium hatte es erkannt, wahrscheinlich weil er auch schon über fünfzig war.

Über eine Treppe gehen, eine Wendeltreppe, die von oben Licht erhielt an ihrer runden Mauer: das war ein Traum, der jetzt oft wiederkehrte. Er wachte auf, sah die ausgewetzten Stufen und ein von vielen Händen speckig gewordenes Seil neben der steinernen Spirale, die sich dort hinaufwand, woher das Licht schien, zu dem er sich im Traume emporgemüht hatte, ohne es zu finden; aber es mußte noch nicht sein, daß er gleich dorthin kam. Er durfte es sich aufsparen für später, obwohl er später oft an diese Wendeltreppe zurückdachte und sich überlegte, ob er sie früher irgendwo einmal gesehen habe, vielleicht in einem alten Schloß. Und er brachte im Gespräch, wobei die anderen nichts merken sollten, zuweilen die Rede auf Wendeltreppen, fragte Luise und Irene. Den beiden fiel nichts ein, bis er dann einmal in das Alte Schloß ging und hineinschaute in einen solchen Treppenturm, sich aber nicht hinaufzusteigen traute, weil oben feine Leute wohnten, neben anderen auch ein Graf Stauffenberg; doch war's die Treppe, die er im Traum gesehen hatte. Wann aber bist du früher einmal hiergewesen?

Diese Frage konnte er nicht beantworten. Es kam ihm vor, als ob er jetzt zum ersten Mal ins Alte Schloß gekommen sei, weshalb also der Traum etwas wie eine Vorahnung gewesen war. Das hast du früher nicht erlebt.

In der Wirtschaft kam er mit einem gewissen Doktor Färber ins Gespräch, der Physiklehrer war, einen Zwicker und hohe Stehkrägen trug und sich immer freute, wenn Irene zu ihm an den Tisch kam. Julius dachte: das wär vielleicht keine schlechte Partie ... Und als Irene einmal mit ihm ins Theater zu den ›Meistersingern‹ gehen wollte, war's ihm recht. Sie zeigte ihm auch ein Gedicht, das Färber auf ihr Zimmer gemacht hatte und von dem ihm der Vers: »Kein Fleckchen, kein Eckchen, das sauber nicht wär« in Erinnerung blieb. Jawohl, das war schon richtig, denn Irene wischte in ihrem Zimmer den Staub sorgfältig weg, nur war es ihm, dem Vater, halt gleichgültig. Es hatte alles doch noch Zeit. Auch der junge Obermeyer stellte sich zuweilen ein, um seine Tochter zu einem Spaziergang abzuholen. Paul Hahn aber, der Große, Elegante mit dem kühnen Profil, dem schwarzen Haar und der stürmischen Art zu gehen, war vielleicht am meisten schuld daran, daß sich Irene überlegte, ob sie in die Meisterklasse des Konservatoriums eintreten solle; denn danach stand ihr jetzt nicht mehr der Sinn, obwohl sie von Professor Seyffarth immer wieder dazu aufgefordert wurde.

Du begräbst also die Hoffnung auf eine weitstrahlende Künstlerlaufbahn deiner Tochter; es macht dir aber wenig aus, wenn sie sich nicht anstrengen will, obwohl du kaum verstehen kannst, wie jemand, der Talent hat, nicht lieber Klavier spielt und herumreist als Kinder aufzieht... Und er stellte sich vor, wie er neben Irene eine Wendeltreppe in die Höhe stieg und oben auf eine Altane trat, wo ein weißer Flügel an die Brüstung gestellt war; aber es konnte auch ein Tafelklavier sein, denn so genau erkannte er es nicht. Vom Hof ragten Bäume herauf; der Turnierhof des Alten Schlosses, dessen Galerien Säulen schmückten, war gefüllt mit Blätterwölbungen kräftiger Bäume, und über den weißen Flügeldeckel ragte ein Ast und regte sich, als strecke er ihm eine Hand entgegen. Julius wollte die grüne Hand ergreifen und schaute sich nach seiner Tochter um, die in dem altertümlich gemeißelten Eingang der Wendeltreppe vor ihm, der im Bett lag und sprechen wollte, aufrecht dastand. Er entsann sich, daß er in Gablenberg lebte, und mühte sich ab, Irene um ein Glas Wasser zu bitten, weil ihm der Mund mit Schlafgeschmack verklebt war, brachte aber nichts heraus.

Er stöhnte, und dann weinte er. Neben seinem Bett hörte er Doktor Rosenberg mit Luise sprechen und wollte zu ihm sagen: »Schauen Sie sich, bitte, ihre linke Brust an«, doch befiel ihn Gähnen. Und dieses Gähnen, und daß er eine Wendeltreppe suchte, die nach oben führte und an deren Mauer er ein speckiges und kaltes Seil ergriff, als endlich Licht hereinfiel, das – –

ZWEITER TEIL

»EIN GEHIRNSCHLAG, ER IST LEICHT GESTORBEN«, SAGte sagte Frau Krumm zum Pfarrer, der gekommen war, um sich etwas für seine Rede am Grab aufzuschreiben; aber schließlich hatte er doch Julius seit über zwanzig Jahren gut gekannt und wußte, daß er oft an Feiertagen, immer aber am Karfreitag zur Kirche gegangen war.

Es gefiel ihr, was der Pfarrer später am Grab sagte, nur sagte er nicht, daß der Tod scharf und grob wie ein Axthieb sei; doch dies war gut. Der Mensch mußte sich bücken und alles schonungslos hinnehmen, ebenso wie es die andern gemacht hatten, die zuvor gestorben waren. Dein Vater ist in deinem dritten Jahr an den Pocken gestorben... dachte sie und sah ihn wie einen Fremden vor sich stehen. Und sie betrachtete eine Photographie in schwarzem, ovalem Rahmen, auf der ihr Vater als ein langer und hagerer Mann mit kleinen Augen zwischen ihrer Mutter und ihr stand, die auf einer Balustrade hockte, ein Kind im Röckchen und mehr einer Puppe als einem Menschen gleichend. Ihre Mutter aber lehnte im Polsterstuhl und trug ein Seidenkleid, dessen Krinolinenrock sich bauschte und auf dem Licht lebte. Auch Irene betrachtete oft dieses Bild, weil ihr das Kleid gefiel. Und jetzt war sie also allein mit ihrer Tochter, die Angst hatte, wie sie sich ohne ihren Vater zurechtfinden werde; denn verlobt war sie noch nicht, obwohl sie vierundzwanzig Jahre zählte. Was nützte es, wenn sie ihr sagte, daß auch ihr Vater erst spät geheiratet habe, denn aufs Konservatorium und aufs Klavierspiel wollte sie sich nicht verlassen; das war doch eine viel zu unsichere Sache. Und daß sie eine war, die einen Mann haben wollte, der so sein sollte, wie sie sich vorstellte, daß er sein müsse, war zwar verständlich, aber halt doch falsch. Der Doktor Färber beispielsweise war kein übler Kerl gewesen; aber daß der, wenn er mit ihr allein war, nicht nur Aphorismen lesen wollte, die sie aus der Zeitung ausgeschnitten hatte, das hätte sie sich schließlich denken können; und daß Irene nicht auch das Bedürfnis hatte, mit ihm anderes zu tun als nur zu lesen und zu plaudern, das war nicht nur Julius, sondern auch ihr zuweilen komisch vorgekommen. Nun: Schritt vor Schritt und eins ums andre wie vor alters, so würde es auch mit Irene richtig werden oder ins Lot kommen, denn daß dies alles – Heiraten und so – für eine Frau halt anders war als für einen wie Doktor Färber, der nur nebenbei an so was wie Verloben und Heiraten dachte, sonst aber mit seinen Versuchen für den Physikunterricht beschäftigt war und daran dachte, daß er im nächsten Jahre ständig werden wolle, [so hieß das bei einem Beamten], das mußte Irene verstehen lernen. »Du mußt dir einen backen«, hatte sie schon oft zu ihr gesagt, wenn ihre Tochter diesen Doktor Färber und den jungen Obermeyer bekrittelt oder gar schlecht gemacht hatte. Wenn sie aber in etwas hineinfiel, bloß weil ihr Vater jetzt gestorben war [denn mit einem gewissen Rechtsanwalt Mann sah's so aus, als ob es arg schnell gehen könnte], mußte sie Irene dran erinnern, daß es gescheiter war, sich Zeit zu lassen und eins ums andere zu machen, wie vor alters.

Wieder spürte sie den Schmerz an ihrer linken Brust, wo sie vor sieben Jahren von der Nudelschneidmaschine geboxt worden war; das hatte sich nun also auch seit langem abgespielt. Und sie nahm sich vor, den Doktor Rosenberg danach zu fragen, wie ihr's Julius schon oft geraten hatte.

Irene schrieb Adressen auf Couverts, damit die Karten mit dem Dank für erwiesenes Beileid verschickt werden konnten, die alle schwarz umrändert waren. ›Frau Luise Krumm Wwe., geborene Laub‹, hieß jetzt ihre Adresse, und die Weinwirtschaft zum ›Goldenen Hasen‹ mußte sie verpachten; vielleicht daß Jakob Krämer sie übernahm, oder der Bertsch.

Julius' Stock, seine Kappe, das Jagdgewehr und die Jagdtasche hingen immer noch am Kleiderhaken vor der Tür; und im Schrank mußten seine Anzüge mit Kampfer eingepudert werden, aber die verschenkte sie dann alle bald bis auf den schwarzen Havelock. Das andere blieb wie es war, die Möbel hatten ihre Plätze, denn sie waren eingewöhnt in diesem Hause wie die Menschen. Ausziehen, das Haus verkaufen, irgendwoanders neu anfangen? Nur wußte sie nicht, was sie jetzt Neues hätte anfangen sollen, sie, die wartete, sich fürchtete, allein war mit ihrer Tochter Irene. Neues konnte nur von ihrer Tochter kommen, und die verlobte sich mit Herrn Rechtsanwalt Mann, dessen strenges und hohes Gesicht rot anlief, wenn er über Juden redete; durch eine dünnrandige Brille sah er sie und ihre Tochter an, als wolle er sie beide zwingen, dasselbe wie er zu denken. Einer, der so heftig reden konnte, daß der Silberpokal im Schrank zitterte und klang, wäre ihrem Julius selig nicht nur von außen fremd gewesen.

Sie überlegte, ob sie schuld sei, daß ihre Tochter diesen Rechtsanwalt genommen habe, weil sie zu ihr gesagt hatte: »Du hast an jedem etwas auszusetzen. Du mußt dir einen backen.« Vielmehr sagte sie »bacha«, denn so war's schwäbisch richtig. Und sie dachte: du wirst die Irene dorthin lenken, wo sie hingehört, denn zum polternden Rechtsanwalt gehört sie nicht... Sie nannte diesen Mann, der in der Schule immer der Erste gewesen war, für sich ›den Schreier‹ und war froh, daß von jener Verlobung nur ein paar Nachbarn, wie Jakob Krämer, Gustav Bertsch und Schreiner Müller etwas wußten; übrigens sonderbar, daß Rechtsanwalt Mann nie von seinen Eltern erzählt und ihr auch diese Eltern nie vorgestellt hatte.

Unglückliche Irene. Jetzt spielte sie wieder öfters Klavier. Einmal fragte sie die Mutter, ob sie nicht doch wieder ins Konservatorium gehen solle, aber Luise sagte: »Ich weiß nicht recht. Es kostet halt vielleicht zu viel«, denn sie konnte sich unter so etwas wie ›Meisterklasse‹ nichts vorstellen. Irene hatte doch genug gelernt, um Klavierunterricht geben zu können, und das war schließlich für die Zukunft auch genug. Als Klavierlehrerin konnte sie durchkommen, falls es notwendig war, daß sie alleine leben mußte. Und Frau

Krumm hoffte, es möge richtig sein, wenn Julius von Irene gesagt hatte, die sei eine Hagebüchene und komme notfalls sogar ohne Mann durchs Leben.

Bei Bankier Schwarz in der Kanzleistraße hatte sie fünf Agfa-Aktien zum Nennwert von tausend Mark gekauft; ihr gehörte das Haus, in dem sie wohnte. Die Wirtschaft hatte sie an einen Händler, der Umbreit hieß, verpachtet; der hatte ein Feinkostgeschäft in Heslach, und sie wunderte sich, weil sie nicht glauben konnte, daß sich dort so etwas rentiere. Umbreit aber überwies sein Pachtgeld regelmäßig, was schließlich am wichtigsten war. Auch das Haus in der Teichstraße, dessen Dachrinne hinterm ansteigenden Garten [es lag an einem Hang] ihr Kinn berührte, wenn sie davor stand, brachte noch etwas ein. Was aber die Erinnerung an Julius betraf, mit dem sie in Gedanken immer redete und den sie oft noch im Einschlafen atmen hörte, so erschrak sie einmal, während sie allein im Zimmer war und auf der Straße Singen hörte, trat ans Fenster und sah draußen hinter einer roten Fahne Arbeiter vorbeimarschieren; dabei kam es ihr vor, als stünde Julius neben ihr und sage wie schon oft in seinem letzten Jahr: »Die dort unten nehmen euch noch einmal alles euer Sach.«

Mit diesem Wort durfte er nicht recht haben. Aber was hätte sie tun sollen, wenn es ihr von denen auf der Straße oder von andern genommen wurde, die in Kanzleien auf ledergepolsterten Stühlen saßen? Dann fährst du deine Pflaumen wieder mit dem Leiterwägelchen morgens um fünfe zum Marktplatz hinunter und hoffst, daß du fürs Pfund zwölf Pfennig kriegst; so geht es dann auch wieder langsam aufwärts.

Das war nun um die Zeit, da ihr ein eingeschriebener Brief des Rechtsanwaltes Mann zugestellt wurde, den sie befühlte, ehe sie das Couvert öffnete; sie spürte darin etwas Hartes. Als sie's aufgemacht hatte, fielen zwei goldne Ringe heraus, und in einem maschinengeschriebenen Schreiben ließ sie der Rechtsanwalt wissen, er löse die Verlobung mit ihrer Tochter Irene auf.

Sie nahm es hin, was blieb ihr schon anderes übrig. Irene bekam einen steifen Rücken, als sie's las; dann sagte sie: »Ich bin eigentlich froh darüber«, stand auf und ging hinaus.

Später – inzwischen waren ungefähr vierzehn Tage vergangen – kam sie im Sonntagskleid herein. Sie hatte ein frisches Gesicht, doch war daran der Puder schuld; auch ihre Lippen hatte sie bemalt, ›à la Juliette Jaccard‹, wie sie sagte. Jetzt wollte sie in den Stadtgarten gehen, denn dort sollte ein Musikal-Clown sein, der auf einer Geige spielte, die nicht größer war als ihre Hand.

Frau Krumm zögerte, weil erst zwei Monate seit Julius' Tod vergangen waren. Aber um ihrer Tochter willen mußte sie es tun, auch wenn Julius immer wieder gesagt hatte, daß er seine Ware nicht auf den Markt tragen wolle, denn damit hatte er den Heiratsmarkt gemeint.

Also, sie sagte ja, und schließlich war es auch ein warmer Sommerabend. Kühle kam aus hohen Bäumen her, als sie im Freien saßen und auf der Bühne mit dem verschnörkelten Blechdach der Musikal-Clown seine Späße machte, über die Irene krampfhaft lachte. Zwischendurch sagte sie zu ihrer Mutter: »Wenn der Mann auftauchte, ach wär das ein Spaß!« und meinte jenen Rechtsanwalt. Vom Nebentisch herüber lachte ein Kerl unterm kurz geschorenen Stehhaar mit breiten Backen her, einer, der lange, kräftige Finger hatte, keine so stumpigen Krötenhände wie der Rechtsanwalt.

Er setzte sich zu ihnen, weil er von ihrem Tisch aus den geigespielenden Clown besser sehen konnte – auf seinem Platz hatte er ihm nur bis an den Nabel gucken können – erzählte von Dürrmenz, wo sein Vater ein Weißzeuggeschäft hatte, und sagte: »Das müssen Sie einmal anschauen, wie dort die Ruine Löffelstelz über der Enz steht!« Dann zeichnete er die Burg, als ob man sie wegnehmen könnte, auf seine Serviette. Das war Hermann Rapp, der seine Zeichenlehrerprüfung im Frühjahr bestanden hatte und an der Wagenburgschule angestellt war.

»Die ist doch bei der Heidehofstraße, gelt? Dort steigen wir immer in die Straßenbahn ein, weil wir in Gablenberg wohnen«, sagte Irene, aber das wußte Rapp bereits. – »Vom Paule Hahn und vom Max Obermeyer. Ja, Schulmeister kennen halt einander. Büchsenmacher und Weingärtner wahrscheinlich auch.« Und Hermann Rapp sprach Frau Krumm seine Teilnahme zum Tode ihres Mannes aus, als wär sie eine Frau aus feinen Kreisen, also mindestens eine Rechnungsratswitwe. Denn ein Rechnungsrat vom königlichen Rechnungshof war jeden Samstag auf seinem Spaziergang in den ›Hasen‹ gekommen, hatte einen Kräuterkäse mit Butter gegessen und ein Viertele Remstäler getrunken.

Das war nun also wieder einmal ein freundlicher Abend, und ihr kam's vor, als sei's schon lange nicht mehr so gewesen. Hermann Rapp hob das Weinglas unterm Kinn – »in Höhe des zweiten Uniformknopfes« sagte er, obwohl er so wie jeder andere gekleidet war – und ließ die Absätze unterm Tisch aneinanderklappen; er saß für einen Augenblick sehr aufrecht. »Gestatte mir auf Ihr Spezielles, gnädige Frau. Und gnädiges Fräulein?« Er trank und lachte über beide Backen. Die Musik spielte einen Tusch, der Musikal-Clown warf seine winzige Geige auf das Dach, wo sie zersprang. – »Das macht er jeden Abend«, sagte Rapp, der beim Schlappschuhflaschner in der Alleenstraße wohnte und Leutnant der Reserve war.

Während er redete und lachte, sah sie alles vor sich, was er sagte, dachte: das hast du eigentlich sonst bei keinem bemerkt... und ging mit ihm langsam zurück in das Vergangene, das sich hinter den Bäumen des Stadtgartens dehnte; trat durchs Gespräch in einen neuen Bezirk ein, den sie nicht kannte, und merkte, daß Irene wärmer wurde, obwohl die etwas spüren ließ, das vielleicht mit dem Pensionat zusammenhing und vielleicht vornehm war; nein, es war nur die Nachwirkung des eingeschriebenen Briefs jenes Rechtsanwaltes, dessen Name von jetzt an wahrscheinlich nie mehr genannt wurde, als existierte weder ein eingeschriebener Brief noch ein Herr namens Mann. Jedenfalls war es gescheiter, sich vom jungen Rapp gesprächsweise nach Dürrmenz entführen zu lassen, wo er beim Erzählen wieder einmal in der Kirche an der Orgel saß und die Einleitung spielte. Leute kamen in die Kirche, sie war fast voll, und er ließ die Töne dröhnen, denn es war ein lautes und kräftiges Orgelstück. Auf der Empore zupfte sich einer am weißen Spitzbart und schwatzte mit seinem Nebensitzer, als Rapp die Hände von den Tasten nahm und in der Stille einer kurzen Pause die Worte: »...ond Spätzle« hörbar wurden. Danach glänzten lauter freundliche Gesichter in der Kirche und schauten zur Empore auf.

Irene lachte, Frau Krumm lächelte. Also ging es wieder weiter, denn Lachen bedeutete etwas Neues; Irene war einen Schritt weggeschoben worden vom Rechtsanwalt Mann, und was sich mit diesem abgespielt hatte, wußte Herr Rapp vielleicht auch. Frau Krumm dachte, ihre Tochter sei jetzt fröhlich; freilich war's nur wie ein Windhauch im Stadtgarten und nicht mehr. Die Kugellampen hatten weißen Schein.

Diese Begegnung durfte sie als eine freundliche annehmen. Und als Rapp fragte, ob er sie einmal in Gablenberg besuchen dürfe, nickte sie mit ihrem dicken Hut, der von einer Nadel im Haar festgehalten wurde. Der Besuch des Stadtgarten-Cabarets hatte sich gut angelassen, jetzt aber war es Zeit zu gehen, und morgen dehnte sich der Sonntag aus. Seltsam, daß sie nun vor Sonntagen Angst hatte, doch bald schwatzte Rapp wieder, wie es ihr vertraut war, nicht nur, weil er so wie sie redete, sondern auch, weil seine Eltern ein Geschäft in einer kleinen Stadt auf dem Land hatten; denn dies war fast dasselbe wie die Weinstube zum Hasen.

Rapp erzählte von seinem Großvater, und deshalb blieben sie noch eine Weile sitzen, obwohl's schon zehn Uhr war. Irene stützte den Ellenbogen auf den Tisch und horchte;

jetzt sah sie nicht mehr so abwesend aus. Rapp ließ seinen Großvater, der am anderen Flußufer unter der Löffelstelz ein einstöckiges Haus bewohnte, wo auch sein Webstuhl stand, denn er war Zeuglesweber, vor ihren Augen in der Nacht über die Brücke gehen, in der Hand eine Laterne, deren Rübenöllicht bläulich brannte. Es schwankte und bewegte sich, es kam herüber, und dann liefen seine Enkelkinder ihm entgegen. Eins von ihnen durfte heute wieder oben in der Stube die Lampe ausblasen, und wer vom Großvater dazu auserwählt wurde, der war stolz. Mariele durfte heute blasen; dann kämmte sie sein langes Haar und brachte ihm ein weiß glasiertes Schreibzeug, das mit grünen Girlanden bemalt war und einen Napf für Tinte und einen für Sand hatte; dazwischen steckte eine Gänsefeder. Denn Großvater Rapp schrieb nur mit Gänsekielen und siegelte seine Briefe mit einem grünlich oxydierten Petschaft. Er spielte Zither und sang zu Zitherklängen: »Ein Schäfermädchen weidete... Zwei Lämmer an der Hand.«

Sein Enkel summte jetzt den ersten und den letzten Vers und ließ am Schluß den Kuckuck rufen. Das Lied hatte fünf Strophen, aber die waren zu lang, und alle wußte er auch nicht auswendig. Was er nicht wußte, das erzählte er: Vom Schäfermädchen, das in den Wald lief, weil der Kuckuck ihr verraten sollte, wie lange sie leben werde, doch rief der über hundert Mal und hörte gar nicht auf. Sie wollte zurückgehen und dachte: ja, schrei du nur... aber da sprang ihr Schäfer aus dem Busch hervor und sagte ihr ins Ohr: »Kuckuck, Kuckuck, Kuckuck«.

Rapp kam schon andern Tags zu ihnen und machte den Sonntag hell. Da änderte sich's also wieder einmal schnell, und die Leere in den Stuben wurde von Rapps breiten Schultern und festen Backen sozusagen im Nu verdrängt. – »Ja, ich bin ein strabeliger Kerle«, sagte er, nahm Julius' Jagdgewehr vom Garderobehaken, hängte sich die Tasche mit dem Fuchsfell um und setzte Julius' Kappe auf. Der genierte sich also nicht. Die Wagenburgschule sei ein blitzblankes neues Haus, und das Unterrichten, das mache ihm richtig Spaß. Ja, ihm gefalle seine Arbeit als Schulmeister, weil er Zeichenlehrer sei; denn in jeder Schule seien der Turn- und der Zeichenlehrer fein heraus, weil ihnen keiner von den andern was dreinreden könne.

Er hatte einen Skizzenblock dabei und fing an, Doppelflinte, Jagdtasche und Kappe samt Spazierstock abzuzeichnen. Irene schaute ihm über die Schulter. Beim Zeichnen kam alles so heraus wie's war; auch die Tapete mit den Streifen brachte er aufs Blatt, und dann natürlich die verschnörkelten Garderobehaken; das war halt Gegenwart, und die gefiel ihm; aber bloß Gegenwart sei auch langweilig. Und während er schraffierte und radierte, mit dem Bleistift Schatten hervorholte und die Glanzlichter auf den Läufen der Jagdflinte heller machte, sagte er, daß Gewandnamen wie »Wagenburg« und »Heidehof« ins Uralte hinunterreichten; ohne das sei es nämlich auch fad. Man müsse doch auch etwas aus der früheren Zeit wissen, und Rapp wußte es. Frau Krumm erinnerte sich, daß auch Julius davon erzählt hatte, und wenn die ›Wagenburg‹ dicht beim ›Heidehof‹ stand, so rochen solche Namen nach zusammengeschobenen und aufeinandergetürmten Troßkarren, hinter denen sich Urahnen verschanzt hatten. – »Auch kein guter Geruch; mir ist's lieber, daß wir uns heut öfter waschen als unsre Vorfahren; aber der Heidehof ist sauber g'wesen. Wissen Sie, dort war alles fein im Schuß, und die Besitzer sind halt Römer g'wesen. Lauter sozusagen kultivierte Leut...« Und Irene gefiel das Wort ›kultiviert‹, und weil Rapp so gut zeichnen konnte, setzte sie sich hernach ans Klavier und ließ eine Chopinetüde perlen. Rapp sagte: »Sapperlot, so kann i's net!« und spielte laut und hackend, daß die Frauen lachten: »Steig auf mein Falk ins Himmelsblau« und »Freu dich Fritzchen, morgen gibt's Selleriesalat«, obwohl Irene Sellerie nicht mochte; aber Frau Krumm aß gerne Sellerie und war ganz speziell für Fische, richtig fett glänzende Aale, die, zerschnitten, sich noch auf dem Hackbrett und später in der Pfanne wanden, wie Rapp sagte, dem die Erinnerung ans Aale-Braten den Geruch der elterlichen Küche wieder hervorzauberte, wo ihm der Großvater den Rücken oft mit frisch geschlichtetem Leinen gerieben hatte. Er sei dann immer lammfromm dagestanden, halt wie ein Hund, den sein Herr krault. Denn frisch geschlichtete Leintücher, alle noch rauh von der getrockneten Schlichte, die hatten der Haut wie ein Engelsgefühl wohlgetan, obwohl er damals auch nicht gewußt hatte, wie ein Engel sich anfühlte. – »Dafür hab ich noch Zeit; mir pressiert's net, i ben no net scharf drauf, daß i dees erfahr... Und Sie wahrscheinlich auch net, gelt, Frau Krumm?« Und er hob den Kopf vom Skizzenblatt und lachte wieder. Dann schrieb er in die Ecke seinen Namen und das Datum ›Juli 1910‹, stand auf und verbeugte sich vor Frau Krumm: »Gestatte mir, Ihnen dieses Kunstwerk privatim zu dedizieren.«

Daß es mit Irene und ihm so rasch voranging, daran war wohl auch der Rechtsanwalt Mann schuld; kein Wunder, denn mit vierundzwanzig wurde jede ängstlich, weil sie glaubte, es sei schon zu spät. Aber der Tod des Vaters hatte sie noch heftiger erschreckt.

Frau Krumm versuchte, sich alles zurechtzulegen, doch wich es immer wieder hinter einer Dunstschicht oder hinter Milchglas aus. Wieder spürte sie den Schmerz an ihrer linken Brust, glaubte aber, jetzt keine Zeit zu haben, um Doktor Rosenberg aufzusuchen, der drunten in der Neckarstraße wohnte. Sie blieb meistens zu Haus. Du hast ja auch kein Fieber, also kann's so schlimm nicht sein, sagte sie zu sich selber, und wenn sie putzen oder Essen kochen mußte – denn ihre Tochter lernte jetzt im ›Frauenverein‹ alles was im Haushalt wichtig war – fühlte sie sich fast beruhigt oder gegen etwas abgedichtet, ja vielleicht sogar geschützt vor einem Berg, der sich ihr näherte. Tu eins ums andre wie vor alters, dachte sie.

Rapp war jetzt in Münsingen bei seiner Übung B als Leutnant. Der war dicker geworden in der letzten Zeit, aber bei den Soldaten würde es sich wieder geben. Sie hoffte immer, daß es weitergehe, wie's die Ordnung vorschrieb, denn jetzt waren sie beide doch allein. »In der Welt habt ihr Angst« las sie in der Bibel, denn die Bibel, das Gesangbuch, das Abwarten und eine unbestimmte und graue Geduld, die sie auf den Boden, bis zur Zimmerwand oder gerade noch durchs Fenster bis zu andern Straßenseite und nicht weiter sehen ließ, die machte, daß sie ruhig schien, auch wenn's ihr nicht danach zumute war; was hätte es auch schon genützt, wenn sie sich beklagt hätte? Und sie wußte niemand, mit dem sie über ihre Tochter oder über sich selbst hätte reden wollen, ausgenommen vielleicht Mathilde Hieber geborene Kohlhammer, die im ›Herzog Christoph‹ diente.

Sie kam nicht zu Mathilde. Vor seiner Abreise nach Münsingen hatte Hermann Rapp eine Magnesium-Blitzlicht-Photographie gemacht, und darauf sah man ihn, wie er Irene einen Kuß gab; Rapp streckte die Hand nach ihrer Backe aus, und sie machte die Lippen spitz; er lachte. Das Blitzlicht puffte, sie erinnerte sich noch an den Moment, und nachher hatte Rapp gesagt: »Mäusle, schau her: unser Verlobungsbild«. Irene aber war verblüfft. Freilich, so unerwartet, wie sie tat, konnte dies Wort nicht zu ihr hergeflattert sein, doch daß sie nach der Sache mit dem Rechtsanwalt keine offizielle Verlobung mehr feiern wollte, war verständlich.

Trotzdem: ordentlich war's nicht, aber wann bildete sich ein Ereignis selbstverständlich aus Vorhergegangenem heraus? Eigentlich niemals, und alles hatte einen Flecken. Denk nur an die Agathe mit ihrem Kind... Aber das ›Kind‹ hatte jetzt einen Ingenieur der Firma Bosch zum Mann; das war ganz sanft gegangen, wie's die Ordnung vorschrieb, während Hermann Rapp – Gewiß, er war so, daß sie dachte: das klappt jetzt... Aber erzählt hatte der auch etwas, das nicht ordentlich war. Von seinem Großvater, der nie in die Kirche ging und kein Wort mit dem Pfarrer sprach, weil er unehelich als Sohn eines Dekans und einer Dienstmagd auf die Welt gekommen war.

Ein Flecken also auch bei dem. Wie hatte Julius gesagt? »Das Leben ist eine schmutzige Sache; es kommt nur darauf an, was du draus machst.«

Von Rapp kamen Postkarten aus Münsingen und eine Photographie, die ihn auf einem Pferd in einer Ecke des Ludwigsburger Kasernenhofes zeigte. Er hatte immer noch arg dicke Backen, und sein Uniformrock saß ihm faltig überm Bauch; trotzdem ein eindrucksvolles, ein vornehmes und elegantes Bild. Am nächsten Montag begann das Manöver auf dem Langen Feld, und der September war recht mild. Auf der Photographie hielt Hermann vor einer düsteren Wand sein Roß am Zügel.

Er schrieb vom ›himmelblauen, goldstaubigen Wetter‹ und daß er sich wohlfühle, weil er jetzt fünf Wochen lang nichts mehr zu denken brauche; ob sie nicht am nächsten Sonntag nach Ludwigsburg kommen wollten, Feuerleins freuten sich arg auf ein Wiedersehen. Denn Rapp gefiel dieses Soldatenleben, der war anders als ihr Julius, und Frau Krumm dachte: sei doch froh darüber; für Irene ist's bloß gut, wenn sie einen Habhaften kriegt und keinen Lommeligen.

Gute Zeit... und eine angenehme Fahrt nach Ludwigsburg. Der Nebel lag noch schleierig im Laub. Es war das Grün dieses Septembers freundlich wie ein altes Glas, das angelaufen oder angehaucht war von der Hoffnung; und sie dachte: warte ab, es wird recht werden.

Hermann wartete am Bahnhof, jetzt in einer Litewka mit goldenen Knöpfen und Samtkragen; er umarmte Irene, er verbeugte sich und salutierte vor Frau Krumm. Das Tuch seiner Uniform hatte dieselbe Farbe wie der Himmel, ein helles, wie staubiges Blau. Er erzählte von Feuerlein, den er am Mittwoch von seiner Kanzlei abgeholt hatte, um mit ihm beim Frisoni am Markt ein Viertele zu trinken. Sie gingen in der Allee zum Schloß, betraten es durch eins der hohen schwarzen Eisentore und läuteten neben der Tür mit dem Emailschild: ›Kgl. Württembergische Kreisregierung‹; es war eine geschnitzte Türe mit geschweifter Messingklinke, die Patina angesetzt hatte wie das Schloß und diese Residenzstadt mit geraden Straßen und trappelnden Pferdehufen, eine, die schläfrig war, obwohl die Kirchenglocken klangen. – »Jawohl, er schaut auch sonntags ins Büro hinein wegen der Post«, sagte Hermann, als sie auf der Sandsteintreppe warteten, ein Offizier mit Damen, beide in Schwarz, indes sich Blätterlichter regten und Wärme mit Frische vermischt wurde.

Da erschien er, im Knopfloch eine Ordensrosette, die schwarz und rot war; er strich den silbrigen, gerade gestutzten Bart, und seine Augen regten sich und er bewegte sich im hohen Zimmer mit Korbgittern vor zwei Fenstern, von denen eines, das auf die Allee hinausging, hellgrün und gelb hinterlegt war mit durchschienenen Kastanienblättern. Der Schreibtisch hatte Einlagen dunkler Holzfurniere und eine Messingleiste. In der Ecke wartete ein Stehpult mit weißer Petroleumlampe, und von der Wand schaute das Königspaar in bräunlicher Heliogravüre herab. Der König unterschied sich kaum von seinem Sekretär, den er persönlich niemals kennengelernt hatte, doch richtete sich trotzdem dieser Sekretär nach ihm; im Zuschnitt seines Bartes und was die Bewegungen, die Gesten, die Haltung betraf, etwa wenn er, am Schreibtisch stehend, eine Akte zurechtschob oder in der Schale des Schreibzeuges einen Federhalter zurechtlegte und die Gänsefeder aufnahm, die der König freilich nicht mehr brauchte, dafür aber sein Kanzlist. Denn Feuerlein benützte zum Schreiben wichtiger Dokumente immer noch die Gänsefeder, etwa bei der Pensionierung eines Generals. Hermann Rapp sagte: »Er hat mein Leutnantspatent ausgestellt. Das sieht ihm keiner an, und mich freut's halt besonders. Gelt, Mäusle, damals hast von mir noch gar nix g'wußt?« Und wieder legte er den Arm um sie.

Zum Mittagessen in die Feuerleinsche Wohnung. Die goldumränderten Teller waren leicht. Emilies Schwester, die Elise hieß, war da, eine Brünette, die Papa den Haushalt führte. Aus ovalem Goldrahmen sah ihre Mutter von der Wand herunter wie in der Kanzlei das Königspaar; doch war sie eine Dunkelhaarige mit bleicher Haut, langen Ohrringen und schön; eine Bäckerstochter aus Besigheim. Hermann sagte: »Ihr würd ich auch die Gräfin glauben«, und Feuerlein stand vom Tisch auf, kehrte sich zur Wand und schneuzte sich. Und weil dann von Emilie gesprochen wurde, derselben, die in Rußland bei einem Fürsten Orlow-Dawidow auf einer sogenannten Datscha, also einem Landsitz, nicht weit von Zarskoje Selo lebte, brachte Feuerlein ein illustriertes Blatt herbei, auf dem Emilie im Profil mit nackter Schulter und Zeichnungen zu sehen war, die sie gemacht hatte; jedes Bild war von Zweigen umrankt, und Hermann sagte: »Sapperlot! Also die ist sogar auch noch eine Künstlerin auf dem Papier! Und wie begabt!«

Feuerlein blinzelte ihm zu, und Hermann lachte. Da verstanden sich also die Männer durch die Blume. Frau Krumm glaubte etwas zu ahnen, und Irene schmunzelte. Elise Feuerlein blieb unter der Tür stehen, wischte aber schnell hinaus, vielleicht nur des Nachtischs wegen, den sie holen wollte, eine Chocoladecrème. Hermann fragte, wieviel Uhr es sei, drehte sich um und sah aufs Emailzifferblatt der Uhr im dunkelblauen Holzgehäuse; dort war es immer noch halb zwölf. Feuerlein sagte: »Jawohl, ihr seid hier in einem zeitlosen Haus«, denn um halb zwölf Uhr waren sie vom Schloß zurückgekommen, und wieder hatte Feuerlein die Uhren angehalten; recht sonderbar und wie das Bild der schönen, verstorbenen Frau, die groß herunterschaute. Als ob jemand durchs Zimmer ginge, den man nicht erkennen konnte, während Feuerlein auf seinen Teller sah. Und Frau Krumm dachte an ihren Mann, der gesagt hatte, wahrscheinlich graue es dem königlichen Hofsekretär Feuerlein vor allem, was später kommen werde, und deshalb halte er daheim die Uhren an; doch wurde davon nicht gesprochen, und es hätte sich auch nicht geschickt.

Für einen Augenblick war's still. Dann lachte man über Hermanns Geschichten; es war, als ob sie einen kräftigten, erfrischten. Der hatte keine Angst. Morgen würden wieder die Gewehre über stäubender Ackererde knallen, aber am eindrucksvollsten sei eine Reiterattacke, wenn die Pferde heranstürmten und die Lanzen mit den Wimpeln sich verneigten, als streiche eine Riesenhand die Stacheln glatt. Und wie im letzen Jahr stehe der König zwischen Schöckingen und Heimerdingen auf dem Kaiserstein, um den Vorbeimarsch abzunehmen. Frau Krumm kam's vor, als ob dies alles längst vergangen wäre, oder als ob sie's von ferne sähe, besonders als sich dann Irene an das Klavier setzte und zu spielen anfing. Wieder war in der Sonate der langsame Satz am schönsten. Ludwigsburg hatte den alten Hauch von Grün und Blau, wie er sich immer gezeigt hatte, früher schon und wie er auch noch heut draußen in der Allee und über braunen Dächern war, als sie aus dem Haus gingen. Und sie hörte Julius sagen: »Hoffentlich hält es uns aus.«

Es schien, als ob es dauerte. Der Abend weitete die Plätze, und das klare Wetter, dessen Wärme in trockener Erde und Maisfeldern aufgespeichert wurde, bildete sich aus dem Morgennebel. Mücken drehten ihre Säulen aus Flügeln und Leibern, als stiege Rauch, bewegt vom warmen Winde, wie Vorboten der Herbstfeuer in die Luft.

»Gutes Manöverwetter«, sagte Irene, und so las sie's auch auf Hermanns Karten, die in Münchingen, in Heimerdingen und in Heimsheim abgestempelt waren, wo immer noch Ziehbrunnen standen, der Torbogen eines Bauernhofes mit Steinpflanzen und Moos dick bepackt und in eine Gartenpforte die Zahl 1483 eingemeißelt war. Hermann hatte alles abgezeichnet, und Frau Krumm gefiel's, obwohl sie heimlich dachte, daß es halt altes Gerümpel sei; doch weil ihr Schwiegersohn es hierherschickte, freute sie sich ihrer Tochter wegen.

Die jungen Leute mußten sich jetzt zueinandertasten. Sie stand beiseite. Es genügte ihr, sie merkte es, und es erinnerte sie an die Jugend. Sich an einen anderen Menschen gewöhnen müssen, darauf kam es jetzt für ihre Tochter an, während der Mann an anderes dachte; er war verflochten mit der Arbeit, mit Erinnerungen ans Manöver und an seine Verlobte, die er nur am Feierabend sah. Beides mußte sich abstimmen und einpendeln, und dazu brauchten diese beiden, wie alle andern auch, das ganze Leben. Gut, daß es so war, daß es sich zurechtschieben und angleichen mußte an das Rauhe und das Feine. Manchmal sah Frau Krumm beiseit; sie lächelte, und solch ein Lächeln konnte hochmütig erscheinen, weshalb sie sich's verbeißen oder es umstülpen mußte, sozusagen in den Mund hinein; gefrieren lassen war natürlich schlechter, weil es dann nach Eis schmeckte, aber manchmal ärgerte sie sich trotzdem, einmal über Hermann, und dann über Irene.

Wie's halt so geht... sagte sie zu sich selber. Schnee breitete sich aus, und wo war der Herbst hingekommen? Ihn hatte sie heuer kaum wahrgenommen, während er zu Julius' Zeiten bedächtig eingeschrieben worden war ins Gedächtnis und ins Notizbuch mit dem Messingrand. Am 17. Oktober 1895 hatte Julius dem Johann Gottfried Siegle vierhundertfünfzig und Karl Seiz sechshundert Mark für Wein bezahlt; sie las es wieder im Notizbuch, nachdem sie beim Bankier gewesen war. Jetzt saß sie in der Wirtschaft zur ›Sonne‹ und wartete aufs Essen. Vor dem Fenster war die Straße mit den Botenkarren unterm Winterhimmel festgefroren, und jeder Hufschlag ward vom Schnee gedämpft. Selten, daß ein Wagen fuhr, und ein Handkarren stand am Rand. In ihrer Jugend war's hier belebter gewesen, weil eine Pferdebahn gefahren war. Und dann sah sie auch diese Straße an einem Sommertage vor sich und nicht wie jetzt zu Anfang Januar, da sie mit Kälte rechnen mußte, die fest dastand.

Der Winter zeichnete Häuser, Fenster und Menschen genau ins Weiße und verscheuchte die Gerüche, aber hier und da tönte das Glöckchenklingeln eines Schlittens. Dann Regenwetter. Daheim rauchte der gußeiserne Ofen, der ein durchbrochenes Türchen hatte, hinter dem sie ihre Bettflasche erwärmte. Irene wollte keine haben. Im Garten waren unter der Rinde bereits alle Kirschenzweige grün, denn als das Frühjahr sich ausdehnte, prüfte Frau Krumm mit dem Messer ihres verstorbenen Mannes, wie hoch der Saft in den Bäumen gestiegen war, weil Julius es früher auch so gemacht hatte.

Das waren die Gewöhnungen des Alters; Frau Krumm wurden sie kaum bewußt. Auch eine Hochzeit war nichts Neues; und daß sie teuer war, das hatte sie erwartet. Die Aussteuer nahm manches mit. Möbel gehörten dazu, ein Schreibtisch und ein Bücherschrank fürs Herrenzimmer, ein Lederklubsessel für den Mann, wenn Feierabend war. Sie selbst hatte dies alles nicht gebraucht, doch jetzt war's nötig und vom Architekten Schneck entworfen worden; Hermann war mit ihm befreundet; Schneck sollte bald Professor werden; also hatte Hermann Freunde aus den feinen Kreisen.

Vor der Hochzeit fürchtete sie sich, weil auf ein solches Fest zu viele fremde Leute kamen. Du wirst herumsitzen und auf das Essen warten müssen, dachte sie. Irene machte die Tischordnung und sagte: »Du sitzt zwischen mir und Hermann.« Darüber war sie froh, denn sie hatte sich vorgestellt, sie säße unten wie sonst auch, wenn Fremde dabei waren.

Dann graute es ihr vor dem Obensitzen, weil sie dort von den andern nur angestarrt wurde; freilich, es würde vorbeigehen, und später würde sich's verwischen. Eigentlich gut, daß sich alles verwischte mit der Zeit, und warum sollte sie auch mehr erwarten; wer mehr erwartete, der täuschte sich.

Sie ging mit den beiden durch die neue Wohnung und hatte das Gefühl, als ob ihr diese zwei gleichgültig seien; schäm dich... sagte sie zu sich selber, doch bald verschwand diese befremdende Empfindung, die sie erschreckte. Vielleicht hing es damit zusammen, daß die beiden jetzt für sich alleine leben mußten, wie sie auch; wer wußte überhaupt, ob sie noch lange... Und sie betrachtete die dunkelbraunen Möbel mit an den Rändern geschliffenen Glasscheiben [am Bücherschrank und am Büfett], und als die Sonne hereinkam, lebte auf dem Linoleum ein Spiegellicht aus Regenbogenfarben. Die Uhr schlug, und Frau Krumm sagte: »Ein schöner Klang.« Auf dem Bücherschrank stand eine weiße nackte Frau, und über der Tür hing ein rundes Relief aus Gips mit den Köpfen des Königs und der Königin.

Aber auch dies, und daß die Wohnung still und elegant war – für dich ist sie halt elegant – zog sich von ihr zurück oder rückte in die Ferne, als wäre sie bei Leuten eingeladen, die sie flüchtig kannte; es kam ihr wie ausgebleicht vor, und dann wurde ihr's schwindlig und sie hielt sich am Büfett. Nach der Hochzeit mußte sie nun eben doch einmal den Doktor Rosenberg aufsuchen.

Nach der Hochzeit... Die ging auch schnell vorbei. Wie so etwas war und wie ihre Tochter beneidet wurde um den Mann, dies erschien ihr absonderlich. Wer wußte denn, was später kam, denn vor dem Späteren hatte nur Hermann keine Angst; der freute sich sogar. Freilich, das Hochzeitsbild war blaß geworden, »überbelichtet«, wie er sagte, und der Photograph hatte allen schwarze Punkte statt der Augen eingesetzt. Lauter fahle Puppen saßen und standen hintereinander, eine bis zum Bildrand gefüllte Versammlung, von denen die hintersten auf Stühlen hatten stehen müssen, damals im Nebenzimmer des ›Hospiz Victoria‹ in der Friedrichstraße, das hohe weiße Türen und klingelnde Lüster gehabt hatte; denn die Kronleuchter hatten beim Tanzen leis geklingelt.

Und du? Was ist mit dir gewesen? Du weißt doch alles nur noch halb... Vierzehn Tage später erinnerte sie sich an vorbeiwischende Figuren, an Elfriede Rauschers Kleid, das arg ausgeschnitten gewesen war, an Gretel Roth, die dafür gesorgt hatte, daß gelüftet wurde, und an ein Männlein mit grauem Bart, das nach dem Essen zu ihr hergekommen war und aus seinem Rucksack eine gelbliche Wurzel gezogen hatte, konnte sein, daß es Meerrettich war. Die hatte sie hinter sich auf das Fenstergesims gelegt und dem Männlein fünf Mark gegeben. Jetzt kam's ihr vor, als ob es der Dichter gewesen sei, der früher manchmal in der Wirtschaft aufgetaucht war; aber auch die Frau des Schreinermeisters Müller hatte ihr über das Männlein nichts Genaues sagen können und sie bloß merkwürdig angeschaut; die hatte nämlich das Männlein gar nicht gesehen, und später war auch die Meerrettichwurzel auf dem Simsen nicht mehr dagewesen; aber eingebildet hatte sie sich nichts.

Sie ging zu Doktor Rosenberg; der schickte sie ins Krankenhaus nach Ludwigsburg zu einem Doktor namens Magenau, den sie nicht kannte und der sie operieren mußte, wie es sich gebührte, denn ganz vergessen war sie ja noch nicht. Schlimm war, daß sie krank wurde, während ihre Tochter glücklich sein sollte mit ihrem Mann. Irene kam fast jeden Tag nach Ludwigsburg, wo sie auch einmal bei Feuerleins über Nacht blieb. Das war an jenem Vormittag, als sie aus der Narkose aufgewacht war. – »Hast gut geschlafen?« fragte Frau Krumm, und Irene erzählte von einer Chaiselongue, die hart gewesen sei. Sie sah, wie zäh ihre Tochter war und wie genau sie wußte, daß niemand etwas ändern konnte. Auch Doktor Magenau war es unmöglich, etwas abzuwehren, das sich als wuchernder Zerfall in ihrem Leib breitgemacht hatte; es war erwiesen, daß sie daran sterben würde, allerdings erst später und wann sagten sie ihr nicht; sie konnten's auch nicht vorauswissen. Es schwankte nur das Ungewisse und sah bläulich wie Wasserglas oder Gallerte aus, worin sich Himmel spiegelte; ihr Gesangbuch hatte sie auf dem Nachttisch liegen. Wenigstens kennst du im Gesangbuch jedes Lied.

Hermann kam und wischte das Krankenzimmer fort. Er trat mit Irene ans Fenster, legte den Arm um sie und sagte: »Mäusle, da schau 'nunter!« Sie lachten beide. Dann erzählte er, da habe ein kräftiger Bub – »so ein richtiger Pflempfel, wie ich auch einer gewesen bin« – einen roten Ball zum anderen Trottoir gekickt, und der sei drüben einem Fräulein an den weißen Rock geflogen; die hatte geschimpft, der Bub aber lehnte an der Mauer und bohrte in der Nase. Frau Krumm konnte sich's vorstellen, und beinah war es so, daß ihr der Ball des Buben die Hand kräftig machte. Hermann erzählte von der Zeit, da er, ein ›Pflempfel‹, beim Schwimmen in der Enz in eine Konservendose getreten und damit über den Marktplatz gehumpelt war; aber seine Mutter hatte sie ihm dann aus der Ferse herausgezogen und einen Schmalzfleck auf den blutigen Schnitt gelegt. Einmal aber war er noch ganz klein gewesen, und es war im alten Haus bei dem Großvater drüben, diesem Zeuglesweber; Hemden und Schürzen hatte der gemacht. Ja, auch Totenhemden, aber das war jetzt nicht wichtig, und Hermann kam es darauf an, Frau Krumm das Haus des Großvaters zu zeigen, wie es unter der Ruine Löffelstelz dastand, angelehnt an einen steilen Felsen. Dort ging er als ein Kind über die Straße, lief zwischen Beeten an den Fluß und sah das Wasser in der Sonne glänzen, wo vor einer Mühle ein vermoderndes Rad stillstand, dicht belegt mit grünem Schimmel; es sah aus, als ob es nur noch eine Zierde wäre. Gegenüber aber streckte sich das Öhrlich, diese Wildnis, die ihm hoch erschien, ein Dschungel und ein Paradies. Dort wollte er hinüber und spürte schon das laue Wasser, das so nah am Ufer niedrig war. Er ging hinein und wurde fortgetragen, weggeschwemmt im blauen Kleidchen, das sich bauschte und ihn trug. Ihm gefiel's, so getrieben zu werden, bis ihn Lächlers Rickele am Kragen packte und herauszog.

»Glück mußt halt haben«, sagte er. Frau Krumm sah ihm an, daß er es hatte. Er nahm ihr Gesangbuch vom Nachttisch, blätterte darin, klappte es wieder zu und sagte: »Eins geht da, das andre dort / In die ewge Heimat fort. / Ungefragt, ob die und der / Uns nicht hier noch nützlich wär.« Er lachte, und Irene machte: »Pscht!« – »Aber, so ist's doch! Ich hab immer lachen müssen, wenn die Leute das gesungen haben, alle so ganz ernst. Und ich bin auf der Orgel g'sessen.«

Gutes Schwäbisch, gutes Lachen... Jetzt kam es wieder zu ihr her, und das war recht erfreulich. Immer wurde es so eingerichtet, daß der Mensch aufatmen durfte, sogar wenn er darnieder lag. Du liebe Zeit, wie ging dies alles weiter und wie lief es durcheinander; wie war's gemischt... Irene konnte von Glück sagen, daß sie einen wie den Hermann gekriegt hatte.

Mit Krankheit wollte sie sich nicht lange aufhalten, doch dauerte sie ihre Zeit; und im Gesangbuch stand das Wort: »Es währet.« Nein, nicht im Gesangbuch, sondern anderswo. »Es währet seine Zeit«, so oder anders hatte es geheißen, nur wußte sie nicht mehr, wo es gestanden war; es stand auch nicht, sondern es lag. Es lag in ihr und breitete sich aus, es war notwendig, daß sie sich damit befreundete. Befreunden war vielleicht zu viel verlangt, aber damit abfinden mußte sie sich wohl. Wahrscheinlich gehörte es sich so, daß sie es wußte und damit rechnen konnte. Auch Irene wußte es, und das war ihr nicht recht. Ihre Tochter hätte glauben sollen, daß sie wieder gesund wurde. Und wie jetzt alles war und sich zusammenschob aus Einzelnem, das ihr begegnet war und das sie gesehen hatte – wie Hermann sich vor dem durchleuchteten Vorhang umdrehte und Irene neben ihm wie ein Schulmädchen aussah, wie Julius in den Kissen immer wieder gegähnt, sie und Irene angeschaut und schließlich geweint hatte, weil er nicht sprechen konnte, trotzdem aber den Mund öffnete und seine Augen größer wurden als sie gewesen waren, bevor er sich der Wand zugekehrt hatte und gestorben war: oder wie er an einem heißen Sommernachmittage in einer Kutsche angefahren kam, die schwarze, mit roter Seide ausgeschlagene Schatulle, darin der Silberpokal glänzte, im Arm hatte, auf die Seite schaute, weil's ihm widerwärtig war, so ausgestellt zu sein [aber die Gablenberger wollten ihm doch nur zujubeln] – dies alles erschien ihr nun wieder, während sie im Bette lag.

Hermann hatte immer noch diesen kurzen Stoppelhaarschnitt, der Irene nicht gefiel; sie hätte ihren Mann gern langhaarig gesehen; zwar nicht in einer Künstlermähne, aber immerhin nicht so arg militärisch abgeschoren. Doch dies konnte sich ändern mit der Zeit, die alles in einen anderen Bereich hinüberschob, obwohl es sich im Grunde gleichblieb. Sie dachte ans Gewand, das ›Bucklichte Wiese‹ hieß und bei Grötzingen lag, einer verwilderten Gegend nicht weit von der Mühle, die Julius' Großvater gehört hatte, und sah den aufgegrabenen Boden der Altstadt bei der Rosenstraße, wo sie oft gegangen war, wenn sie den Leiterwagen mit Zwetschgen und Pflaumen zum Markt gezogen hatte. In der aufgerissenen Erde, dem nassen Boden mit rotbraunen, von grünlichen Mergelschichten durchzogenen Flanken, war alles seit eh und je gleichgeblieben, weil Erde nicht verweste.

Sie sah ihre Hand an, diese magern Finger. Dann ging sie durch den Garten hinterm Krankenhaus und sah in blaudunstige Weite. Das Blau war milchig, weiter draußen aber so, als lägen dahinter Glassplitter, oder Silberplättchen seien in sein Gewebe hineingewirkt; dies sah sie aber nur durch ihre Brille mit den ovalen Gläsern, die Goldränder hatten. Und sie ging vorgebeugt in ihrem grauen Kleide, das Haar noch ohne weiße Fäden, achtundvierzig Jahre alt. Der Garten des Krankenhauses war, wie ihr die Schwestern gesagt hatten, erst kürzlich erweitert worden, also vor sieben Jahren; die Bäume waren deshalb noch nicht hoch. Aber was sieben Jahre später dann sein würde, also neunzehnhundertachtzehn, das konnte sie sich nicht ausdenken; wahrscheinlich weil sie sich nicht darum kümmerte, was in der Zeitung auf der ersten Seite stand. Sie ging, von schmalen Baumschatten berührt, in der Augustwärme nur langsam auf dem Kies; früher wäre es ihr hier zu heiß gewesen, jetzt aber spürte sie nur Milde, während sie sich einer weißen Mauer näherte. Dahinter lagen Äcker. Auf einem Feldweg ging ein Mann, ein gedrungener Kerl, der einen Sack trug, einer in kurzer, dunkelbrauner Pelerine. Er hatte weißes Haar; eine Kapuze hing ihm auf den Rücken; dann verschwand er hinter einem Steinriegel, der mit Schlehen bewachsen war, einer Böschung aus Steinen, die früher aus den Äckern fortgeworfen worden waren. Goldammern flogen aus den Schlehenbüschen, und der Mann kam nicht mehr dahinter hervor. Frau Krumm dachte, er habe jenem Gnomen geglichen, von dem sie im Hospiz Viktoria eine Meerrettichwurzel gekauft hatte, die hernach nicht mehr auf dem Fenstergesims gelegen war. Vielleicht hatte es sich auch um eine andere Wurzel gehandelt, aber welche? Eine Krankheitswurzel, die sie in den letzten Wochen hatte essen müssen, ohne es zu wissen? Vielleicht... Dann hatte ihr also der Mann die Krankheit überstehen helfen.

Wenn sie ihm dafür hätte danken können, wär sie froh gewesen, doch war es vielleicht besser, wenn sie ihn so bald nicht wiedersah. Und sie atmete auf, vorsichtig, weil ihre Brust zerschnitten und die Wunde immer noch verbunden war. Sie hatte sie nie sehen wollen und immer weggeschaut, wenn der Arzt mit den Instrumenten und dem Höllenstein ans Bett getreten war; kein Wunder, daß sie vor dem Höllenstein Angst hatte. Es war schlimm und schrecklich, aber wenn sie zu sich selber sagte, es sei nichts Besonderes, dann wurde es ihr leicht.

Sie blieb vor der weißen Mauer stehen, legte die Hand darauf und spürte den warmen Stein. Sie blinzelte im scharfen Licht. Was draußen lag, war nur genau zu sehen, wenn sie eine Hand über die Augen legte, doch genügte ihr's auch so.

Dann war sie wieder in der alten Wohnung, wo die Treppe knarrte, ein Geräusch, das ihr vertraut war wie das Gefühl eiserner Türklinken in der Hand, Türklinken, die sie kannte. Sie war froh, daß Hermann hier war und der Stuhl unter ihm krachte; er aß eine schwarze Wurst in Essig und Öl, lehnte sich beim Wein zurück, zündete seine Pfeife an, daß es nach Wirtshaus roch, und legte die Hand aufs Wachstuchpolster der Bank, wo Irene saß. Sie waren jetzt wieder beisammen in der niedern Stube, alles stand unverändert da, und Hermann zog die Lampe tiefer. Die blanken Dielen trugen sie noch immer, und die frisch gekalkte Decke schaute von oben herunter, als wäre sie der Himmel, der sich undurchdringlich zeigte. – »Gelt, Mama, hier ist's anders als in Ludwigsburg?« sagte Hermann und stemmte den Ellenbogen auf den Tisch. Froh war sie, daß der jetzt so gesund dasaß, fröhlich und bequem, und sie kam sich nicht mehr gebückt vor trotz dem niedern Zimmer. Im Krankenhaus war es höher gewesen, aber das Krankenhaus, wo es ätzend gerochen hatte, dieses arge Krankenhaus.. Und Frau Krumm, die an der Stuhlkante saß, denn so war es ihre Gewohnheit, wünschte sich, daß Hermann wieder von daheim erzählte, von Dürrmenz an der Enz, weil dann das pelzige Gefühl verschwand, das sie noch immer wie Staub an den Fingerspitzen spürte.

Neben ihm sah sie ihre Tochter wie auf einem alten Lichtbild, also kleiner als sie war. Das konnte man ihr als etwas Schlimmes anrechnen, als Fehler oder Mangel, aber besser fühlte sie sich bei dem jungen Rapp, und das kam vielleicht auch von ihrer Krankheit. Der brachte etwas Neues mit, obwohl es gar nichts Neues war, was er erzählte, denn vom Hochwasser hatte sie oft reden hören, allerdings nur tröpfchenweise, während der hier die braun wühlende Flut strömen und Eis unter der grauen Schloßruine krachen ließ. Der Schutzmann hatte ausgeschellt: »Hochwasser ist von Wiesbaden gemeldet«; vorher waren schon die Ratten pfeifend hinterm Haus davongewitscht, dort wo es auch im Sommer modrig roch und Därme lagen. Jetzt aber streckte es sich auf dem Marktplatz lautlos aus und äugte glatt, während dem

Brunnen unter den Kastanienbäumen Eisklötze um die Füße schwammen. Zum Metzger Seibold schlich's zuerst hinein, und wenn sein Keller voll war, kam's zum Rapp und ließ die Fässer schwimmen. Und Frau Krumm glaubte, vor dem Fenster plätscherten die Boote, die damals in Dürrmenz durch die Kirchgasse geglitten waren, und sie schaute auf den Boden, ob's nicht aus den Ritzen quoll. Eisschollen blieben auf dem Marktplatz bis in den Juni hinein liegen, weil Seibold nicht so viele für sein Kühlhaus brauchte, wie sie ihm vom Hochwasser vors Haus geliefert wurden.

Nun war's Anfang September. Ihre Tochter ließ sie wissen, daß Hermann Rapp manchmal nicht so feinfühlend sei, wie sie's von ihm erwartet habe, und wieder sagte sie zu ihr: »Du mußt dir halt oin bacha«, freilich nur, wenn er nicht dabei war. Irene zierte sich zu arg, doch Hermann ließ sich's nicht verdrießen, und deshalb konnte ihre Tochter von Glück sagen. – »Sie hat ihr Pensionat noch nicht verdaut«, sagte er zu Frau Krumm. »Ein Mann ist hart, eine Frau aber weich; wie es sich halt gehört.«

Frau Krumm besuchte ihre Tocher auch am Vormittag, wenn Hermann in der Schule war und Irene Staub wischte. Die war jetzt arg drauf aus oder darauf bedacht, ihre Möbel pfleglich zu behandeln, und freute sich, daß bei ihr alles noch neu glänzte; besonders dieses Herrenzimmer mit dem breiten Schreibtisch, dem Bücherschrank, dem Lederkanapée und einem runden Tischchen, von dem die Fransen einer gehäkelten Decke niederhingen, die Irene gemacht hatte, ein schönes Stück. Überall lagen schöne Stücke in der Wohnung, auf dem Schreibtisch blitzte das Tintenzeug mit dunkler Platte und dem schwarzen Deckel eines durchsichtigen, vierkantigen Tintenfasses, in dem die Höhlung mit Tinte frisch gefüllt war; denn für Irene bedeutete das Herrenzimmer etwas Neues, weil sie's daheim nicht gehabt hatte. Aber sie putzte ihr halt zu genau. Ein Beethovenkopf aus Bronze beschwerte Briefe. Hermann benützte diesen Schreibtisch selten, weil er als Zeichenlehrer eine Werkstatt brauchte;

oder sagte man ein Atelier? Doch Hermann sagte: »Meine Bude auf der Wagenburg...« und sie entsann sich dessen, dachte, der sei froh, weil er nicht immer daheimhocken müsse, freue sich aber trotzdem, wenn er heimkomme, was wichtig war. In seiner Bude auf der Wagenburg konnte er Farbspritzer auf den Boden machen, den Malkasten, Pinsel und Tuben herumliegen und Leinwände in den Ecken stehen lassen. – »Sei froh, daß er trotzdem gerne heimkommt«, sagte Frau Krumm, und Irene fragte, weshalb sie ›trotzdem‹ sage. – »Weil er bei dir nicht sauen darf.« – »Aber es muß doch sauber sein!« – »Ja schon...«

Immerhin erzählte ihre Tochter gerne vom ›Brückenkarré‹ in Dürrmenz, das der Zigarettenfabrikant Leo sprengen wollte. – »Das Brückenkarré wird g'sprengt!« rief er im ›Lamm‹ jenseits der Brücke, wo es zum Schloßberg hinaufging. Denn dieser Leo war ein Kerl, der den Arm in die Luft stieß, wenn er ›gesprengt‹ schrie. Übrigens sonderbar, daß er seine Villa hinterm Röslerschen Anwesen, einer Seifensiederei, die in den Fachwerkstallungen eines Bauernhofs untergebracht war, daß er diese Villa mit dem versponnenen Garten als empfindlicher Einsiedler bewohnte und beispielsweise eine Schale für Blumen unterm Glasdach des Eingangs aufhängen ließ, obwohl er ein lauter Mann war, ja beinahe ein Schreier. Freilich, er schimpfte nur zum Spaß, seine Ausbrüche hörten sich wie im Theater an, oder als schlüge er mit dicker Faust auf Blech; und so war's letzthin auch gemeint. Da lachten sie in der ›Kanne‹ oder im ›Lamm‹ über einen, der aus Amerika zurückgekommen war und gesagt hatte, seine Koffer kämen später mit der Bahn; das stimmte auch, aber sie waren leer, und der Mann wurde Straßenwart. Und Leo machte Zigarren und schickte seinen Sohn aufs Technikum Mittweida, während Gottlieb Rapp den seinen halt Schulmeister werden ließ. – »Ein Schulmeister ist auch was Rechtes«, sagte er, und Leo nannte ihn den Operngucker, weil er von seinem Fenster aus oft mit dem Opernglas über den Marktplatz schaute; wahrscheinlich sah er nicht gut in die Ferne, doch gab er das nicht zu. – »Gang mer weg mit deine Zigarre«, sagte er zu Leo, der behauptete, Rauchen sei gesund. – »Ich hab noch keinen gsehn, der vom Nichtrauchen krank geworden wäre«, sagte der Operngucker, spreizte die Hände und wiederholte: »Gang mer weg mit deine Zigarre!« Leo beklagte sich, daß das Zigarrengeschäft in der letzten Zeit schlecht gehe, obwohl jeder wußte, daß er über fünfzig Mädchen als Wicklerinnen neu eingestellt hatte. – »Um d' Jammerer mach ich mir keine Sorgen, bloß um d' Protzen«, sagte Gottlieb Rapp, und wieder schrie Leo: »Das Brückenkarrée wird g'sprengt!« Zum Brückenkarré aber gehörten außer dem Operngucker Gottlieb Rapp noch ›die akademische Speckanke‹, was akademischer Specknacken hieß und womit Sanitätsrat Reichmann gemeint war, der beim ›welschen Dorf‹, einer Waldensersiedlung, ein Sandsteinhaus mit Säulen hatte; auch ein langer grauer Spitzbart gehörte zu ihm, und seinetwegen hieß er auch ›der Silberbart‹. Seifensieder Rösler aber hieß ›Die Brotzelchaise‹, weil er in einer leichten Chaise über Land fuhr, von der Leo behauptete, daß sie beim Fahren wie ein Seifensiederkessel brutzele. – »Man kann nemme auf d' Stroßa – d' Auto!« schrie Leo, und Rösler sagte, deshalb fahre er in seiner Brotzelchaise; die tue keinem was.

»Gelt, 's ist arg nett, was der Hermann so schwätzt?« sagte Frau Krumm. Irene nickte. Jetzt polierte sie wieder das Tintenfaß, hauchte ans schwarze Glas des Deckels und wischte mit einer Serviette. – »Ja, 's ist schon sauber. Komm, setz dich lieber ans Klavier«, sagte Frau Krumm, und Irene begann zu spielen, während Sonne die geschliffenen Ränder der Bücherschrankscheiben grünlich glänzen ließ und die Klaviertöne hervorkamen; sie hatten etwas Perliges, den Schimmer. Und ihre Tochter war halt doch anders geworden neben Hermann Rapp; ihr Mund war locker. Und auch sonst... Jawohl, sie wird's noch lernen.

Die Ehe lernen war bemerkenswert. Trotzdem dauerte es bis in den Juni neunzehnhundertzwölf; aber dann war sie schwanger, und Hermann wurde ›ständig‹. Das bedeutete, daß er mehr Geld bekam und ins Unterland umziehen mußte, nach Künzelsau im Fränkischen.

Mehr geschah nicht. Und dieser Umzug war die Fremde und ein neuer Anfang, letzthin ungemütlich, doch für junge Leute recht gesund. Du gehst beinahe lieber von hier fort als deine Tochter, sagte Frau Krumm zu sich selber, denn Irene hatte vor dem Umzug Angst. Und wie sie sich mit diesen vielen neuen Lehrersfrauen ›drüben im Seminar‹ verstehen würde, das konnte sie sich nicht vorstellen. – »Auch noch in einer Kleinstadt...« sagte sie und verzog den Mund. – »Und Gablenberg ist bloß ein Dorf«, sagte Frau Krumm, aber Irene gab zurück: »Das kannst du doch nicht sagen, weil's so nah bei Stuttgart liegt.« – »Trotzdem halt.«

›Bullinger und Unglert‹ hieß die Firma, die den Umzug übernahm, und Künzelsau verbarg sich hinter Wäldern, als Endstation einer eingleisigen Bahnlinie. Die Lokomotive läutete und schrie, es hing das Laub dicht vor den Fenstern, ein sonnebeschienenes Buchenlaub, da und dort durchwoben mit Tannenzweigen; Hermann sagte, österreichische Schwarzkiefern seien auch darunter, und wenn es jetzt so tief hinein und auch hinunter gehe mit der Bimmelbahn, dann denke er: allen Hähnen die Hälse umdrehen und keine Glocken mehr läuten lassen, helfe den Künzelsauern viel, wenn einmal Krieg sei; dann finde die doch keiner mehr in ihrem Eulenkräut. Und Frau Krumm dachte das Wort ›Eulenkräut‹ und ›Krieg‹ und sah wieder auf helle Blätter draußen und auf Sonnenvierecke herinnen zwischen gelb gestrichenen Holzbänken, hörte Lokomotivenschnaufen und spürte den Wagen in der Kurve stoßen, jetzt wieder kräftig, hart und grob wie sich's gehörte hier heraußen auf dem Land und weitab von der Residenzstadt mit dem graubärtigen König, mit Ludwigsburg, wo Regierungssekretär Feuerlein die Uhren anhielt, während seine zierliche Emilie nach

Rußland zum Fürsten Orlow-Dawidow gefahren war. Endstation. Ein verschlafener Bahnhof. Irene sah sich um und sagte: »Nie mehr kommen wir hier raus.« Die war eigentlich mürrisch. Das Licht schien klar. Der Wald schaute herunter, und weiter drüben lagen diese weißlich grauen und geraden Hügel, manche mit Weinbergen; Baumstückle hatten sie hier also auch. – »Gut Wetter im Land!« sagte Hermann und strecke den Arm in die Luft. Es war hier so wie es sich ihr noch nirgends gezeigt hatte, abseitig und fast wie außerhalb, doch wohnlich, wie sie es gewohnt war. Hier konnte man doch leben... Und Frau Krumm dachte: Endstation... und erinnerte sich ihrer Krankheit, die sie mitgebracht hatte in ihrem Leib.

Sie gingen an einem Platz mit schattenkühlen Kastanien nicht weit von der Realschule und am Spritzenhaus vorbei. Hermann sagte, dort bänden sie ihre Rösser an, wenn Viehmarkt sei. Dann die Kanzleistraße hinunter, wo Dentist Brückner nicht weit von der Villa des Fabrikanten Naumann wohnte, denn Hermann kannte sich hier schon gut aus; Irene aber interessierte nur das Haus, wo sie jetzt wohnen sollte, wahrscheinlich weil's ihr davor graute. In der Hauptstraße ragte an einer Wirtschaft eine große Rose aus Kupfer am dornigen Stiel heraus. Das Rathaus stellte sich hier mitten in die Straße und ließ neben sich zwei Gassen frei. Zeiger und Ziffernblatt glänzten golden auf dem mit Schieferplatten ummantelten Glockentürmchen; es war ein Fachwerkhaus; davor stand ein gußeiserner Brunnen mit einem heidnischen Gott, der seinen Dreizack emporstreckte und einen Fisch auf der Hand hielt. Es plätscherte und rann, heute am Sonntag in der Hitze hörte man es deutlich, und an Metzger Schlörs Laden waren alle Rolläden herabgelassen. Bei Veigel hing eine Glastafel mit dem Bild eines Herrn im Frack, der eine Zigarette rauchte; darüber stand: ›Salem Aleikum – Für Feinschmecker‹. – »Also nicht für mich«, sagte Hermann und nahm die Pfeife aus der Tasche. Auch Tuchhändler Ledermann ließ nur Rolläden sehen. Und jetzt die Keltergasse, unten, wo sie breit wurde und linker Hand ›Weinstube von Wilhelm Metzger‹ stand, die Schrift mit Trauben und mit Laub verziert.

»Das ist's. Da, guck doch, Mama«, sagte Irene.

Das Haus war alt und hatte überm Türstock zwischen gemeißelten Wappen eine Inschrift, die Frau Krumm nicht lesen konnte. Hermann sagte, die Herren von Gleichen und Cranichfeld hätten es anno siebzehnhundertelf gebaut. Dann ließ er den Türklopfer pochen; der war fast so breit wie sein Kopf. Er zog am Messinggriff der Klingel und holte aus der hintern Hosentasche einen Schlüssel, spannenlang und blank. – »Damit kannst einem schon was zeigen. Der weicht aus, gelt Mäusle?« sagte er und hielt den Schlüssel so, daß er wie eine Waffe aussah.

»Wichtiger Moment!« sagte er dann und streckte den Zeigefinger hoch. »Also, wir gehen jetzt zum erstenmal ins eigne Haus hinein...« obwohl er dieses Haus heut nicht zum erstenmal betrat und Irene es so gut kannte wie er; aber trotzdem hatte dieser Augenblick gewissermaßen einen hellen Hauch. Über der Tür war ein Emailtäfelchen mit der Nummer vierhundertachtundzwanzig festgemacht; eine Schwalbe schlüpfte aus einem der beiden Nester in der Ecke unterm vorgebauten ersten Stock, und links hinüber war ein schmaler Streifen Boden grau gepflastert; die Kellergasse machte sich zu einem Platze breit und hatte diesen weißen und feinkörnigen Belag, von dem Fäden Staubs aufflogen wie drüben beim Depot des Eisenhändlers Häußermann, das eine rostige Schwanenhalslampe in die heiße Stille streckte, während nahebei ein arg verstimmtes Tafelklavier angeschlagen wurde und ein Gaul vor einem Leiterwagen im Schatten der Weinstube Wilhelm Metzgers den Kopf senkte.

Die Zimmer waren alle eingerichtet, aber ungewohnt trotz der vertrauten Möbel. Das Mädchen war zu ihren Eltern nach Garnberg gegangen. Hermann ließ sich in den Ledersessel fallen und zündete seine Pfeife an. Frau Krumm holte ihre Brille vom Büfett und schaute auf die Gasse. Dann ging sie allein durch das Haus, das geräumig war und weite Flure hatte.

Zunächst im ersten Stock der schattenbraune Flur, der mit Linoleum belegt war; vor der Küche gab's unter den Schuhen nach; das war eine weiche Stelle, und darunter knarrten Dielen. Eine Treppe senkte sich, und eine andre stieg neben der Tür zur hinteren Stube hinauf, die Stufen alle muldig ausgetreten. Dies war Frau Krumm von Gablenberg vertraut; auch die Geländer mit den gedrechselten Pfosten kannte sie; und dann natürlich den Schirmhalter, der Weinranken und zwei breite Blätter hatte, die auch aus Eisen waren; darüber hing Julius Jagdflinte und Jagdtasche; Stock und Schirmmütze waren nicht mehr da; statt dessen hatte Hermann seinen Offiziersschleppsäbel mit schwarzlackierter Scheide und vergoldetem Korb aufgehängt; das silberne Portepée glänzte. Und im hinteren Stüble war alles wie daheim mit Etagère, Tisch, eichener Bank und Uhr, die ging. Die Stube hatte eine krumme Wand, und vor den Fenstern waren andre Häuser nahe, dazu die Fässer eines Küfermeisters namens Siller. Da würde es dann also werktags oft ein starkes Hämmern geben.

Sie ging hinunter hinter die Glastüre mit den dunkelrot gefleckten Scheiben, wo es fast Nacht und kühl war, als wäre draußen Herbst. An der Decke strahlte die Glühbirne gelblich, und der glatte Steinboden war schwarz und weiß gesprenkelt. Wie gut, daß sie dies alles allein sehen durfte, ohne mit jemand reden zu müssen, denn so drang's in sie und erweckte etwas, das sie nicht genau erkennen konnte, wahrscheinlich weil es innen ruhte und sich manchmal zeigte, wenn sie dachte: du kennst es doch von früher... Denn jetzt kam es ihr vor, als ob sie hier in diesem Hause lange zuvor schon herumgegangen wäre oder gewohnt hätte in einer Stube wie jener dicht neben der Haustür, deren dickes Schloß und breite Eisenriegel sie anschaute und berührte.

Das quadratische Zimmer aber, vielleicht eine Pförtnerstube, damals in alter Zeit, eine mit zwei tiefen, von gewundenen Eisengittern geschützten Fenstern, die erschien ihr als das Herz des Hauses, wahrscheinlich weil sie leer war. Gegenüber lag die lange Speisekammer mit einem runden Fenster dicht unter der Decke, einem Loch, wo Wind durch einen Spalt herein ins Kühle drang.

Als du ein Kind gewesen bist, hast du's auch schon gesehen, dachte sie und stieg wieder hinauf, langsam und das Treppenknarren prüfend; sie kam in den zweiten Stock, dessen graue Dielen breite und abgewetzte Bretter waren, die Astknollen und in den Ritzen Nässe hatten; also mußte hier das Dienstmädchen geputzt haben, kurz bevor sie weggegangen war, und deshalb war es ein gewissenhaftes Mädchen, und man hatte Glück. Im Badezimmer stand der Kesselofen vor der Badewanne mit den gußeisernen Löwenpranken. Von dort aus sah sie auf die graue Wand des Furchheimerschen Hauses, indes im Flur der Kirchturm massig dick durchs Fenster schaute, als ob er aus dem Dache wüchse, unter dem ein Sattler wohnte. Jetzt schlug die Kirchenuhr und dröhnte. Im Schlafzimmer stand ein Stubenwagen und war neu.

Sie sah dann auch die Bühne, den Dachboden mit den schwarzen Balken. Das Abendrot war nah. In Blei gefaßte Fensterscheiben schienen Luft zu sein. Alles atmete warm und roch nach Holz in diesem Kopf des Hauses, wo die Sonne eindrang, die Mädchenkammer nach Morgen lag und auf dem Schreibsekretär ihres Vaters ein staubiges Glas stand, doch wußte sie nicht mehr, woher es war. Das Mädchen hatte ihr Bett nicht gemacht; dafür war der Schreibsekretär geöffnet, dessen Fächer Frau Krumms Vater mit einer Rosentapete ausgeschlagen hatte, die jetzt verblichen war. Kein Wunder nach über vierzig Jahren, dachte sie, die von ihrem Vater nichts mehr wußte, weil er anno fünf- oder sechsundsechzig, in ihrem dritten Lebensjahr, an den Pokken gestorben war.

Sie mußte sich eingewöhnen; dies dauerte bei ihr nicht lang. Jetzt merkte sie, daß ihr's beinahe recht war, weit weg zu sein von Gablenberg und Ludwigsburg, von Stuttgart, wo ihr altes Leben wie in einer Puppenstube oder in einem Guckkasten ruhte, in den sie manchmal hineinschaute, wenn sie mit Irene sprach, die nur mühsam von früher wegkam, weil sie glaubte, es läge eine Landschaft hinter ihr, die immer hell gewesen sei. Frau Krumm aber sagte: »Wenn du von hier wegmußt, wird dir auch Künzelsau ganz klar vorkommen, obwohl's nie so gewesen ist.«

Es war doch immer so recht, wie es im Augenblick war. Was nützte schon die Sehnsucht. Freilich, Hermann und Irene waren noch dort, wo man schwitzte, sie aber schwitzte nicht mehr. Das kam vielleicht von ihrer Krankheit, die nur zurückgedrängt war. Jedenfalls schwitzte Hermann gern, etwa beim Kegelspielen in der ›Glocke‹ oder beim Spaziergang, wenn sein Strohhut an einer Klammer vor der Weste baumelte. Bald war er mit vielen befreundet, und seine neuen Freunde hießen Louis und Robser, lauter ›junge, strabelige Kerle‹, wie er auch einer war. – »Auf, a Licht ond a Lebe!« rief er seinem Mäusle zu, wenn sie Antrittsbesuche bei Kollegen machen mußten, die drüben im ›Langen Bau‹ wohnten und Beron, Knauer, Mayer und Knecht hießen; aber von denen kannte Frau Krumm nur die Namen. Sie brauchte ja nichts anderes zu sehen als das Haus oder die Gassen, und ihr genügte auch oft das Hinausschauen durch Fenster, abends, wenn nebenan im Dachstock eine Familie um den Tisch stand und vor dem Abendessen betete. Oder sie stellte die grauen Fensterladenbrettchen schräg, die an einem Stab bewegt werden konnten, um in der Mittagshitze hinauszuschauen, ohne daß sie jemand sehen konnte. Ihr Kleid hatte dieselbe Farbe wie die regenzerwaschenen Fensterläden über hölzernen Gesimsen, die tief durchfurcht von Rillen waren.

So lebte sie unter den andern. Sie brach Reisig fürs Herdfeuer in der Küche und trug Körbe voll Holz, das Hermann in den Ferien spaltete, wobei er mit dem Gerbereiarbeiter Benner und mit Küfer Siller sprach. Siller stand im braunen Schurz dabei, wie ihn die Küfer auch in Gablenberg getragen hatten, und dies verband sie mit der alten Zeit, die nun noch weiter als zuvor dahinten lag, wo Julius den Geiger Sarasate gehört und in der Mähderklinge den Königspokal herausgeschossen hatte. Sie dachte an das Kind, das im nächsten Frühjahr geboren werden sollte – schon Ende Januar würde es so weit sein – und wieviel das noch vor sich hatte, ach, du liebe Zeit... Aber freuen tat sie sich halt trotzdem drauf, und nur Irene hatte Angst; doch dies war ganz natürlich. Denn was erscheinen sollte, das kam trotzdem bald herauf und mußte sich auswirken; so war es vorgesehen, unveränderbar und unabdinglich.

Du simulierst und rückst es dir zurecht... Letzthin blieb nur Staubwischen, Wäschewaschen oder jenes knackende Geräusch beim Reisigbrechen übrig, dazu der Kirchgang, und daß Irene Klavier spielte. Sonne beschien Linoleum, das wie Parkett gemustert war, und was wollte sie mehr erkennen? Gut, daß Hermann an die Württembergische Landeshebammenschule in Stuttgart geschrieben und für Irene dort einen Platz hatte reservieren lassen. Aber es eilte nicht. Es schien, als ob sich dieses Kind Zeit ließe, herauszukommen in die Helligkeit eines früh warmen Februars. Denn in der Neckarstraße wehte Staub, und Licht blendete vom Hasenberg herunter. Frau Krumm ging neben ihrer Tochter am Museum in Stuttgart vorbei, wo im Hof ein Mann aus grünlicher Bronze auf einem Pferd saß und die Hand in die Hüfte stemmte, einer in altmodischer Uniform, ein König, aber welcher, das wußte sie nicht. Sie erinnerte sich, daß Julius am Sarg des Königs Karl im Neuen Schloß vorbeigegangen war. Aber dann surrte oben der Zeppelin, ein silberner Tannenzapfen, der sich sanft verneigte, als wäre er ein Mensch. Denn der König hatte heute Geburtstag, ein Mann mit grauem Spitzbart, den zwei Spitzerhunde begleiteten, wenn er durch die Königstraße ging, um in der Bahnhofswirtschaft

Saitenwürstchen mit Kraut zu essen; daran erinnerte sich jetzt Irene, und Frau Krumm lächelte, als sie's von ihr erfuhr.

Eine Geburt nach Königs Geburtstag. Es war ein Bub. Der würde also Eugen heißen, und man betonte diesen Namen auf der ersten Silbe. Irene hatte sich in der letzten Zeit oft ihrer Tante Eugenie erinnert, der sie die Pensionatszeit in Avenches verdankte. Hermanns Schwager aber, der mit seiner Schwester Maria als Bahnmeister in Friedrichshafen lebte, ein gewisser Siegler, dem Frau Krumm bis heut noch nicht begegnet war, würde, wie man früher gesagt hätte, bei der Taufe Gevatter stehen, also Pate sein; und Patentante wurde Lene Silber aus Göppingen, die Krankenschwester geworden war und einen Kurs für Hebammen besuchte; die hatte einen richtigen Beruf, aber noch keinen Mann.

Also gut. Der Mensch mußte das Geld verdienen, das er zum Leben brauchte, und er verdiente sich's mit Arbeit für die andern. Gut, daß er für andere da war. Allein fühlte er sich als Hülse, welche weggeworfen wurde, weil nichts in ihr war. Und Frau Krumm kam das Wort von der ›tönernen Schelle‹ in den Sinn, das sie aus der Bibel kannte, diesem für sie wichtigsten Buch neben dem Gesangbuch und einem Bändchen mit Versen von Christian Wagner aus Warmbronn, der früher manchmal in die Weinwirtschaft gekommen und vorne in der Ecke linker Hand beim Fenster gesessen war; ein Buch übrigens, das sie seit dem Umzug nach Künzelsau noch nicht wiedergefunden hatte. Vielleicht würde es sich wieder einmal zeigen, und wenn's unter den andern Büchern nicht herauskam, kaufte sie es sich ein zweites Mal.

So dachte sie herum, obwohl eine Geburt geschehen war. Und dann mußte sie dafür sorgen, daß nach Künzelsau telephoniert wurde, gleich heute am sechsundzwanzigsten Februar, und daß Hermann nach Stuttgart kam, um seinen Buben anzuschauen. Am besten war's, wenn sie das selber machte, und sie erreichte dann auch Hermann im Hotel zur ›Glocke‹, wo er, im langen, dunkelblauen Uniformrock mit Epauletten und silberner Leibbinde zur Nachfeier von Königs Geburtstag mit seinen Freunden Louis und Robser saß; er sagte ihr's am Telephon. Sie konnte sich ihn gut vorstellen, besonders weil sie seine Uniform oft ausgebürstet und die Messingverzierungen der Epauletten blankgerieben hatte; nicht zu vergessen übrigens den Helm mit hoher Spitze und goldenem Adler, der ihm auch gut zu Gesichte stand.

Er kam und schaute sich den Buben an, der verschrumpelten Gesichts und mit einem Spitzkopf, eigentlich arg faltig, in den Kissen lag. – »Mein Vaterstolz ist zammeg'falle...« flüsterte er vor dem Krankenzimmer Frau Krumm zu, als sie Irenes wegen gingen, die erschöpft war. Und Frau Krumm sagte, das sei ganz natürlich, meinte aber nicht den Vaterstolz sondern Irenes Müdigkeit. Trotzdem lachte er laut, und es hallte im weißen Gang.

Der Sohn wurde auf die Namen Eugen und Carl getauft, weil Bahnmeister Siegler Carl hieß. – »Carl Eugen... fast ein bißle zu arg württembergisch... Aber jetzt ist's halt schon so«, sagte Hermann, und Siegler meinte, Carl Eugen Rapp klinge nicht schlecht. Lene Silber aber war begeistert von dem Buben, den sie ›wonnig‹ und ›entzückend‹ nannte. Hermann erzählte, daß Binetsch in drei Wochen mit dem Auto von Künzelsau nach Stuttgart fahre und Irene mit dem Buben zurückbringen werde, was bald geschah und von Hermann als ›patente Lösung‹ bezeichnet wurde.

In Künzelsau photographierte Hermann seinen Buben im Stubenwagen. Den Abtritt neben der Dachbodentreppe hatte er als Dunkelkammer eingerichtet; dort legte er bei dunkelrotem Petroleumlicht Platten in schwarze Schalen voll fremd riechender Flüssigkeit. Er ließ die Platten auf einem hölzernen Ständer trocknen, unterlegte ihnen glänzendes Papier, spannte sie in einen Rahmen mit grüner Filzunterlage und stellte diesen vor das Fenster in die Sonne. So bildete sich alles auf dem Blatte ab, das in der Sonne rot geworden war wie empfindliche Haut; im Fixativ wurde das Rote dunkelbrauner Schatten, auch wieder wie bei Menschenhaut, die lange in der Sonne … Und so weiter. Es war, als ob er mit der Sonne male, denn Frau Krumm sah gern zu, wenn er Photographien präparierte, was sie bisher noch nicht gesehen hatte.

Vor dem Haus wurde die Gasse wieder warm. Es bewegten sich die Spiegelungen vieler Fensterscheiben durch die Schatten, und unterm Giebel des Depots ragte ein Balken aus der Wand und trug ein Schwalbennest; Frau Krumm sah es vom Küchenfenster aus. Gegenüber spuckte Frau Gerichtsnotar, bevor sie fortging und den Hut mit dem roten Band aufsetzte, in die Keltergasse. Sattler Haag glich mit seinem langen weißen Bart dem Bauerndichter aus Warmbronn und trug einen Schirm mit stacheligen Stäben um die Ecke. Frau Metzger holte Most in einem irdenen, mit dunkelblauen Blumen bemalten Krug, denn ihr Keller lag hinter dem Haus des Küfers Siller, wo sich ein Misthaufen streckte, der den Gerbereiarbeitern Benner und Kubach gehörte; die hatten Ziegenställe. Der Vater des Küfermeisters ging nie von seinem Fenster weg und leerte seinen Nachttopf auf den Misthaufen hinaus. Hermann sagte, Kubach sehe mit seinem dicken Schnauzbart und der Hakennase wie ein Philosoph aus, und sein Sohn sei ein begabter Schüler drüben im Lehrerseminar. – »Alle Achtung vor dem Kubach«, sagte er.

Zu Kubachs führte eine steile Holztreppe außen am Haus hinauf, in dem der Keller der Weinstube Wilhelm Metzgers tief hinunterreichte. Neben einem überdachten Vorplatz, wo Sattler Haag im Sommer gerne schaffte, Polster eines Kanapées aufschlitzte und mit frischem Seegras stopfte, wobei es stäubte, ging es unterm Torbogen zum ›Eichhörnle‹ hinein, einem kleinen Junggesellen, der alleine hauste, nur für sich blieb und niemand sehen wollte; aus einem Knochen konnte er Adam und Eva unterm Baum des Lebens herausschnitzen, daß es eine Art hatte und ein Kunstwerk war; denn so erzählte Hermann, und der mußte es doch wissen. Von hier aus war's nur ein paar Schritte bis zur Kirche. Frau Krumm ging sonntags gerne diesen Weg, oder sie hörte in der Woche von dort Orgelspielen ins Haus dringen, wenn an der Treppe jenes Fenster offenstand, das auf den engen Teil der Keltergasse hinausschaute, die vor dem Hause jenes ›Eichhörnle‹ genannten Junggesellen endigte und eine Pforte nach der Kirchgasse zu offenhielt.

Das waren die Erfahrungen, die sie jetzt sammelte; sie dachte: immerhin, es kommt dir etwas Neues zu... Der Bub, der Eugen hieß, versuchte auf seinen Füßen zu stehen. Frau Krumm hielt ihn, wenn er zum Fenster hinausschauen wollte, etwa bei Regenwetter, denn schon wieder war es naß und windig. Schnee kam, rückte herein und stieg hinter Ledermanns Haus herauf, das unterm Rücken seines Daches wie ein versteinter Stier wartete. Frau Krumm summte das Lied: »Es schneielet, es schneielet / Es geht a kalter Wind... / Da kommen die Frau Basele / Ond saget 's wär a Sünd.« Der Bub preßte seine Finger an die Fensterscheibe; er schaute auf die Flocken, die vor hellem Himmel grau erschienen und erst zwischen den Häusern sich ins Weiße wandelten. Hermann kam in die Hintere Stube, nahm seinen Sohn aufs Knie, sang ihm laut und rauhkehlig vom alten Posthalter von siebenzig Jahren vor, der mit drei Schimmeln ins Himmelreich fahren wollte, schließlich aber in den Dreck geworfen wurde. Beim Wort ›Dreck‹ ließ er seinen Buben tief übers Knie rutschen, daß er jauchzte.

»Wenn's nach ihm ginge, bekämen wir halt jedes Jahr ein Kind«, sagte Irene, denn Hermann war ein strabeliger Kerle. Fürs nächste Jahr hatte sich wieder ›Jugend angemeldet‹, wie Rektor Schott zu sagen pflegte, der im Seminar wohnte, einem altersgrünen Schloß mit runden Türmen und der Jahreszahl sechzehnhundertneunundsiebzig überm hochgewölbten Tor. Vom engen Hof aus führte linker Hand die Wendeltreppe in den ersten Stock, wo an der Tür ›Rektor Lic. theol. Erich Schott‹ stand; an der runden Mauer aber lief ein dickes, dunkelrotes Seil aus Samt durch Messingringe; die Stufen waren mit einem Läufer belegt und drehten sich nach oben sandsteinern und ausgemuldet weiter, während aus der Höhe Licht herunterdrang und die Wand durchsichtig zu machen schien; hier aber war das Seil speckig und abgegriffen und aus Hanf; es hing in Eisenringen, weil die Wendeltreppe hier nur zu den Sälen und den Lehrerzimmern führte, welche einfach waren, nüchtern, wie es sich geziemte.

Irene brachte ihr eine Postkarte von Emilie Feuerlein, denn die war jetzt in London. Den nächsten Monat würde ihre Herrschaft in Sankt Petersburg verbringen, weil sie ›für ein paar Wochen Winter haben wollte, und das gleich recht‹. Hermann schmunzelte, als er's las. – »Gelt, Mama, so möchten's wir auch haben. Übrigens gut, daß die Emilie das Schwäbische nicht verlernt hat«, sagte er, und Frau Krumm fragte, woran er das denn merke. – »An ihrem Stil; aber es macht nix.«

Dieses: ›Aber es macht nichts‹ hatte Julius auch oft gesagt und Emilie beneidet. Irene solle etwas von ihr lernen, »ein bißchen Leichtsinn kann nichts schaden«, hörte sie ihn sagen, denn Irene war ganz anders als Emilie, und drum verstanden sich die beiden; das Bürgerkind aus Gablenberg durfte das Weltfräulein bewundern, nur wär's Irene nicht gelungen, wie Emilie Feuerlein zu leben, auch wenn sie's gewollt hätte; denn jeder Mensch richtete sich nach dem Ort, an dem er aufwuchs, und der hieß für Irene eben Gablenberg und Künzelsau. Wenn sie sich aufgehalten hätte in Hotels wie ›Stefanie‹ und ›Danieli‹, oder gar in jenem mit dem dicken Namen, der auf Emiliens Londoner Karte stand, wenn sie sich Herrschaften wie diesen Orlow-Dawidows hätte anpassen müssen, dann wäre auch aus ihr nicht bloß eine Schulmeistersfrau geworden, obwohl Emilie einen früheren Kellner zum Mann genommen hatte, der jetzt Diener war; einen Grafen hatte die auch nicht bekommen, und ob es übrigens so herrlich war, mit einem Grafen... Unwahrscheinlich. Und Frau Krumm erinnerte sich, an Emilie in gewissen Augenblicken etwas bemerkt zu haben, das zu ihren fröhlichen Worten nicht ganz hatte passen wollen; freilich war's schnell wieder verwischt worden, und sie war, wie man so sagte, drüber weggegangen, etwa, wenn sie im Gespräch gestockt, geschwiegen und sich gebückt hatte, um eine Stoffaser von ihrem Rocksaum wegzuzupfen; oder als sie ein Lied zu singen angefangen hatte, das wie: ›linger longer Lucy‹ klang, bis ihre Stimme dann rauh wurde; vielleicht, daß sich in diesem Augenblick eine Erinnerung dazwischengestopft hatte. Und einmal sagte sie: »Das Vergnügen schleift dich so dünn ab, daß du durchsichtig wirst.« Was damit wohl gemeint war? Oder sie gab Irene zu verstehen, daß es mit den russischen Adligen nichts sei, denn, ehrlich gesagt, die seien scheußlich; »ihr könnt euch nicht vorstellen, wie scheußlich die sind.«

Auf der Postkarte lachte sie, denn vorn war wiederum eine Photographie zu sehen, und diesmal eine runde; es war, als ob man durch ein Fernrohr bis nach London sähe, wo Emilie auf dem Schoße einer Freundin saß und ›ganz schwarz‹ war, wie sie daneben hingekritzelt hatte. Tatsächlich, ihr Gesicht war dunkel, und darüber schwebte ein duftiger Sommerhut. Die Schwärze kam wohl von dem ›schönen Süden‹, wohin sie nach dem Petersburger Wintermonat wieder zurückkehren würde. Auf der Photographie umarmte sie eine Freundin, die Frau Krumm nicht kannte, eine in karierter Bluse, und dahinter verzweigten sich Äste eines Parks.

Keiner wollte mit dem andern tauschen. Oder glaubte sie, Irene wäre es je in den Sinn gekommen, die Emilie zu beneiden? Nie... Und Frau Krumm suchte andere Karten hervor, auf denen Emilie in Tegernseer Tracht mit Hosen, Wadelstrümpfen und Tirolerhut zu sehen war, bis es ihr zuletzt graute, ohne zu wissen weshalb. Vielleicht des Maskenscherzes wegen und weil es ihr vorkam, als ob sich jedermann – also auch sie – verkleiden würde, um sich über etwas wegzutäuschen, das vielleicht jetzt schon hier war und neben jedem stand, obwohl er sich einredete, es sei bloß Täuschung. Doch was es war und worum es sich handelte, das wußte niemand. Immerhin sonderbar, daß die Vornehmen immer herumreisten, als wechselten sie Paris, Petersburg, Mentone, Reval, London, Tegernsee wie die Leinwände eines Photographen, um vor diesen zu posieren. Doch letzthin änderte sich nichts, und es ging noch lang weiter.

Auch Julius hatte stets etwas Besonderes erwartet, doch war es nicht gekommen; es hatte sich halt einfach nicht gezeigt. Unter diesem ›Besonderen‹ hatte er sich wohl etwas Außergewöhnliches und Schönes vorgestellt, das ihr unheimlich war; auch in der Art, die jener Bauerndichter Christian Wagner an sich gehabt hatte, war das Unheimliche herausgekommen, sogar wenn er sie nur angeschaut hatte. Aber Schluß damit. Stell dich aufs Nächste um.

Das Nächste war ein Besuch dieses Rektors Schott, denn Frau Krumm sah ihn nur, wenn er ins Haus kam; dann gab sie ihm die Hand, drüben im Großen Zimmer neben dem Klavier, wo auch der Ofen stand, für den sie Kohleeimer geschleppt hatte. Dann ging sie in die Hintere Stube zu ihren Möbeln, setzte sich auf die Bank mit dem Wachstuchpolster, las im ›Kocher- und Jagstboten‹, lehnte sich zurück und dachte, während Irenes Klavierspiel durch die Wände drang, an diesen Mann im schwarzen Schoßrock. Der war in Stuttgart Pfarrer an der Stiftskirche gewesen, also das Höchste, das ein Mann erreichen konnte, und er kam in das Haus ihres Schwiegersohnes, hörte zu, wenn ihre Tochter spielte, und begrüßte sie, die Alte und Gebrechliche, die lange Jahre Nudelkuchen in Pergamentpapier gewickelt hatte. Das war viel und bedeutete etwas Neues. Ihre Tochter war aufgestiegen oder emporgehoben worden, wahrscheinlich vom Glück und weil sich's so ergeben hatte.

Die Wohnung war weitläufiger als die in Gablenberg, und es kam etwas her, von dem sie früher fast nichts gewußt oder manchmal etwas gespürt hatte, etwa wenn der Bauerndichter zu ihnen ins Haus gekommen war. Es hing mit der Musik zusammen, mit den Bildern, die Hermann zeichnete und malte, und war in den Versen des Bauerndichters ebenso daheim wie im Gespräch mit jener Emilie Feuerlein, die nach Rußland ins Haus eines Fürsten gegangen war. Ihr kam es vor, als ob es mit dem Licht verbunden sei, das Hermann auf seinen Zeichnungen festgehalten hatte, aber was es war, das hätte sie nicht sagen können. Während sie hier saß, aufs Fenster schaute, vor dem die Nacht stand, und Wasser auf dem Herd sang, erschienen ihr der Klang des Klaviers und das Bild des Rektors Schott im schwarzen Schoßrock zusammen mit ihrer Erinnerung ans viertürmige Schloß, wo sie im Sommer einmal durch die angelehnte Tür der Rektorswohnung in einen Flur hineingesehen hatte und neben einem roten Läufer eine Topfpalme gestanden war, als etwas, das einer Gegend angehörte, in die sie bis heute noch nicht gekommen war. Das Licht auf dem Linoleumboden drüben im Großen Zimmer, wo Rektor Schott jetzt Wein aus einem grünen Römerglase trank, gehörte auch dazu; übrigens brannten dort die beiden Kerzen am Klavier, denn so wünschte sich's Rektor Schott. Und sie fand's sonderbar, daß so etwas wie Kerzenlichter Rektor Schott außergewöhnlich vorkam, weil diese uralte Beleuchtung doch fast schmutzig war und auch vom sauberen Glühlampenlicht so stark überstrahlt wurde, daß man sich dieser Kerzen beinah schämte. Freilich, zu alten Möbeln paßte es; aber trotzdem... Heut war es beinah so etwas wie Leichenlicht, obwohl... Und sie erinnerte sich an eine Photographie in einer illustrierten Zeitung, wo ein Gang zwischen alten Zimmertüren abgebildet gewesen war; dort gingen hohe Herrschaften zum Essen, und zwei Diener in Kniehosen und Schnallenschuhen trugen Silberleuchter, in denen Kerzen brannten, was ausgesehen hatte, als ob es eine Prozession sei. Ja, es war feierlich gewesen... Oder vergaß sie, daß auch in der Kirche manchmal Kerzen brannten? Aber dort doch nur auf dem Altar, während hier Irene Musik machte und Rektor Schott dabeisaß, der Pfarrer an der Stiftskirche gewesen war und deshalb hätte verbieten sollen, daß in einem gewöhnlichen Zimmer Kerzen angezündet wurden. Freilich, heutzutage war sogar ein Lehrerseminar in einem Schloß untergebracht, wo's nicht hineingehörte, doch brauchte sie sich deshalb nichts mühsam zurechtzulegen, denn später würde wahrscheinlich noch vielerlei beisammenstehen, das nicht zusammenpaßte.

Aber was drehte sich denn jetzt alles in ihrem Kopf... Mit der Schrotflinte hatte Rektor Schott im Herbst in den Garten geschossen, weil ihm junge Burschen seine Nüsse stehlen wollten. Dieser Mann im schwarzen Schoßrock konnte also auch jähzornig sein. Sein Garten hatte eine ausgebauchte graue Mauer mit einer engen rundbogigen Pforte, über die Efeu hing; und im Hof läutete zuweilen eine Glocke, was sich von außen sonderbar anhörte, fast wie Armesünderläuten; doch war es nur das Zeichen für die Pause.

Rektor Schott sprach auf der Rathaustreppe in der Nacht, wo sie Pechfackeln angezündet hatten und Seminarschüler Lieder sangen, die in die Luft flogen und sich emporzuschwingen schienen an der rot angeschienenen Rathausmauer, die aus dunkeln Fensterlöchern schaute. Der Mann stand vor dem Feuer auf der Balustrade, und sein Arm stieß in die Luft; er hatte eine hohe, helle und bellende Stimme, denn dies war eine Siegesfeier, weil jetzt ein Krieg herrschte, freilich noch am Anfang und deshalb frisch. Ob es später anders wurde? Frau Krumm verstand nicht alles, was Schott ausrief, wußte aber von Irene, daß er so etwas ›die Herzen schmieden‹ nannte; das war ein hoher Ausdruck, und sie dachte: Herzen sind doch feste Muskeln... Ihr fiel das

Kalbsherz für das Essen am letzten Sonntag ein, und sie stellte sich vor, daß auch ein Menschenherz nicht anders sei. Rektor Schott jedoch war hiergeblieben, während Hermann mit einem Bauchschuß im Hotel Brasseur in Luxemburg lag, wo Irene ihn besuchte; eine Karte hatte sie auch schon geschickt. Und Frau Krumm war mit den Kindern Eugen und Margarethe, die nun hoffentlich schliefen, allein hier; aber ob die Karoline aus Garnberg daheimgeblieben war, während eine Siegesfeier mit singenden jungen Leuten abgehalten wurde, das war ungewiß. Und sie ging beim Seiler Weckherlen um die Ecke und begegnete der Hebamme Saffrich, die vor einem halben Jahr dem Mädchen Margarethe auf die Welt geholfen hatte, eigentlich ein blutiges, ein schweißiges und mühsames Geschäft und so rot wie das Feuer der Pechfackeln drüben auf der Rathausbalustrade hinterm Neptunsbrunnen, der gußeisern war.

Sie dachte an die Photographie, die Hermann aus Luxemburg geschickt hatte und auf der er im Bett lag, lachend und bärtig, das Hemd über der Brust offen. ›Rauher Krieger‹ hatte er unter das Bild geschrieben und seine silberne Leibbinde mit geschickt, die zerrissen war und ein verbogenes Schloß hatte; ein vergoldetes und verbogenes Koppelschloß mit einer Krone, das jetzt im Bücherschrank lag; die Kugel war an dem Schloß abgeprallt und hatte den Bauch aufgerissen, auch dies ein blutiges Ereignis. So war es oft geschehen, Hermann war nicht der einzige, und letzthin sprang das Blutige immer wieder heraus, auch wenn es von glänzenden Uniformen verhüllt wurde. Denn angefangen hatte es recht strahlend. In hellblauer Litewka mit Goldknöpfen und Samtkragen, den Schleppsäbel umgeschnallt, war er neben Irene zum Bahnhof gegangen und in Stuttgart dem König begegnet, der aus dem Kunstgebäude kam. – »Gehen Sie mit Gott, mein lieber Rapp«, sagte der König und gab ihm die Hand, nachdem Hermann Front gemacht und sich gemeldet hatte.

Sie ging ins Haus und schaute nach den Kindern, die beide

schliefen. Margarethe lag im Stubenwagen und Eugen im hölzernen Gitterbett. Bei dem Buben zeigte sich's schon, wie er war, denn heute nachmittag hatte sie es gesehen. Und wieder ging sie ins Schlafzimmer, allerdings nur in Gedanken. Nachher merkst du immer alles schärfer... dachte sie und schaute durch den Türspalt; der Bub war aufgewacht und sah ein Bild im Märchenbuche an. Da wurden seine Augen groß, er schrie und warf die Schoppenflasche übers Gitter in die Sonnenflecke des Linoleums; er weinte. Sie ging zu ihm, und er umarmte sie. »Großmutterlee!« rief er und lachte wieder trotz der Tropfen unter beiden Augen. Im Märchenbuch war das Bild mit dem Knüppel aufgeschlagen, der aus dem Sack fuhr und einen schreienden Kerl im rot und weiß geschlitzten Wams traktierte. Das hatte ihn erschreckt; was er gespürt hatte [wahrscheinlich Entsetzen] wußte sie nicht; er konnte es ihr ja nicht sagen; und es nützte wenig, wenn er lachte, innen blieb es trotzdem so erschrekkend, wie's gewesen war, ein eingegrabenes Gefühl. Übrigens rief er nie nach seiner Mutter, immer nur nach ihr, der alten Frau. Eigentlich recht sonderbar. Als er so klein gewesen war wie seine Schwester, hatte sie ihm einmal, ohne daß er's merkte, zugeschaut, weil es sie wunderte, daß er so still blieb; da lag er dann hinterm Vorhang des Stubenwagens, streckte, dehnte und bewegte seine Finger im durchscheinenden Licht, schaute sie an, und dies genügte ihm als einem, der mit sich beschäftigt war und sonst nichts brauchte.

Hermann kam im Lazarettauto nach Künzelsau, und Irene war bei ihm. Der wollte sich zu Hause auskurieren lassen, denn hier gab es den Doktor Cuhorst, mit dem er auch befreundet war. Sie trugen ihn hinauf, er grinste, doch durfte er, des Bauches wegen, nicht laut lachen. Bald aber ging er an zwei Stöcken zu Rektor Schott ins Seminar, jetzt wieder in seiner Litewka und im Knopfloch das Eiserne Kreuz, dessen schwarzweißes Band einem Trauerflore glich. Obwohl er nur tief gebückt gehen konnte, zeigte er sich drüben seinen Schülern, die im Festsaal um ihn standen und denen er, auf dem Podium sitzend, ausführlich erzählte, wie es gewesen war. Und Frau Krumm wunderte sich, weil er frisch darüber reden konnte, als ob es etwas Lustiges gewesen sei.

Doch gut. Der Mensch mußte sich alles heller machen, als es wirklich war, denn sonst ertrug er's nicht. Auch du hast, als sie dir in Ludwigsburg die Brüste weggeschnitten haben, lieber an das Licht als an das Blut gedacht... Und Hermann litt es, als er wieder aufrecht gehen konnte und die Stöcke daheim lassen durfte, nicht mehr hier, denn er mußte »wieder hinaus«. Für Irene war es schlimm und scheußlich. Ja, scheußlich, sag es offen... dachte Frau Krumm, obwohl sie schwieg. Aber wie konnte ein Mann mit zwei Kindern wieder ins Feld ziehen wollen, wenn man ihn nach seiner schweren Verwundung als ausbildenden Offizier in der Heimat haben wollte? Glaubte er denn wirklich, daß er's seinem König schuldig sei, oder zog ihn etwas andres von hier weg, also dasselbe, das oft in Rektor Schotts Siegesreden vorkam und ›Vaterland‹ hieß? Es mußte wohl so sein. – »Wie steh ich vor den andern da, die draußen sind im Dreck, und ich sitze gemütlich im Casino? Na also...« sagte er zu Irene, aber trotzdem dachte Frau Krumm, es sei nicht in Ordnung, und warum? Weil er damit doch zugab, daß er auf die andern hörte und sich überlegte, was die von ihm dachten. Sie aber dachte, letzthin sei's gleichgültig, was sich alle Leute zurechtlegten, weil jeder nur in einem engen Kreise lebe.

»Er will halt unter Leuten sein«, sagte sie zu Irene. »Von einem Mann kann ich's verstehen. Wenn ich mich in ihn hineindenke, weiß ich, wie er ist. Er ist doch Lehrer und so einer steht immer vor den Leuten; das gehört dazu, denn diese andern sollen ihn bewundern... Du freust dich schließlich auch, wenn dein Klavierspiel einem wie dem Rektor Schott gefällt. Und für Hermann ist dieses Soldatsein doch dasselbe wie Klavierspielen für dich.«

Was redete sie da? Sie hatte sich zuvor nichts überlegt, und jetzt verteidigte sie auch noch Hermann; aber es half Irene, sich damit abzufinden, daß sie jetzt wieder allein sein mußte. Kein Wunder, wenn einer alten Frau wie ihr die Kinder, die eigene Tochter und das Haus genügten, weil sie sich letzthin vor den Leuten fürchtete. Letzthin... sagte sie zu sich selber und wußte, daß sie aufs Letzte hinlebte, also diesem Ort entgegen, wo es nicht mehr weiterging, wie am Ende der Wendeltreppe drüben im altersgrünlichen Schloß, im Seminar. Sie war freilich noch nie bis ans Ende hinaufgegangen, konnte sich aber vorstellen, wie's dort war: eine Tür aus gelbem Holz mit einem Maderschloß, zu dem der Schlüssel fehlte; und den Schlüssel hatte der Verwalter, den sie nicht kennenlernen wollte. Was hätte sie denn bloß tun sollen, oben auf dem Dachboden des alten Schlosses, denn die Wendeltreppe führte vielleicht auch nicht ganz hinauf.

Es kam nur auf das Treppensteigen an, und das wurde ihr schwer. Trotzdem erwartest du noch etwas, das am Ende dasteht und das neu ist... Das Neue wartete am Ende. Und Hermann glaubte, daß er's hinter einem Haus in Bourlon oder La Petit Drahon fände, das er von seinem Unterstande aus gezeichnet hatte und das nur eine rissige und zakkige, eine wie ausgefranste Mauer mit einem Steinhaufen war.

»Wied... wid wied... Achtung geben!« rief der Bub, mit dem sie heute wieder zum Bahnhof gegangen war, wo rangiert wurde. Einer pfiff mit seiner Trillerpfeife, dieser Schnecke aus weißem Blech, und Eugen machte den Pfiff nach. Die Lokomotive schubste einen Wagen, daß er von alleine weiterrollte und mit den Puffern an einen anderen schlug. Dann wurde die Lokomotive aus einer gebogenen Röhre, dick wie ein Ofenrohr, getränkt, und Wasser floß als ein schillerndes Band in ihren Kessel.

Der Wald stieg im Gegenlicht dunkel auf, und Wind riß Dampfwolken hinweg.

Wie es nun war mit diesem Wetter: ob sich's hier wie über

jener Gegend zeigte, von der Hermann erzählt hatte, während sie dem Wasser über der Lokomotive zusah und weitab – der Bub glaubte: hinter Ledermanns Haus – der Schutt sich häufte und Erdsäulen wuchsen und versanken, dies war unerfindlich; auch was den Mann ins stäubende, verschlammte und zerstampfte Gebiet hinauszog, wo viele an den Rändern von Erdtrichtern hockten, das wußte sie nicht. Und daß, als ein entfleischter Kopf mit Brille am Weg lag, Hermann ihm zunickte: »Aha, Kollege Schulmeister... Grüß Gott!« so fügte sich dies auch ins Bild der Landschaft wie die geöffneten Gräber der Kapelle in Bourlon, wo bärtige Männer in offenen Särgen an der Wand lehnten, Orden auf der Frackbrust. Ein Soldat hackte den Steinboden auf, unter dem Weinflaschen in Regalen lagen, als ob es Köpfe wären; hernach die Schießerei, und daß der Arzt im Rausch den Ofen umwarf, während drei, ›nackt bis auf den Fingerring‹ im Friedhof Karten spielten und Wein tranken, jetzt endlich für eine Woche hinter der Front, wo's ruhig war: dies lag vor ihr, als schaue sie in eine Rumpelkammer.

Es mischte sich, und mit ihren Gedanken war sie weder dort noch hier, sondern im Grund ihres Gefühls, wo sich Erinnerungen abgelagert hatten, bis ihr einfiel, daß sie heute noch eine Bettjacke und eine Schlafhaube waschen und die Kinder baden mußte. Wenn das Wetter so blieb, ging ihre Tochter morgen mit Rektor Schott nach Schloß Stetten; für solch einen Spaziergang zog der Rektor immer Kniehosen und einen Rock aus grünem Tuch an, etwas Uniformähnliches; er glich darin einem Forstmeister. Frau Krumm dachte, der wolle wie Hermann aussehen, wenn er im Urlaub die Litewka trage, doch stand's ihm gut. In der Tasche hatte er einen Gedichtband, aus dem er gerne vorlas, etwa: ›Oh Täler weit, oh Höhen...‹ Das war dann wie der Ausblick von Schloß Stetten, wenn sich Wälder dunstig dehnten, und hinter diesen grünen Händen, welche ineinandergriffen, Spuren von Rauch, Dunst und Silber sich vermischten, die abends dann wie jene gelben Fäden in Fasanenflügeln aus den Wäldern herausschienen. Dies sah sie freilich nur, wenn sie ihre Brille aufsetzte, denn dann lag alles scharf umrändert da.

Hermann hatte einen Knieschuß hinter sich gebracht; das Knie war ihm in der ›Wildbader Knochenmühle‹ wieder beweglich gemacht worden, und seitdem sagte er, wenn ihm die Suppe schmeckte, die sei »grad recht wie's Wildbad«. Daß er's in Künzelsau nie lang aushielt, kam ihr jetzt unheimlich vor, und sie hörte ihn wieder sagen, daß er nicht mehr länger hierbleiben könne, wenn seine Kerle vorne in Dreck und Speck lägen; beim Winken aus dem wegfahrenden Zug sah er zufrieden aus, denn dies war auch schon wieder ins Gedächtnis weggeglitten und wurde von etwas Durchsichtigem umschlossen wie eine Fliege im Bernstein, den ihr Hermann einmal gegeben hatte.

Auf dem Fenstergesims im Großen Zimmer trocknete eine Photographie. Irene hatte beim Abziehen ein oval geschnittenes Deckblatt daraufgelegt, und deshalb glich die Aufnahme einem Guckkastenbild. Hermann war zu sehen, wie er sich hinterm Sofa auf die Lehne stützte, wieder in seiner Litewka; Irene saß zwischen den Kindern, ein Bilderbuch im Schoß. Sonnenflecke machten den Boden hell. Rektor Schott hatte gesagt, das sei ein Idyll, und zu Frau Krumm hinzugefügt: »Ich meine, daß es friedlich aussieht.«

Frau Krumm hatte gelächelt. Es stimmte, was er sagte, denn nach dieser Photographie hätte ihm jeder recht gegeben; vielleicht war auch das Leben im alten Hause friedlich, nur sah niemand hinein in diese Menschen, sie nicht in ihre Tochter, und ihre Tochter weder in die Kinder noch in ihren Mann. Zuweilen wurde auch geweint, meistens, wenn's niemand sah, zumindest was die Erwachsenen anging, und deshalb erschien es nach außen friedlich. Doch das was immer da war und herumstand, wartete und schaute, ohne daß es jemand sehen konnte, schlich aus der Zeitung her und war nur dumpf; es kam von den Gefallenen. Die letzten Seiten wurden immer schwärzer. In Künzelsau regte sich etwas Rußiges, als ob es tiefer glitte, und wohin? Es konnte sein, daß man Glück hatte bis zum Frieden; und dann war viel erreicht; dann sah man weiter.

Also warten, bis es aus war. Die Arbeit tun. Am Kirchturm, oben vor dem spitzbogigen Fenster, war ein Gerüst gebaut, und dazwischen kroch die altersschwache Glocke aus der Mauer, schwebte in der Luft, dem Haus des Meider gegenüber, der eine Musikalienhandlung hatte. Köpfe zeigten sich neben der Glocke, und dann wurde sie losgelassen, fiel und grub sich schreiend in den harten Gassenboden ein, wo eine tiefe Mulde blieb. Dies geschah spät, bevor es aus war.

Jetzt kam es darauf an, den Ausgang zu erreichen, denn Frau Krumm dachte an den Brand des königlichen Hoftheaters, von dem ihr der Portier des Hotels Marquardt erzählt hatte; dabei hatte jeder nur darauf geschaut, in das Freie zu kommen; sogar der Kaiser war darunter, der sich in einem Auto nach Holland davongemacht hatte, eine dunkle Brille vor den Augen. So erzählte Hermann, der nachts zurück kam, als es regnete und Eugen neben Irene mit geschwollenen Mandeln im Bett lag; jetzt nahm ihn der Vater heraus und legte sich statt seiner in die Kissen. Im Rheinland hatte ein Kerl nach seinem Eisernen Kreuz gegriffen, doch er war ihm mit der Faust ins Gesicht gefahren und hatte deshalb immer noch eine Wunde vom Zahn des Kerls am Zeigefinger. Er lachte, als Irene seine Uniform in einen Koffer packte, und sagte: »Jetzt hab ich genug, Mäusle.« Aber daß sie in Stuttgart den König aus seinem Schloß verjagt hätten, das sei eine Sauerei; wäre er, Hermann Rapp, bloß zur rechten Zeit dort angekommen, dann hätte er mit seinen Kerlen den König geschützt, und dieses Pack aus Matrosen und so, hätte die Schwänze eingezogen. Frau Krumm aber kam's vor, als sei es ihm trotz allem nicht ganz ernst damit, denn er sah müde aus. Der war jetzt froh, wieder ins Seminar gehen zu dürfen, und zeichnete, als es dann Sommer war – denn schon zum zweiten Mal wurde es Sommer seit dem Krieg, und das Licht leuchtete wie immer –, die Wendeltreppe mit dem speckigen Seil an der Wand, und wie das Licht von oben her, wo niemand hinkam, über ausgemuldete Stufen glitt, hell war und sich verteilte.

Der Bub ging in die Schule, und sein Lehrer, ein gewisser Schellenberg, sagte von ihm: »Der Eugen könnt gut schaffen, wenn er bloß nicht so geistesabwesend wär«, aber dieses Abwesende gehörte doch zu ihm, niemand würde es ihm abgewöhnen können. Frau Krumm sah's ihm schon lange an und dachte, er sei einer, der sich fürchte. Sie ließ sich von ihm allerlei erzählen, und dann kam's ihr vor, als ob sie von ihm mehr als seine Eltern wüßte; was er sagte und was sie von andern über ihn erfuhr, hörte sich heiter an, war aber mehr; also etwa dieses, daß er in der Schule nicht weit von den Fenstern saß und hinausschaute, während die Dächer beim Morsbacher Tor Schnee hatten und er sich ausmalte, wie es wäre, wenn er auf ihnen herunterfahre und wieder hinaufgetragen würde und von einem zum anderen Dach. Da hörte er dann seinen Namen aus der Ferne und sah dem Lehrer und den andern in die lauernden Gesichter, die sich ihm zukehrten und auf eine Antwort warteten. Er aber wußte nichts.

Also war er einer, der sich schwer tat. Seine Schwester hatte immer blanke braune Augen, warf den Kopf und schmunzelte spitzbübisch, indes er hinter ihr vorbeiging und sie nicht sah. Margarethe stieß eine Freundin mit dem Ellenbogen an und kicherte; da lachten die anderen los, sprangen weg, daß Zöpfe flogen, und riefen an der Ecke des Furchheimerschen Hauses: »Mädlesschlecker!« Frau Krumm sah's von der Küche aus, hinterm Fensterbrett, auf dem Kannen trockneten. Vor dem Kirchturm hatte sich die Mulde im Boden der Gasse, wo die Glocke aufgeschlagen war, immer noch nicht aufgefüllt; es hatte nichts genützt, sie einzuschmelzen und zu Granaten umzugießen, wie auch

Hermanns eiserne Uhrkette mit dem Spruch ›Gold gab ich für Eisen‹ gar nichts genützt hatte. Und Frau Krumm ging allein durch die Hauptstraße, wo Lehrer Knauer Holz spaltete und Margarethe mit Elsbeth Breuninger und Hede Setzer Frau Fischers Tochter in die Augen schaute; wenn die den Zeigefinger in die Augenwinkel drückte, quoll ihr Eiter unterm Lid hervor. Die Mädchen sprangen fort und sahen ins Schaufenster des Kolonialwarengeschäftes Ziegler. Mit einem Stecken stocherte Margarethe durch die Luftlöcher unten an der Scheibe, und innen kippte eine Schale voll Reis um; es klapperte. Die Mädchen drehten sich, sie huschten in den Schatten zwischen Rathaus und Bäckerei Schoch, wo's kühl und feucht war. Margarethe und ihre Freundinnen waren Luder, doch hatte Margarethe in jedem Diktat null Fehler; sie war die Erste und die Beste ihrer Klasse, indes ihr Bruder – –

Nun, es ging noch an; er war der zehnte bis dreizehnte unter siebenundzwanzig Schülern, aber Lehrer Schellenberg war immer noch der Meinung, daß Eugen geistesabwesend sei, wahrscheinlich weil er noch nicht richtig dividieren konnte. Schreiben aber tat er gerne. Am meisten gefiel ihm das große E, weil es nach unten zu einem Schwung hatte und geöffnet war wie eine Schale; es war ja auch der erste Buchstabe in seinem Namen. Er lief über die Treppe, froh, weil man ihn gehen ließ, jetzt im blauleinenen Fuhrmannskittel mit weißen Stickereien auf den Schultern; in ihrer Jugend waren so die Bauern von draußen hereingekommen. Eugen zog den Fuhrmannskittel nicht gern für die Schule an, weil dann die andern lachten, aber ›auf der Gasse‹ war's ihm recht. Er holte seinen Reifen aus der Kohlenkammer unten beim Flur, wo's kühl war, doch der Reifen war gesprungen; er hängte ihn über die Schulter, trug ihn nicht weit von den Gärten, wo früher einmal die Stadtmauer alle Häuser beschützt hatte, jetzt aber Zäune standen, viele schief und brüchig, altertümlich, wie es sich gehörte. Wasser gluckste in einer braun glasierten Röhre an altersgrünlicher Mauer, wo der grau umwobene Eingang einer Spinne in den Schacht einer Ritze führte, während gegenüber ein Zwetschgenbaum stand und sein Stamm vor durchschienenem Gras schwarz war. Und er konnte hinunterschauen bis zum Kleb, bis zur Aumühle und dachte – denn so stellte es sich Frau Krumm vor – daß er mit seiner Großmutter heute abend zum Scheurachshof gehen und die Milchkanne tragen werde. Er gab den Reifen dem Schmied unten bei der Brücke, und dieser Schmied ließ rot glühende Eisenfunken sprühen, indes er klopfte, wie es sich gehörte und wie's zu hören war am heißen Nachmittag nicht weit vom Fluß, wo Locher, der den ›Kocher- und Jagstboten‹ redigierte, mit dem Hamen fischte, diesem Netz, das spitz herunterhing, weil in der Mitte ein Stein lag. Locher war in Südamerika Viehhirt gewesen, er baute Geigen und besaß ein dickes Album voll seltener Briefmarken, um das ihn Hermann arg beneidete.

Es wurde anders, und es meldete sich Neues an. Vor dem Haus hielt ein schwarzes Auto. Drei Polizisten stiegen aus, von denen einer hochgewachsen war und silberne Schnüre trug, die unter der linken Schulter hindurchgingen. Frau Krumm stand am Fenster und stellte die Brettchen des Fensterladens schräg, damit sie hinausschauen konnte. Ein kleiner Offizier war braungebrannt und hatte eine lange Hakennase; das war ein Magerer mit verkniffenen Augen, dem die Uniform eng auf dem Leibe saß, als wäre er geschnürt; der lächelte ganz schmal, blieb hinterm Auto stehen und sah am Haus hinauf. Der dritte, der gefahren war und auch den Schlag geöffnet hatte, ging zur Tür und zog die Glocke, die nun im Flur schellte.

Sollte sie aufmachen? Im Großen Zimmer war am Boden ein Griff an einem Eisenstab, und wenn sie den heraufzog, schnappte unten das Schloß auf. Denn Frau Krumm war allein, Hermann war mit dem Buben zum Baden im Kocher gegangen, wo hinterm Wehr der Schloßmühle eine silbergraue Baracke stand; und Irene hatte Margarethe und Karoline aus Garnberg in den Garten mitgenommen.

Frau Krumm ging hinunter, öffnete die Haustür und stand Paul Hahn gegenüber, jenem Lehrer, der jetzt Polizeipräsident war. Ein Großer, ein Schwarzhaariger, der den Wachstuchrand seiner Mütze mit dem Taschentuch abwischte, lachte und sagte: »Ist der Hermann da?« Der Kleine mit dem feinen Lächeln stand dabei und wurde vor ihr höflich; Frau Krumm aber kam's vor, als ob der den Paul Hahn verachte. – »Wir besuchen ihn im Bad!« rief Hahn und lachte, daß es im Flur schallte. Der Fahrer fragte, wie er dorthin komme, und Frau Krumm sagte, am besten lasse er das Auto beim Seminar stehen, vielleicht im Hof unter den Bäumen, denn bis zur Badeanstalt könne er nicht fahren. – »Wenn wir doch unsre Badehosen mitgenommen hätten«, sagte Hahn, und damit schien auch dieser Schmale einverstanden, von dem sie dachte, daß er gefrorene Nasenflügel habe; der zuckte mit den Schultern.

Sie fuhren weg. Vor Wilhelm Metzgers Weinstube standen Männer beieinander und schauten her. Weil Frau Krumm ihre Brille nicht aufgesetzt hatte, glaubte sie nur Schoch und Kubach zu erkennen, den einen an seinem bleichen Gesicht, den anderen an seinem Schnauzbart; übrigens sah Schochs Nase abgefressen aus, doch kam's von einem Granatsplitter. Und sie erinnerte sich, wie sie ihn zum erstenmal gesehen und dabei geglaubt hatte, er sei krank wie sie.

Sie ließ die schwere Türe ins Schloß schnappen, und während sie durch den Flur ging, fiel ihr in der Kühle und der Stille wieder diese Überschwemmung vor zwei Jahren ein, als das Licht ausgegangen war und die Postkutsche von Amrichshausen her mit spritzenden Rädern und wasserstampfenden Gäulen unten am Gasthof zum ›Rappen‹ vorbeigefahren war, hinauf zur ›Sonne‹. Das Wasser, das sich schweigend hereingedrängt hatte in die Stadt, war dasselbe gewesen, das sich erst allmählich zeigte und ankündigte, zum Beispiel durch das Auto mit den hohen Polizisten; es war ja auch schon das Geld nur noch wenig wert. Und ihr fiel der Winternachmittag ein, als hinterm Rathaus Soldaten hereinmarschiert waren, über sich eine weißblaue Fahne schwenkend; ja, aus Bayern waren die gewesen; es hatte aber ausgesehen, als fände alles irgendwo weitab statt, jedenfalls nicht hier; oder als ob es schon einmal geschehen wäre und jetzt wieder hereinkäme im dampfigen und schneewirbelnden Aufruhr der Hauptstraße, wo die Buden eines Markts aufgestellt waren und die Männer in grauen und nassen Uniformen, unrasiert oder mit Bärten, herumstanden und sich unter andre mischten. Freilich, das war nichts Besonderes. So etwas geschah immer, wenn ein Krieg verloren worden war; und von früheren Zeiten hatte man es auch gelesen und gehört. Aber kurz darauf war die Überschwemmung hereingeschlichen, und das war ihr merkwürdig vorgekommen. Auf dem Linoleumboden hatte eine Karbidlampe zwischen Geleisen einer Kindereisenbahn bleich und scharf gebrannt, denn es war an Weihnachten gewesen, wo man zum Glück auch Kerzen im Haus gehabt hatte. Das Unvorhergesehene hatte sich eingestellt. Und wie lange das Plakat im Fenster der Schreibwarenhandlung Breuninger gehangen hatte, diese Kohlezeichnung eines Kopfes mit zwei roten Striemen, das wußte sie nicht mehr genau; wahrscheinlich einen Winter lang. ›Wir beugen uns nicht!‹ war unter dem Plakat gestanden.

Es kam dann die ganze Familie mit den Polizisten heim, und der Bub hatte weite Augen; auch ihn hatten sie im Auto mitgenommen. – »Das ist fein, Paule!« rief Hermann und lachte, denn Paul Hahn war auch ein alter Freund von ihm. Und vor Herrn Oberst Ruß nahm er die Füße zusammen und half ihm, seinen Leibriemen an die Garderobe zu hängen. Der Oberst war also der Höhere, obwohl seine Uniform weniger Glanz hatte als die des Präsidenten Paul Hahn, der von sich sagte: »Mich heißen sie den roten Hahn!« Der Präsident war lauter und der Oberst feiner, aber trotzdem gefiel Frau Krumm der Laute besser, wahrscheinlich weil er zum

Fahrer du sagte und zwischen ihm und Hermann am Tisch saß und vesperte, während der Oberst an Irene vorbei zum Notenständer beim Klavier sah und fragte: »Spielen Sie das wirklich?« Es waren Beethoven-Sonaten, und Irene sagte: »Ja.« Er stand auf und blätterte darin. Hermann sagte: »Oh, mein Mäusle kann gut spielen; da werden Sie staunen!« und erzählte, wie er vor zwölf Jahren sich beim Vater des Herrn Oberst in Hall hatte melden müssen. – »Gelt, Sie sind doch der Sohn vom Wehrbezirkskommandanten Ruß, oder net? Na also...« sagte er und schilderte, wie er mit der Paradeuniform im Koffer nach Hall gekommen war und sich in einem Wirtshaus umgezogen hatte; und wie ihn der Zierliche angeschaut und gefragt hatte: »Wann haben Sie Ihre Übung A gemacht?«

Der Oberst bat sich Hermanns Geige aus, Irene setzte sich an das Klavier. Sie spielten die Kreutzersonate. Sie konnten's beide und Hermann fragte: »Also gelt, was hab ich g'sagt, Herr Oberst?« – »In der Tat... tatsächlich. Ich bin verblüfft«, sagte der Oberst, legte die Geige aufs Klavier und trank aus dem grünen Römerglase, das nur für verehrte Gäste hervorgeholt wurde, also auch für Rektor Schott. Jetzt diente es dem Geigespieler, diesem schlanken, kleinen Offizier, aus dem etwas hätte losschnellen und zuschlagen können.

Ein Blick von ihm, und der Fahrer griff nach der Mappe, die am Tischfuß lehnte. Der Oberst sah auf seine Armbanduhr, und Präsident Paul Hahn sagte: »Ja, jetzt müssen wir's besprechen.« Man ging ins Herrenzimmer; und es war eine Besprechung.

Unten, zu ebener Erde, rechts von der Haustüre, wurde dann das Zimmer eingerichtet und war ein Dienstzimmer und eine Waffenkammer. Von hinten her, also dort, wo das Sillersche Haus und die Werkstatt des Sattlermeisters Haag dicht aneinanderrückten, zog der Elektriker einen Draht ins Haus, der im Flur von einer roten Porzellanglocke gehalten und ins Dienstzimmer zum Alarmtelephon geleitet wurde; dies war ein dicker Kasten. Hermann konnte von dort aus direkt mit dem Obersten in Stuttgart sprechen, der im Alten Schloß logierte; oder mit dem Präsidenten der Landespolizei. Am wichtigsten aber war jedenfalls der Oberst, der's organisierte. Hermann mußte es im Auftrag der Regierung tun, und deshalb war er oft bis spät in die Nacht anderswo, in Braunsbach, in Forchtenberg oder in Amrichshausen; dort luden sie wie hier Munition und Gewehre ab, gebündelte grüne Armbinden, Hanfgurte, die aufgerollt in den Fächern eines Regals lagen, als wären's von Metallspitzen starrende Kuchen; Gewehre lehnten in den Ständern, und unterm Tisch, auf dem Listen ausgebreitet waren, spreizte ein Maschinengewehr seine Beine; es glänzte mit fettig stählerner und dunkelblauer Haut.

Eugen, der Bub, betrachtete alles mit ihr, nachdem sie an der Türe geklopft hatte. Da saß der Mann, der es bewachte, vor dem Tisch und hatte seine Füße in einer Waschschüssel voll dampfenden Wassers. Frau Krumm wollte wieder gehen, aber der Mann lachte und sagte: »Bitte, bleiben sie doch da.« Sie warteten, bis er sich abgetrocknet hatte und in die hohen Stiefel geschlüpft war. Dann nahm er ein Gewehr vom Tisch und begann mit einem Zündholz Wachs in die Rillen zwischen Lauf und Schaft zu streichen. Der Bub beugte sich vor und schaute zu. Als sie wieder draußen waren, schüttelte er sich, lief weg, streckte die Arme hoch und flüsterte: »Es ist doch toll! Es ist doch pfundig! In unserem Haus so viele Gewehre!« Und er sagte zu Frau Krumm, in der Stadt habe es geheißen, der Vater sei verhaftet worden, drei Polizisten hätten ihn geholt. – »Werden sie unser Haus stürmen? Was wird kommen, wenn es losgeht? Und was heißt ›Krisenfälle‹.« Sie sagte, ach, das sei dasselbe wie die Überschwemmung; oder, noch besser: wie seine Spielsachen auf der Etagère im hinteren Stüble; die Erwachsenen wollten halt auch einmal spielen. – »Mir ist's zu viel!« rief der Bub und lief ins Freie, aus der dunkeln Kühle in den

Schlag der Wärme draußen vor dem Haus, wo er sich drehte und davonlief, kurz vor dem Abendläuten wiederkam, das Haar schweißnaß. – »Keiner ist so erhitzt wie du, wenn er gespielt hat! Du erkältest dich, immer wieder hast du geschwollene Mandeln.« Sie rieb ihm den Kopf mit dem Handtuch, roch den Geruch seines nassen Haares, tupfte sein heißes Gesicht ab und war froh, daß er so glühte, weil er anders war als sie, die's immer fröstelte, die nur noch langsam atmen konnte und im letzten Winter oft hatte stehenbleiben und aufschnaufen müssen, wenn sie einen Kohleeimer in den ersten Stock getragen hatte.

»Es ist abscheulich. Wären wir doch das Zeug wieder los... Was wollen die denn machen, wenn es losgeht«, sagte Irene. Sie glaubte, die Geschichte mit den Waffen sei ein arger Unsinn, und Hermann habe sogar auch dem Hörtz, dort hinter Benners Haus, solch eine Maschinenpistole, oder wie das hieß, gegeben: »Damit er herüberschießen kann, wenn sie unser Haus stürmen wollen. Ja, das sind schöne Aussichten...« Und sie deutete dorthin, wo es zum Hörtz hineinging, der jetzt mit einer Gabel das Heu auf dem Leiterwagen stützte, den zwei Kühe unten vorbeizogen; denn Hörtz hatte einen Hof mit Tenne, und Dreschflegel pochten dort im Spätjahr bis ins Dunkelwerden. Zwischen Faßdauben brannte Feuer; zwei Küfer klopften Reifen fest, es loderte, und ihre Hammerschläge klangen, während Benner einen Korb voll Mist aus seinem Ziegenstall heraustrug und in den Kandel schüttete. Junge Ratten regten sich im Mist, alle noch blind. Benner ließ Wasser durch den Kandel laufen, um Mist und Ratten wegzuschwemmen.

Also hätte Irene am liebsten Hanfgurte, grüne Armbinden und Gewehre aus dem Haus fortschwemmen lassen, aber möglich war dies leider nicht. Frau Krumm kam's richtig vor, es schien ihr in Ordnung zu sein, daß dieses Zeug hier im Haus war, weil es halt nicht geändert werden konnte und auch in Gewehren etwas steckte, das hereingehörte, obwohl es scheußlich war. Denn Lebenskraft war immer scheußlich, wenn sie protzte, aber begehrenswert, wenn sie verschwand.

Du machst dir wenigstens nichts vor und schaust deshalb das Ganze an. Das Ganze ... dachte sie und merkte, daß ihr's dichter vor den Augen stand als früher. Und jetzt gehörte auch alles dazu wie die roten Porzellanköpfe der Alarmtelephonleitung, die sie da und dort in der Gasse sah, wenn sie in ihrem grauen Kleide aus dem Hause ging, Milch bei Frau Schwächler oder Fleischbrühe am Fenster der Wurstküche des Metzgers Schlör holte. Dann kam ihr alles, was sie früher nicht beachtet hatte, wie mit einer Glanzschicht belegt vor, etwa der junge Schlör im weißgestreiften Schurz, wenn er den Boden schrubbte, oder die moderige Toreinfahrt mit Pfützen in eingesunkenem Pflaster, wo nach dem Hof zu Photograph Schwab hauste, ein scheuer Mensch. Es ist noch einmal ein Geschenk ... sagte sie zu sich selber.

Auf einem Leiterwagen wurden Glocken in die Stadt gefahren, bekränzt mit Blumen zwischen Birkenbäumchen. Das weißlich gleißende Metall, das sie an Wasserglanz erinnerte, wie war es schimmernd hart im scharfen Licht und das Birkenlaub hell, als wär es grüne Haut. Die Glocken warteten hinter der Kirche. Stadtpfarrer Geiser hob in der Loggia überm Eingang, weißbärtig und dick, beide Arme, während er ein langes, dröhnendes Gedicht sprach, Schweiß ihm auf der Stirne glänzte und seine Weste über dem Bauch klaffte. Der Wagen fuhr zum Turm. Der Photograph schleppte seinen Holzkasten am Stativ herbei. Die Buben mußten vor dem Leiterwagen mit den Glocken stehenbleiben, alle in kurzen Hosen, und Eugen Rapp in einem Schurz. Indes der Photograph unters schwarze Tuch des Apparates kroch, war ringsum Licht auf alten Dächern.

Im Hintergrunde Munition, Gewehre, von denen nur wenige wußten; von alten Frauen bist du wahrscheinlich die einzige, die sie gesehen hat ... Der klare Himmel mit den Haufenwolken, und darunter Wald; die Gänse, die vom

Wehr der Zigarettenfabrik in die Höhe flogen, oder sich von Nagelsberg herunter in den Kocher stürzten; dies lohnte das Anschauen. Du schlüpfst in es hinein. Das Gefühl des Wassers dringt hinter deine Augen, und die Glätte der Gänseflügel streift dir am Gesicht.

Sie war beim Baden mit dabei, wenn sie erfuhr, wie der Bub heut zum erstenmal allein geschwommen war, ohne daß er's gemerkt hatte; er übte immer auf dem ausgestreckten Arm des Vaters, und den hatte Hermann heute weggezogen. Da schwamm der Bub in seiner viel zu weiten Badehose; eine Blindschleiche schlängelte sich goldbraun auf dem Wasser, und weiter oben, wo Büsche über grüne Glätte hingen, tauchte der Eisvogel und ließ hellblaue Federn leuchten, wie jetzt hinter den Erlen, während sie durchs weite Tal ging und der Bub eine Milchkanne trug. Der Fluß war nahe. Der Bub ging dicht am Ufer. Unter seinen Schuhen schwappte Moos, das Schilf stand grün und gelblich; aus der Wiesenwärme rutschte ein Aal ins Wasser. Wenn sie sich umschaute, lag der Ort lang da, die Aumühle zur Linken und weiter hinten das braune Dach der Kirche wie ein Zelt aus Stein. Der hohe Himmel hatte von hier aus nach Osten zu schon Grünliches im Blau. So etwas war ihr früher auch nicht aufgefallen, doch sah sie's jetzt, weil all dies nur im Licht seinen Grund hatte, denn das Licht... Sie wußte nicht, was das Licht war. Oben war Licht und Luft und hier herunten Erdiges in allen Farben wie im dunkeln Flußwassergrün, in der scharfen Grasfrische, im Moosflechtenglanz der Steine einer alten Mauer. Und sie ging weiter, sah den Himmel nach unten rot werden, dort, wo Ingelfingen lag. Dorthin konnte sie auch vom Dachboden des alten Hauses durch die Fenster mit den Bleifassungen sehen, in die der Bub seine Nägel gedrückt hatte, weil das Blei weich war. Jetzt kam er hergelaufen und fragte: »Du, was sind die roten Streifen in dem weißen G'sicht?« – »In welchem G'sicht?« – »In dem auf dem Plakat. ›Wir beugen uns nicht‹ steht darunter.«

Sollte sie ihm sagen, daß es Striemen einer Peitsche waren? Aber dann fragte er, wer mit dem Mann auf dem Plakat gemeint sei, und darauf wollte sie ihm nicht antworten. Solch ein Plakat hing doch mit etwas zusammen, das ›Aufstand‹ oder ›Unruhen‹ hieß, sie aber konnte nicht dahinterschauen und sagte deshalb, daß sie es genauso wenig wie er wisse.

Es kam ihr vor, als freue er sich über diese Antwort. Ein Kind sollte sich von einem Plakat nicht quälen lassen. Und sie ging mit ihm in das Kleb hinein, wo Kalkfelsen, geschichtet und gezackt, neben der Flußkehre aufragten und Wasser heruntertröpfelte; es klingelte und klang. Auf dem Weg waren Pfützen dicht neben dem Schilf, und Abendschatten mischten sich mit schieferfarbner Luft. Der Bub beugte sich über eine Pfütze, wo Kaulquappen schwammen. Sie gingen weiter; die rinnenden Wasserfäden spielten, der Weg wurde schmal und hatte Farne; ihre Schuhe wurden naß, und hinter Apfelbäumen lag der Scheurachshof.

Dort fragte sie nach Milch. Eine Frau wollte sie ihr holen, als der Bauer aus der Tür kam und sagte: »Mach, daß du fortkommst! Eure Kinder sollen Kocherwasser saufen«, worauf Frau Krumm »Oh« sagte, vermutlich weil sie überrascht war.

Sie gingen miteinander in den Wald, und es war in den Ferien. Sie sahen ein Schloß am verschlammten Teich, und das Schloß lag dicht am Wald. Es hatte graue Mauern aus demselben Stein, der hier überall aus dem Boden schaute; Hermann sagte, es sei Muschelkalk. Der Bub lief in einer Wendeltreppe weit voraus und nahm zwei Stufen auf einmal, wahrscheinlich weil er jetzt alleinsein und als erster hinaufkommen wollte in den Saal, der doch verschlossen war. Ein alter Mann hatte den Schlüssel, und seinetwegen gingen sie so langsam. Margarethe rannte Eugen nach, und als man oben war, kamen die Kinder aus einem der Gänge her, wo Körbe gestapelt waren. Der Bub hatte einen grausteinernen

Bolzen in der Hand, nicht dicker als ein Daumen und also ein versteinter Tintenfisch. Die Tür wurde geöffnet, und man trat ins Kalte, wo Tierköpfe aus weißgekalkter Mauer schauten, Hirsche mit echten Geweihen auf den Stirnen, und Eber, deren Stoßzähne gelb und rissig wie ein altes Gebiß waren. Das sah beinah so aus, als ob's ihr träumte, besonders weil auch noch ein langer leerer Tisch mit schwarzen Kratzern in der Platte und ein rostiger Ofen herumstanden. – »Da haben die also« – und Hermann tat, als ob er einen Becher am Munde hielte – »hinten hoch, vorne lauft's von selber!«

Es war gut, daß er so etwas sagte, weil man lachen mußte. Der Bub schaute wieder zu den Tierköpfen hinauf. Er flüsterte mit seinem Vater, und sie hörte: »Die Glasaugen in den Gipsköpfen, und daß es Geweihe wie im Wald sind...« Dies schien ihn aufzuregen, und Frau Krumm wunderte sich, weil er doch daheim oder in Wirtschaften genug Geweihe sehen konnte; nur waren sie nicht so seltsam versammelt wie in diesem fahlen Saal mit seinen ausgebleichten Wänden. Vor den Fenstern mischten sich Blätter ineinander, dicht am Glas, das hier auch bleigefaßt war. Die Waldblätter bewegten sich, es sah wie ein Teppich aus, der draußen hing; eine Eichkatze schlüpfte darin weiter und verlor sich im Gewebe, das verschlungen war und rauschte.

Solche Spaziergänge waren für Frau Krumm außergewöhnlich. Wenn der Bub mit seinem Vater allein fortgewesen war, ließ sie sich lang erzählen, möglichst genau. Er sagte es ihr auch, obwohl er nicht gern redete, aber sie sah die Waldwiese, hörte Zweige und altes Laub unter den Schuhen knistern, freute sich, wenn er großäugig sagte: »Quer durch den Wald ist halt alles abseits!« Und sie erinnerte sich eines Waldrandes hinter Grötzingen, wo Felder anfingen und überhängende Blätter durchschienen worden waren, weiter nichts Besonderes, aber eben hell und mit vergilbtem Gras unter den Büschen. Auch daran hast du früher nie gedacht.

In den Ferien konnte sie ausschlafen. Daß sie alles wie von

ferne sah und jetzt so herumdachte im Vergangenen... Sie fuhr einmal in einer Kutsche mit, die offen war und an der Blätter nahe vorbeistreiften; der Bub konnte sie greifen. Das war auf der Fahrt zu der Kirche. Für sie war nur das Gefühl wichtig, das sie beim Anschauen hatte; es war auch gut, daß Irene sich nicht über Hermann ärgerte, denn so ein Ärger machte die Luft stickig. Die Kirche war außen mit Rosa und mit Weiß, innen mit Gold belegt, wie sie es noch niemals gesehen hatte.

In einer Nacht war dann der Himmel nach Westen zu rot. Durch die Keltergasse, am Haus des Benner und des Küfers Siller vorbei trieben Trauben glühender Asche, schwebende Nester oder Waben, wie's ihr noch nie vorgekommen war. Die Kinder wachten auf; der Bub lief durch die Stuben, schaute, blieb am Fenster stehen, flüsterte etwas und riß sich in der Küche an einem weißen Brot, daß ihm das Blut von der Hand tropfte. Sein Vater ging im Stahlhelm aus dem Haus, und später sahen sie ihn bei der Aumühle einen Schrank schleppen, in dem ein blauer Rock festgeklemmt war. Das Gesicht geschwärzt und einen Ärmel angesengt, schleppte Hermann den Schrank und lachte. – »Wenn's brennt, muß jeder helfen«, sagte er und fuhr dem Buben über seinen geschorenen Kopf. Sie standen auf dem Weg zum Scheurachshof. Ein Haus der Aumühle war ausgeglüht; Tische standen im Gras, Kleider waren auf Koffer geworfen, und Bankier Mayer ging mit einer rostigen Flinte ohne Schloß auf und ab. Es hieß, den Brandstifter hätten sie gefaßt; vom Zollstock aus habe er zugeschaut, und die Landjäger hätten ihn gefangen.

Es waren zwei Landjäger in der Stadt: ein kleiner dicker, und ein hagerer, der lang war. Jeden Abend kamen sie über die Kocherbrücke; der kleine ging hinüber in den Honigzipfel hinterm Gasthof zum ›Rappen‹, wo viele Gerber wohnten und wo es stank, der andere zu den kleinen Häusern rechter Hand vor einem Platz, die Hermann die sieben

Schwaben nannte; dort war der lange Landjäger daheim. Beide lernten bei Hermann Rundschrift schreiben und Skizzen machen. In der Keltergasse schellte Polizeidiener Meeger das Fleisch aus, das auf der Freibank zu haben war, schob den Zettel, aus dem er vorgelesen hatte, wieder in seine Glocke hinein und machte sich zur Weinstube von Wilhelm Metzger auf. Später saß er hinterm Fenster seiner Wohnung im ersten Stock des breiten Hauses beim Unteren Markt und hatte vor sich einem Krug Most auf dem Fenstergesims stehen. Sonntags, wenn Stadtpfarrer Geiser predigte, ging er in weißen Handschuhen vor der Kirche auf und ab, eine silberne Leibbinde um den Bauch und eine goldblitzende Pickelhaube auf dem Kopf.

Pistolenschüsse knallten. Der lange Landjäger, derselbe, der am Unteren Markt wohnte, erschoß den kleinen schwarzen Hund des Hörtz; vor den Treppenstufen der Weinstube wurde er von einer Kugel beiseitegeworfen, daß er sich drehte, winselte und schwieg. Hörtzens Tochter lief herbei und rief den Namen des Hundes zärtlich und als weine sie, hob ihn auf und trug ihn in der Schürze die Gasse entlang, die am Haus der beiden Schwestern des Sattlers Haag vorüberführte, wo soeben das verstimmte Tafelklavier aufgehört hatte zu spielen, ein Fräulein mit scharf geschliffenen Brillengläsern unter der Tür erschien und die Hände zusammenschlug.

Frau Krumm sah es vom Fenster aus. Eugen lief in die Stube; er blieb vor dem Pult stehen und hielt sich am Brett. Was geschehen war, hatte ihn ins Gesicht geschlagen, und jetzt riß es ihn fast zur Seite, doch hielt er sich noch fest. Seltsam, daß er nie verraten wollte, wie es ihm zumute war. Und er ordnete seinen Federhalter und zwei Bleistifte in der Rille auf dem Pult. Er sagte: »Jetzt hat es geknallt.«

»Erschrocken bist du nicht?«

»Doch. Aber es ist wegen dieser Tollwut. Hast du geglaubt, daß ein Landjäger schießen wird?«

Vielleicht war's so, daß dieses Schießen in der Luft lag; schließlich mußte er's erwartet haben, nachdem unten im Haus Gewehre und Munition aufbewahrt wurden; und Blut hatte er auch gesehen, zumindest eigenes. Oder hatte sie vergessen, wie er auf der Treppe gestanden war, seine Oberlippe geklafft hatte und das Blut an ihm herabgelaufen war? – »Ich wollte es ausbluten lassen«, sagte er. Vor dem Essen hatte er mit einer Glasröhre gespielt, und die Röhre war ihm im Mund abgebrochen; geweint hatte er nicht, wahrscheinlich weil er wußte, daß er selber schuld war; und er war genäht worden, und es war verheilt, und man sah nichts mehr.

Ein gleichmütiger Bub, der schwimmen konnte; mit Radfahren fing er auch schon an; er war früh dran. Allein zu fahren und zu schwimmen, das war ihm am liebsten; ein Gewehr konnte er laden, wie es ihm sein Vater gezeigt hatte, umd mit der Pistole schießen, das hatte er auch probiert, nur war seine Hand beim Schuß heftig hochgerissen worden, allerdings kein Wunder bei einem neunjährigen Kind.

Aber was dachte sie in diesen Augenblicken vor dem Essen; es war fast so, als sähe sie ihn mit den Augen seines Vaters, der ein ›frischer Kerl‹ war, einer, der kegelte und froh war, wenn die Seminaristen sich als ›strabelige Burschen‹ zeigten und den Schulmeistern vom Langen Bau zu schaffen machten. Jetzt rief er im Flur nach dem Buben, und als sie später vor der Suppe saßen, sagte er, beim Nied in Niedernhall komme die Decke runter, sie müßten dort die Munition rausholen, sonst bräche dem die Bude ein. – »Aber wohin damit? Halt in den Niedernhaller Rathauskeller, wo sie sowieso grünspanig wird.« Und er lachte, sagte, schließlich sei's ein Zirkus, aber kein langweiliger. Und er schaute nach dem Essen, in seinem Ledersessel sitzend, das Pastellbild einer sonnigen Waldwiese an, auf die er kürzlich beim Herumstreunen hinausgetreten war, eigentlich per Zufall. Es war ein Bild geworden, genau in den Farben und mit dem Hauch der Luft. Es lehnte am Fuße des Tischs, und er sah's an, indem er sein Haar zwirbelte und drehte, daß es ihm als Horn über der Stirn stand. Die Zeichnung war noch nicht fixiert, und deshalb sagte er zum Buben: »Komm, paß auf!« als Eugen dieses Bild schon umwarf. Stäubend fiel es aufs Gesicht, ein grüner Puder wölkte, und der Vater haute seinem Buben eine runter, daß er gegens Büfett taumelte, in dessen Schublade Frau Krumm Besteck einräumte. Sie wurde vom Geschrei des Buben angerührt, der weinte und davonlief.

Es ist lang her, seit er zum letzten Mal geweint hat... dachte sie. Der Vater setzte sich wieder zurecht im Ledersessel, drehte einen Haarwisch und lächelte. Frau Krumm kam's vor, als lächle er verlegen; sie rückte eine Schüssel im Büfett zurecht, bevor sie, nach ihrer Brille suchend, auf die Gasse schaute; sie wartete darauf, daß Hermann etwas sage, verließ das Zimmer und hörte ihn dann von der Küche aus die Treppe hinaufgehen. Sie folgte ihm und horchte, als er unterm Dach mit Eugen sprach; »da rutscht einem halt manchmal die Hand aus«, sagte er, und der Bub sagte: »Ha, freilich.«

Sie lachten, gingen auf den Dielenbrettern hin und her, und der Vater sah den Schreibtisch seines Sohnes an, den sich der vors Dachfenster gestellt und mit Büchern belegt hatte; sein Tisch war ein Reißbrett auf zwei Waschböcken mit einem abgewetzten Stuhl davor.

»Liest du die Bücher?«

»Ich schau manchmal hinein. Am liebsten halt in das Naturgeschichtsbuch.«

Frau Krumm ging wieder in die Küche. Sie hatte sich auch schon über den Tisch und diesen Platz gewundert, den sich der Bub da zurechtgemacht hatte. In der Fensternische sitzend, konnte er den Kirchturm sehen; und still war's dort, und das gefiel ihm scheint's. Wenn Sonne auf dem Dach lag, hatte jede Schindel ein Herz oder einen Brennpunkt aus Licht, doch wußte sie das erst, seit der Bub es ihr gezeigt hatte. Sein Schreibtisch war belegt mit Bleistiften und weißen Zetteln, auf die er Briefe an einen Freund kritzelte, der Gustav hieß, in Liebenzell [Hauptstraße dreiunddreißig, parterre] wohnte und seine Schwester Margarethe war; die saß dann hinter dem Kamin, wo Fenster nach Westen hinausgingen und zwei Säcke standen, die mit Stroh vollgestopft waren. Draußen lagen Dächer und das Tal bis zur Aumühle. Er stand oft dort, schaute hinaus und war einer, der sich unters Dach verkroch und Naturgeschichtsbücher las, wahrscheinlich weil es auf der Straße von Pistolenschüssen knallte oder zuging wie am ersten Mai, als Martha Kubach ein rotes Kleid angehabt hatte. Die durfte im Zug der Arbeiter mitmarschieren, und der Bub beneidete sie drum. Das war noch etwas, so ein Menschenzug im scharfen Licht, wenn der Staub wehte, über Köpfen eine rote Fahne geschwenkt und gesungen wurde; daß es nach Schweiß roch und nach Most, auch das gefiel dem Buben, denn jetzt war einmal etwas andres in der heißen Kanzleistraße, nicht weit vom Kastaniengarten des Hotels ›Glocke‹, in den sie alle durstig hineinströmten. Und später dieses Lied, das aus ihnen heraussprang, als sie sich beim Rathaus drängten und auf der Balustrade hinterm Neptunsbrunnen die Polizeidiener Schmetzer und Meeger ihre Säbel in den Fäusten hielten und zum Schlag ausholten, wenn einer die Treppe hinaufsprang. Frau Krumm erinnerte sich, wie sie's vor dem Haus des Tuchhändlers Ledermann mitangesehen und zu dem Buben gesagt hatte: »Komm jetzt!« Der aber ging recht ungern weg, der wär am liebsten noch näher dabeigewesen, und also stimmte es nicht, wenn sie dachte, der sitze gerne auf der Bühne hinterm Fenster, weil er sich vor dem Gassengewühl fürchte; denn der war gern dabei. Oft aber mußte er ins Kleb hinunter oder auf den Wartberg gehen, wo auf dem Aussichtsturm im Guckloch der Wendeltreppe ein Nest mit zwei grün gesprenkelten Eiern lag. Was er nun lieber hatte: solch ein Nest, nicht größer als eine Kaffeetasse, den Aufmarsch der Arbeiter, die das Rathaus stürmen wollten, oder die Werkstatt des Küfers Siller, der ein Faß ausschwefelte und seinem Staren das Lied ›Schön sind die Jugendjahr‹ vorpfiff, das wußte Frau Krumm freilich nicht. Vielleicht gefiel dem alles: der Dachboden, wo Sommerwärme das Holz riechen ließ, das weite Tal unten beim Kleb mit seinem Wasserklingen, Wassertröpfeln, und die roten Fahnen.

Beschämend, daß sie nur für diesen Buben Augen hatte. Das Mädchen siehst du gar nicht, aber die hat's zum Glück auch nicht nötig; die hilft sich selbst... Und Frau Krumm dachte an die Straßen, die sie hier gesehen hatte. Aus einem Grunde, der ihr nicht klar wurde [sie konnte nicht so tief hinunterschauen], dachte sie an Straßen, die alle weißsandig und staubig waren, wie es sich gehörte jetzt im Sommer: an die Straße Ingelfingen zu, die überm steilen, schlehengebüschstarrenden Hang von Apfelbäumen gesäumt wurde und so sacht hinunterführte wie damals in der Kutsche des Bierbrauers Krämer auf der Fahrt nach Schöntal; die Gaisbacher Steige mit ihrer weiten Kehre; die Straße Morsbach zu, die Frau Krumm im Schlitten des Forstmeisters kennengelernt hatte, zugedeckt mit einer schwarz und rot gewirkten Decke und vom Schellenklingeln des Pferdegeschirrs begleitet, während Dörfer braun und weiß dalagen und Schloß Stetten herabschaute, als ob es nur sich selbst gehöre; oder der steile Weg nach Garnberg hinter der Villa des Baumeisters Ritter.

Der Zollstock war ein moosiger Grenzstein droben am Bux, und dasselbe Wappen war aus ihm herausgemeißelt, das über der Tür des Hauses in der Keltergasse jeden ansah, der hineinging. Jetzt kam sie nicht mehr an den Zollstock; früher war sie mit den Kindern oft dorthin gegangen, beispielsweise, als noch Böllerschüsse gekracht hatten, weil eine Festung namens Brest-Litowsk gefallen war; und also mußte es ein Sieg gewesen sein. Sie aber hatte von damals nur eine Schlehenhecke in Erinnerung, wo Käfer, Bienen und Schmetterlinge auf Dornen gespießt gewesen waren; also grausig anzuschauen, wie es zum Fall einer Festung paßte;

doch Hermann sagte, das sei eine Vorratskammer, und die gehöre einem Vogel, dem rotrückigen Würger.

Im Haus war eine Dohle; ihre dunklen Federn hatten braunsamtigen Flaum, doch zeigte sich der nur, wenn sie hinter den Holzstäben des Käfigs, in dem sie Lehrer Schaaf hergebracht hatte, ihre Flügel spreizte. Der Käfig stand im obern Flur auf breiten Dielen, die grau, olivfarben und grünlich, abgewetzt und abgelaufen, mit Astknollen durchsetzt und neben den Rillen splitterig abgenutzt waren, wie es Eichenbohlen an sich hatten, die über zweihundert Jahre auf demselben Platz gelegen waren. Und hier war's auch, wo der Geruch des frisch geschrubbten Holzes an Samstagen die Luft füllte, als ginge man auf einem Weg, der einen kurzen Sommerregen aufgesaugt hat. Eugen saß vor dem Käfig, er betrachtete den Vogel, er war immer bei ihm und trug ihn auf den Dachboden hinauf, unter die altersschwarzen Balken, als das Rieseln und Ticken von Tropfen hörbar wurde. Die Dohle hatte gestutzte Flügel. Ließ er sie aus dem Käfig, so hüpfte sie und flatterte auf einen der mit alten Zeitungen gefüllten Säcke und von dort zum Fenster mit den bleigefaßten Scheiben.

Der Bub liebte den Vogel, und das gefiel ihr nicht; wahrscheinlich war sie eifersüchtig, nur wußte sie das nicht genau. Trotzdem glaubte sie, daß ihm der Vogel, das Abendrot hinter dem Scheurachshof, der altsilberne Glanz des Flusses, die Mauern zu Seiten des engen Pfades, der zwischen zwei geduckten Scheunen auf einem moosigen Platz beim Dekanatsgarten auslief und ›das Hörtza Gängele‹ hieß, besser gefielen als die Menschen, mit denen er zusammenkam. Denn Mauern, Gartenzäune, Vögel, die Luft im Sommer und der Wald, der herabschaute, die taten ihm nichts.

Du kennst den Buben, dachte Frau Krumm und lächelte. Der Kaminfeger erzählte, früher, auf einem Schulausflug, hätten sie einmal in einem Wirtshaus übernachtet und, weil zu wenig Betten dagewesen seien, zu zweit in einem Bette schlafen müssen. »Aber zu unserm Judenbuben hat sich keiner hinlegen wollen«, sagte er und hob den Zeigefinger vor der Türe zur hinteren Stube.

Der Bub sah ihn groß an. Nachher sagte er zu ihr: »Was hat denn der Kaminfeger gemeint? In meiner Klasse sind doch der Hanauer und der Neumann. Und das sind Buben... halt wie wir alle; die können sogar mehr als viele andere. Auch als ich.« – »Das ist ganz recht, wenn du so denkst, aber helfen wird's dir auch nichts«, sagte Frau Krumm, die froh war, weil er nicht weiterfragte, sondern wieder auf die Bühne ging und mit der Dohle redete. Er schwätzte leis, es klang wie: »Versuche doch die Matzen«, denn er hatte von Frau Furchheimer Matzen bekommen, und davon streute er der Dohle Brösel in den Käfig. Nach dem Abendessen trug er sie vors Schlafzimmer, damit sie nachts nicht so allein sei; denn nachts hatte er Angst.

Später flog sie seinem Vater auf den Kopf und stand in seinem Haar. Das war an einem hellen Abend vor dem Schlafengehen. Am nächsten Tag kam Lehrer Schaaf und holte seine Dohle wieder, denn schießlich gehörte sie ihm, und Eugen mußte es einsehen. Er fing eine Blindschleiche im Garten, nahm sie mit ins Haus und hatte sie einen Tag in der Waschküche, die hinter der Kammer mit den Waffen lag; doch weil die Blindschleiche nichts fressen wollte, ließ er sie unterm Stachelbeerbusch, wo der Birnbaum weit herunterhing, wieder wegschlüpfen. An dieser Stelle hatte er ein Loch gegraben und sagte zu Frau Krumm: »Vielleicht find ich dort einmal etwas Herrliches.«

Was er sich unter etwas Herrlichem vorstellte, sagte er nicht, wahrscheinlich weil er es nicht wußte. In der Ruine Lichteneck bei Ingelfingen suchte er unterm ausgebrochenem Turm und fand drei graupelzige Päckchen, die nicht größer als zwei Eier, aber fest und trocken waren. – »Da sind Seelen von Mäusen drin«, sagte sein Vater, denn Eulen hatten diese Päckchen ausgespuckt, weil sie die Mäusepelze und die Knochen nicht verdauen konnten; also war die Seele etwas, das sich nicht verdauen ließ. Eugen legte die Päckchen auf seinen Schreibtisch unterm Dach, und vielleicht waren die für ihn jetzt etwas Herrliches.

Es hieß dann, daß ein Redner vor dem Rathaus sprechen solle, und Hermann sagte: »Da geht ihr also morgen in den Garten, und ich fahre mit dem Rad fort.« Frau Krumm sah, wie der Bub aufpaßte, und Irene sagte zu den Kindern: »Ihr könnt jetzt auf die Gasse gehen.« Der Bub wartete eine Weile, lief dann zu seinem Vater und umarmte ihn. Er hängte sich an ihn und rannte weg.

Später sah ihn Frau Krumm vor dem Haus ein Viereck in die graue Mauer kratzen. In der Viereckmitte zeichnete er ein Quadrat und zog Linien von den Ecken zum Quadrat, daß es wie die Rückseite eines Briefes aussah. Dann stand er dicht davor und schaute auf die Zeichnung. Der Händler Wittig kam und zeigte Frau Krumm frische Aale. Er sagte, daß er einen harten Wecken im Bachwasser aufgeweicht habe, und dieser Wecken sei das einzige gewesen, daß er seit heute früh gegessen habe. Der Bub sah Wittig an, dem drei Zähne fehlten und der immer wie gebeugt dastand, ein junger Mann mit einer schwer hängenden Unterlippe und dunkel umränderten Fingernägeln. – »Mach dem Herrn Wittig doch einen Kaffee«, sagte der Bub. Frau Krumm sagte: »Den kriegt Herr Wittig immer, wenn er zu uns kommt« und fragte Eugen, was er dort gezeichnet habe. – »Das ist mein Gang. In den gehe ich weg, und niemand merkt's.«

Wittigs Käze stand auf den Treppenstufen, ein alter und zerstoßener, ein da und dort mit frischen Weidenzweigen geflickter Korb, der breite, von Schweiß und Regen dunkel gefärbte Hanfriemen hatte; und der Mann selbst in einem braunen Lodenkittel mit eng und dünn schlappenden Hosen, schien mit der Käze eins zu werden, als er sie wieder auf den Rücken nahm und hineinstolperte ins alte Haus, ausgetretene Schuhe an den bloßen Füßen. Frau Krumm kam's vor, als ob sie Wittig seit der Kindheit kenne; immer wieder war ihr einer wie der Wittig auf den Landstraßen begegnet, von Grötzingen herein, wenn sie zur Mühle ging, oder auch hinter Heslach, zwischen Gablenberg und Gaisburg, eben überall; wahrscheinlich war es immer so gewesen. Solche Gesellen sahen oft fremdartig aus, und sie erinnerte sich eines Langen im grünen Lodenmantel, der, behängt mit Bürsten, jedes Frühjahr vorgesprochen hatte, einer mit Faltenrissen auf den mageren Backen, der Augen gehabt hatte, wie sie ihr seitdem nicht mehr begegnet waren, Augen, die verwischt zu werden schienen von den Wimpern und grünlich wie ausgebleichtes Heu oder wie ein fast farbloser Wein gewesen waren. Das hatte ausgesehen, als ob der einen nicht anschaute und man selber in etwas Grüngründiges hineinsähe, indes Wittig braune Augen wie ein Hase hatte. Eugen aber sah unerwartet her, graublau und so, daß Frau Krumm dachte, jetzt habe er etwas bemerkt, das er nicht hätte sehen sollen, wie vorhin, als sein Vater gesagt hatte, morgen nachmittag komme der Redner, und er fahre auf dem Fahrrad weg; Irene aber solle mit den Kindern in den Garten gehen.

Am Abend war's lang hell. Die Kinder wollten nicht zu Bett. Frau Krumm war müde und legte sich deshalb gerne mit ihnen hin. Sie las, nachdem sie ihre Schlafhaube unterm Kinn festgeknüpft hatte, im Gesangbuch und sah Eugen am Fenster stehen; er hatte schon das Nachthemd an und rieb sich mit dem Fuß die Wade. – »Komm ins Bett, du erkältest dich«, sagte sie, aber der Bub sagte, der Holzboden sei doch warm. Jetzt bleichte der Tag aus und kam mit Spuren von Blau und Gold herein. Frau Krumm sagte die Verse: »Du hast's wie's Kroma Liesabeth / Die geht bei Tag ins Bett / Dees ka i net«, und das gefiel dem Buben so, daß er herbeilief und sie umarmte: »Großmutterlee!« – »Deine Schwester schläft schon. Von der kannst du was lernen.« – »Aber ich bin doch nicht meine Schwester«, sagte er, und das gefiel ihr. Sein Vater würde aufhorchen, wenn sie's ihm morgen sagte. – »Trotzdem gehst jetzt ins Bett.« – »Ja, gerne.« Und er schlüpfte in sein breites Bett mit dem Gestell aus grün lackiertem Eisen, in dem sein Vater als Student geschlafen hatte.

Andern Tags gingen sie zusammen aus dem Haus. Hermann holte sein Rad aus der Waschküche; bevor er aufstieg, griff ihm der Bub unter die Jacke und sagte: »Also, du nimmst heut deine Pistole mit.« Hermann hatte das Recht, eine Schußwaffe bei sich zu haben, wann er wollte, denn dies war ihm auf einem Waffenschein bestätigt worden, weshalb er also auch eine Kanone hätte hinter sich herziehen können. So war das halt in Krisenzeiten, obwohl ein Kind ein solches Wort nicht kannte, aber etwas davon spürte.

Was wußte sie von Kindern? Nur was ihr von früher in Erinnerung war. Und da lag freilich alles schon seit langem deutlich bloß, schärfer zu sehen, als die Erwachsenen geglaubt hatten, daß ein Kind es sehen könne. Immer sah jeder nur etwas vom andern, wenn's ihm ähnlich zu Mut war; er sah sich selbst, auch wenn er auf andere schaute, weil jeder irgendwo derselbe wie der andre war. Und früher hatte sie dies alles nicht gesehen, doch jetzt wurde es ihr vor dem Kinde klar.

Zum Garten gehen. Der Bub zog einen grünen Leiterwagen, der innen rot gestrichen war. Margarethe setzte sich hinein. So zog er seine Schwester, die die Zöpfe heraushängen ließ und lachte. Man hatte heut im Garten nichts zu tun, weil die Zeit längst vorbei war, da man mit dem Setzholz Löcher für Salatpflanzen gebohrt und überm Beet die Schnur ausgespannt hatte. Aber den Strauch mit den weißen Johannisbeeren, den würde man abzupfen. Auch Pfirsiche waren schon reif, denn am unteren Weg, der in den Schöllkopfschen Garten hinüberführte, stand jener hohe und auch alte Baum, der zwar nur wenige, aber würzig schmeckende Früchte trug. Eugen hatte ein Naturgeschichtsbuch mit dunkel gemasertem Einband unterm Arm, während er den Wagen durch die Gasse zwischen Apotheke und Milchgeschäft Koppenhöfer am Laden des Konditors Rall vorbei dem Schloß entgegenzog, wo die Holzstapel einer Schreinerei säuerlich rochen und vor der Mauer mit dem breiten Nußbaum in Rektor Schotts Garten Lehrer Wißmann vorbeiging, der in der Synagoge Gottesdienst gehalten hatte.

Eugen grüßte Herrn Wißmann, und Herr Wißmann grüßte Irene und Frau Krumm. Da sah nun also alles friedlich aus, und wenn's so blieb, konnte man froh sein, trotz der Geldentwertung. Hinterm Hof, wo Kastanien standen, gingen sie durch diesen Seminarsneubau, in dessen kühlem Flur der Leiterwagen auf geripptem Fliesenboden ratterte. Dahinter war man mitten in den Gärten; rechter Hand streckte sich die Schule, die, der Ferien wegen, für Eugen ungefährlich war, doch sah er nicht hinüber, und Frau Krumm wußte schon weshalb. Ihr erschien's falsch, daß ihre Tochter wieder davon anfing, denn schließlich war es gut, daß so ein Bub wie er auch einmal einen Stein ins Abtrittshaus geworfen hatte; eine Scheibe war dabei kaputtgegangen, und der Sohn des Lehrers Schöllkopf hatte ihn angezeigt; er mochte diesen Erich nicht, vielleicht seines vorgeschobenen Unterkiefers wegen.

Vor dem Jasmingebüsch knüpfte Irene Oki-Spitzen; es knipste, wenn der Faden durch das Zelluloidschiffchen gezogen wurde. Eugen lag im Gras und las im Naturgeschichtsbuch, während Margarethe Frau Krumm beim Abzupfen des Johannisbeerbuschs half. Sie sah zwei Buben zu Eugen kommen, und der eine war der junge Schöllkopf. Er nahm Eugen das Buch weg und rief: »Der strebt!« Eugen wollte sein Buch wiederhaben, doch Schöllkopf warf's vor ihm ins Gras und sagte: »Jetzt bist du der Sozi, und ich bin der andre.« Er griff ihn an, Eugen wehrte sich, und Schöllkopf warf ihn um, lachte, daß es schepperte, verschränkte seine Arme und schob den Unterkiefer vor.

Frau Krumm rief Eugen zu sich, und er folgte ihr, wollte aber keine Beeren zupfen. Sein Haar war naß. Auch Margarethe hatte jetzt genug, setzte sich ins Gras und warf mit einem faulen Apfel. Der Bub schlich zu Lehrer Schwenks

Bienenstand, blieb dicht am Ausschlupf stehen und sah den Bienen zu, warf Erde in das Schlupfloch und rannte weg, verfolgt von einer Biene, die ihn in den Nacken stach. – »Bleib ruhig!« sagte Frau Krumm, zog den Stachel aus der Wunde und drückte das Gift heraus. Margarethe umtanzte ihren Bruder, streckte die Arme hoch und rief: »Ätsch, Gäwele! Der hat sich auch noch auf den Boden werfen lassen von dem Schöllkopf! Und heute abend spielt die Mutter eine Sonate vom Betthosen... Vom Betthosen!« Sie krampfte sich in ihr Gelächter und wälzte sich im Gras.

Kein Wunder, daß es sich verändert hatte, Eugen stand vor dem Tisch unter dem Apfelbaum. Der Tisch war schwarz vom Alter und vom Regen, von der Hitze und vom Schnee, denn der war festgepflanzt im Boden, als gehörte er zu einer Gartenwirtschaft. Irene kam und schaute nach der Stadt hinüber. – »Ob Hermann jetzt wieder zurück ist?« fragte sie, und Eugen sagte wie ein Alter: »Hab noch nix g'hört.« Wahrscheinlich glaubte der, man könne hier die Leute auf dem Marktplatz schreien oder singen hören; nun, falls sie sich besonders laut gebärdet hätten, dann vielleicht... Aber es war gut, wenn sie nur so rumorten, daß Luft und Steine ihr Gemurre schlucken konnten. Und sie sah den Garten an mit seinem Grasplatz unterm Apfelbaum, den Sonnenflekken, die sich auf dem schwarzpelzigen Holz des Tischs und der Bank regten, der schwarzen Erde und den grünlichgrauen Weinberghängen in der Ferne, dem dunkelbraunen Dorfe Garnberg, das sich auf der Höhe streckte, als ob dies alles tief zurückgeglitten wäre, dorthin, wo ihre Jugend daheim war; wie auf einem alten Bilde lag es ausgebreitet, erschien unveränderbar, freilich nur für einen Augenblick. Dann legte sie den Korb mit den Johannisbeeren in den grünen Leiterwagen, den der Bub jetzt wieder zog.

Wollten sie durch das Morsbacher Tor zurück- und die Schnurgasse hinabgehen? Lieber nicht. Die Seminargasse war stiller. Jetzt sollten möglichst wenig Leute sehen, daß die Familie des Lehrers Rapp nach Hause ging, desselben, der die Einwohnerwehr kommandierte. – »Ach was, wir brauchen uns nicht zu verstecken«, sagte Irene, und das gefiel Frau Krumm. Wenn's darauf ankam, war ihre Tochter fest entschlossen. Aber was würde schon passiert sein, und sie machten es halt spannend, doch so etwas gehörte heutzutag dazu. Der Redner sollte sagen, daß es den Arbeitern schlechtging, denn gut ging's ihnen nicht.

Der Rathausplatz war unverändert und fast leer wie abends immer. Das Postauto fuhr am Gasthof zur ›Sonne‹ vor und ließ sein Signal hören; aus den Gassen liefen Buben her. Frau Krumm erinnerte sich, wie sie oft darauf gewartet hatte, daß Eugen mit den andern zum Postauto ging, doch drehte sich der selten danach um; ihm waren wohl die Töne aus dem Horn des Schwagers lieber, der die Amrichshäuser Kutsche lenkte, obwohl ihn die wahrscheinlich heute auch nicht gefreut hätte.

Die Haustür stand weit offen. Auf dem Eiskasten lag die Pistole am Leibriemen und ein Gummiknüppel, wie ihn Landjäger trugen. Der Bub lief durchs Haus, schaute in jedes Zimmer und rief nach seinem Vater. – »Er ist nirgends«, rief er atemlos. In der Waschküche stand das Fahrrad, und Frau Krumm sagte zu Irene: »Also, weit kann er nicht sein.« Der Bub rannte auf die Gasse und blieb vor einem Fenster der Weinstube von Wilhelm Metzger stehen. Dort zog er altes Geld aus seiner Hosentasche und spielte mit einem Fünfzig-Pfennig-Stück aus Aluminium, das nichts mehr wert war. Schumacher Kubach sah heraus und sprach mit Eugen, der in die Wirtschaft hineinlief. Nach einer Weile kam er mit seinem Vater heraus, der lachte und immer noch der breitschulterige, sonngebräunte Mann mit dem kurzgeschorenen Stehhaar war, den Frau Krumm zum ersten Mal im Stadtgarten gesehen hatte, damals als der Musikal-Clown aufgetreten war. Jetzt fiel ihr auch das wieder ein. Und Hermann sagte, daß er mit seinem Fahrrad unter den Arbeitern gestanden sei und dem Redner zugehört habe;

der sitze übrigens noch jetzt beim Metzgersbecken drüben; mit dem habe er Most getrunken und sie hätten einander verstanden; der sei ein lieber Kerl. Er aber habe wunder was gedacht, welch wilden Mann die da herschicken würden, ach du liebe Zeit. So könne man sich täuschen.

Draußen auf der Gasse pfiff der Freund des Seminaristen Blatter, der bei Frau Reisig wohnte, und Eugen machte den Pfiff nach, indem er vor sich hinsang: »Blatter... i ben do...«

Sie fragte Hermann, wie der Redner ausgesehen habe, und erfuhr: »Halt so a bleicher Gispel mit offenem Hemdkragen; der ist ihm welk unter den Kittel g'schlupft... Beim Metzgersbecken drüben hat er immer ängstlich zu mir hergeguckt. Aber geschrien hat der und gefuchtelt auf der Rathaustrepp; es war zum Lachen. Trotzdem, weißt, ich bin ganz ernst gewesen. Und unter den Arbeitern bin i au net aufgfalle, i en meim verschwitzta Hemmet.«

Der war also immer noch ein ›strabeliger Kerle‹; und sie erinnerte sich, daß er so jeden nannte, der breit dastand und fest zupackte oder, wenn es nötig war, auch einen Tritt austeilte und sich wehrte; der soff und Mädchengeschichten am Hals hatte, mit denen er nebenher fertig wurde, denn ein ›strabeliger Kerle‹ mußte ja auch schaffen; zum Beispiel als Seminarist. Hermann aber schaffte als Zeichenlehrer und holte Radierungen aus Stahlplatten heraus, meistens krumme Winkel wie hinten bei der Beckenwirtschaft Arnold, deren Haus mit schiefen Mauern er nicht größer als Eugens Hand in die Teerschicht auf der Platte ritzte, strichelte und kratzte. Dann legte er sie in ein Säurebad, damit die Platte an den wunden Stellen angefressen wurde und fürs Drucken fertig war; so kamen dann die Feinheiten heraus, das Dunkle und die Giebel mit den Sternen, unten aber diese Gruppe mit den Musikanten, die eine Lampe zwischen sich am Boden stehen hatte; das Bild hieß ›Ständchen‹. Oder ein Mädchen machte sich vor einer bauchigen Kommode für den Ball zurecht, die Seminargasse war im Sommerlicht zu sehen mit dicken Weibern und schrulligen Kerlen. Denn dieser Hermann schaffte viel. Zur Frühlektion stand er um fünf Uhr auf, und Sonntag morgens bumste es im Bad, weil er dort ›müllerte‹; er machte Freiübungen nach einem Buch, das ›Mein System‹ hieß und von einem Manne namens Müller geschrieben worden war. Und dann natürlich die Einwohnerwehr...

Er sagte: »So, heut geht's los!« und schlüpfte in seine Rohrstiefel, die er auch sonst anzog, etwa bei Regenwetter, wenn die Straßen dreckig waren. Frau Krumm seufzte, wenn sie sie putzen mußte, denn ihre Arme waren dafür fast zu kurz. Das Telephon klingelte, es wurden grüne Armbinden und Waffen aus der Pförtnerstube in den Gang hinausgereicht, wo Männer sie anpackten und forttrugen. Gut, daß es Nacht war und die Kinder nichts davon bemerkten. Hermann zog seinen Uniformrock an, und Irene hatte die grausilberigen Schulterstücke weggetrennt. Die Pistole schnallte er um und setzte seinen grünen Filzhut auf. – »Räuberzivil... Wir spielen Räuberles...« sagte er zu Irene und ließ die Treppe unter seinen Tritten krachen.

Dann war alles wie früher. Ein Landjäger schlief in der Waffenkammer. Oberst Ruß, dieser Schlanke, Kleine in der streng sitzenden Uniform, ein Magerer mit scharfer Hakennase, kam im Auto gegen elf und hatte seine Geige mitgebracht; er legte sie auf das Klavier. Dann aß er und trank Rotwein aus dem grünen Römerglase, bedankte und verbeugte sich und ging in die Aumühle, denn dort war Hermanns Hauptquartier. Der Bahnhof und das Lagerhaus, wo Korn und Milch gesammelt wurden, das Elektrizitätswerk, die Aumühle und das Schlachthaus waren besetzt worden, weil morgen gestreikt werden sollte, wie Frau Krumm von Irene gehört hatte und andern Tags noch mehr erfuhr, als Hermann gegen Mittag heimkam; er wollte schlafen, denn gestern war er nicht dazu gekommen. Und Frau Krumm, die im hinteren Stüble Wäsche bügelte, stellte sich wieder einmal vor, wie es gewesen war und wie sie es von Hermann gehört hatte; dabei kam es ihr vor, als säße sie im Kino und sähe über die Gaisbacher- und die Amrichshäuser Steige die Männer der Einwohnerwehren aus den Dörfern hereinmarschieren; sie hatten die Gewehre umgehängt und alte Uniformen oder abgewetzte Jacken an; halt Räuberzivil; sie sangen: »Frisch auf zum fröhlichen Jagen.« Auf der Brücke hielten sie einem Mann, der schimpfte, den Kopf übers Geländer und sagten, sie würfen ihn hinunter, wenn er sein Maul nicht halte. Beim Aumüller war dann bald wieder das echte Wachtstubenleben da; der Aumüller ließ Wein und Rauchfleisch bringen, und Kaminfeger Kurz stolperte über sein Gewehr, als es »Alarm!« hieß. Blinder Alarm natürlich. Sie spielten Karten, und in der Nacht ging Hermann seine Posten ab; er kam zum Scheurachshof, wo überm Kleb der Mond erschien. Vormittags streifte er dann durch den Honigzipfel; die Weiber schrien ihm: »Noske – Hund!« nach und spuckten, doch traf ihn keine.

Später ließ er sich daheim das Essen schmecken, und Frau Krumm dachte, Oberst Ruß wäre ohne Hermann nicht so gemütlich gewesen; als Offizier hätte Hermann nicht bei ihm sein wollen, aber jetzt vertrugen sich die beiden gut, weil jeder einen andern Beruf hatte. Der Oberst war halt beim Generalstab gewesen und hatte eine Generalstochter zur Frau, eine aus Preußen; und Frau Krumm hörte Hermann sagen: »Da herrscht Zucht und Ordnung. Wißt ihr, bei so einem General wird bloß gehungert, aber alle Halbjahr steigt ein hochpomforzionöses Fest! Da werden lauter feine Leute eingeladen, und es gibt ein Essen wie beim König; es glitzert so von Siberfransen an den Epauletten und von raschelnden Ballkleidern. Halt ein aufgelegter Schwindel.«

Ein abgelegter Schwindel war vielleicht die Nachricht, daß der Sohn des Obermeyer, jenes Lehrers aus Gablenberg, im November achtzehn als Leutnant ins Alte Waisenhaus geflohen sei und sich hinter einer Holzlege versteckt habe. Im Wilhelmspalais wohnte damals noch der König, und weil jetzt das Volk herrschen wollte, rissen diese Kerle die Fahne mit drei schwarzen Hirschstangen auf gelbem Grund vom Dach herunter und zogen einen roten Lappen auf. Wäre aber Hermann an diesem Tag im Haus seines Königs gewesen, so hätte er der Wache »Bajonette aufpflanzen!« und »Durchladen!« befohlen, nur glaubte sie nicht, daß er das getan und etwas hätte anders machen können, als es schließlich halt gekommen war; er aber meinte, daß er seinem König eine solche Schande jedenfalls hätte ersparen können, und sagte dies zu Oberst Ruß, als sie im Flur zuschaute, wie grüne Armbinden, Gewehre und Patronen abgeliefert wurden. Irene trug ihm seine Geige nach, die er beinah vergessen hätte. Trotz der Unruhe hatten sie am vergangenen Abend musiziert; Irene hatte Hermanns Wort: »Laß mich doch einmal mit deim saudomme Beethoven in Ruh!« dem Oberst mitgeteilt, was Frau Krumm nicht verstehen konnte. Der Oberst aber hatte ›Aha!‹ gerufen und sich von Margarethe das Wort ›Geigenkasten‹ von hintenherein sagen lassen. Es war ihr schnell geglückt, und der Oberst hatte gestaunt. Eugen brachte so etwas nicht fertig, schwerfällig, abwesend und schüchtern, wie er war; wozu sollte sich der um ein solches Kunststück kümmern, das ihm weder in der Schule noch zu Hause weiterhalf? Der saß lieber unterm Dach an seinem Schreibtisch, schichtete Bücher wie ›Leitfaden der Pädagogik‹ oder das abgeschabte Naturgeschichtsbuch mit dem schwarzen Lederrücken aufeinander und kritzelte einen Brief an seinen Freund Gustav in Liebenzell, der seine Schwester war.

Irene bekam Nachricht von Emilie Feuerlein, und die schrieb jetzt aus Stuttgart. – »Gerade noch sind wir hindurchgeschlüpft, kein Wunder, daß es mir im Moment nicht ganz gut geht [gesundheitlich]; zwischen schmierigen Soldaten herauskommen, die dich für eine von den Adeligen halten, ist nicht ganz leicht. Ich erzähle es dir mal. Wenigstens ein bißchen Schmuck haben wir mitgenommen. Also adieu.«

Ihr Mann war Diener beim französischen Konsul geworden, und also hatte die Emilie Glück gehabt. Sie wohnten in einem Zimmer, das auf den Hof hinausging. Und wenn Frau Krumm in diesen Brief hineinsah, erschien ihr Stuttgart von Milchsuppenwetter zugedeckt, die Trottoirs regennaß und braun, ein Geschiebe aus Menschen in abgewetzten Mänteln, denen Straßen offenstanden, solche, die seitlich hineinführten und hinter Bretterzäunen bei entlaubten Bäumen sich verkrochen, eine Siedlung, unübersichtlich und versperrt, als wäre etwas eingedrungen, das sich streckte, ohne daß man's greifen konnte.

Seltsam, daß ihr Stuttgart jetzt so vorkam. Nein, nicht verwunderlich, weil du schon lange nicht mehr dort gewesen bist und sich vieles verändert hat...

So ging's, so fügte es sich aneinander, so pendelte es sich allmählich wieder ein. Was Frau Krumm sah, genügte ihr, die am Rand der Tage lebte. Sie sah Eugen, den schwarz lakkierten Holzkasten mit dem Messinggriff in der Hand, durch die Schnurgasse gehen, wo Stadtmusikus Gronbach wohnte, der ihn durch die Stube boxte, wenn er falsch spielte. Der Bub ging in das dunkle Haus hinein, kam aber bald wieder herunter und setzte sich in der hinteren Gasse, wo ein Misthaufen und Ziegenställe neben einer breiten Scheune zusammengedrängt waren, auf eine Treppe und sah hinein in diese Gasse mit der grauen Wärme, wo Frauen gingen, Metzger Barthelmäs sich die Hände wusch und gähnte und Kinder mit Steinnüssen spielten. Das Kinn in die Hand gestützt, wartete er und sah am Haus hinauf, dachte an die schwarze Türe der Gronbachschen Wohnung, neben der er mit dem Glockenschlage drei auf den Klingelknopf gedrückt hatte und schnell wieder verschwunden war, weil ihm nicht gleich geöffnet wurde; denn so stellte Frau Krumm sich's vor, als Eugen heimkam und sagte, Gronbach sei nicht dagewesen. Dem graute es also vor seiner Geigenstunde bei dem groben Musikus; es war ihm widerlich, bei einem Mann, den er nicht leiden konnte, etwas zu erlernen; er mußte das doch in der Schule oft genug; auch lesen tat er wenig, obwohl ihm das Buch vom Robinson gefiel; so hätte er auch gern gelebt, doch gab es dies nur in der Phantasie.

Radfahren lernen aber wollte er und schwankte vor dem Hause auf dem Rad des Vaters, rutschte mit dem Hintern auf dem Sattel, weil die Beine noch kurz waren, und Bäkkermeister Metzger rief: »Jetzt bloß Häuser weg!« Denn Eugen kam zu nahe an die Mauern, weil er noch keine engen Bögen fahren konnte; aber herunter fiel er nie.

Er war also trotz allem recht geschickt. Der kam schon durch, nur machte er's nicht auf die grobe Tour, die mit den Ellenbogen; er schaukelte und schwankte, er bewegte sich geschmeidig, daß die anderen zwar lachten, aber ihn in Ruhe ließen; so war's ihm recht. Und er ging überallhin mit, wo es etwas Neues zu sehen gab, zum Beispiel auf den Kirchturm. Dort stieg eine Wendeltreppe steinern in die Höhe, bis sie Holzstufen hatte, die tiefer ausgescheuert als zu Hause und mit Gipsbrocken bestreut waren. Er ging hinauf und ums Gerüst der Uhr herum, die tappte und knackte, während Dohlen draußen krächzten. Die Gewichte waren Steinbrocken; die Uhr rasselte gewaltig, ehe sie erschrekkend schlug. Die Buben waren vor dem Mesner oben, der langsam gehen und verschnaufen mußte auf dem allzu steilen Wege hier herauf, wo der Bretterboden hinter der Maschine des Uhrwerkes dick belegt war mit den weißen Kotspritzern und den Gewöllpäckchen der Eulen. Sie gingen auf den Kranz hinaus, um aufzupassen, bis am Friedhof draußen die Frau des Mesners winkte. Sie sahen sie jetzt, ein schwarzes Figürchen ging dort oben. Weißer als alles, was zwischen den Dächern lebte, flatterte ihr Taschentuch, und sie liefen zum Läutboden, wo Seile aus Holzösen hingen. Der schwere Koppenhöfer nahm die große Glocke, Eugen bekam die mittlere, und Häberle die leichte, weil er klein war. Der Mesner sah auf seine Taschenuhr, während sie zogen und während es schallte. Endlich rief er: »Aus!« und nun kam das Auffliegen, dessentwegen sie heraufgestiegen waren, und jeder hängte sich ans Seil und wurde hochgehoben; den Kleinen trug's am höchsten, der schwebte oben und spreizte die Beine, der war fröhlich.

Gut, es sich vorzustellen; Frau Krumm hatte Zeit dazu. Eugen gefiel die Türmerwohnung; in ihr hätte er gern gewohnt. Dort hatte jetzt Gronbach ein Zimmer; hinter den Fenstern standen Notenständer, ein Tisch war mit Trompeten, Klarinetten und Hörnern belegt, die glänzten. Und einmal, als der Bub alleine auf dem Kranz stand, hinuntersah zwischen die Dächer, wo Britschs Wäsche flatterte, kam Gronbach mit den Musikern herauf. Sie holten ihre Instrumente, es war mittags, heiß und windig. Sie traten auf den Kranz, hoben die Hörner, und Gronbach nickte. Sie spielten den ersten Vers eines Chorals. Gronbach nahm Eugens Hand, legte sie auf die Tasten der Trompete und drückte da und dort einen Finger herab, bis Eugen einmal selber drückte. Da flog ein falscher Ton hinaus.

Recht geschehen war's dem Gronbach. Eugen hatte sich gerächt, weil er von ihm geboxt worden war, damals in der Geigenstunde. Die Musiker grinsten, und einer flüsterte dem Buben auf der Treppe zu: »Du, das war ganz pfundig!« Vor dem Zubettgehen erzählte es der Bub, drehte sich im Nachthemd auf dem nackten Fuß und biß sich in die kleine Faust. Dann schaute er noch nach der Katze, einer schwarz und braun gestreiften, die Frau Hornberger gebracht hatte, als sie wieder einmal zum Putzen gekommen war. Sie wohnte am Oberen Bach nicht weit vom Abortgrubenleerer, den jeder Achal nannte. Und wenn der hinterm Haus nicht weit von Küfer Sillers Werkstatt die Bretter von der Grube nahm und den Schöpfer in die Tiefe tauchte, um seine Bütte aufzufüllen, hockten die Kinder unten hinter dem ovalen Fenster bei der Treppe, um zuzuschauen, wie Achal die Bütte auf den Rücken nahm, gegens Loch der Tonne senkte und die Brühe ins Faß klatschen ließ; sprang ihm ein Spritzer in den Nacken, dann kicherten die Kinder. Die Mutter durfte nicht erfahren, daß sie jetzt zuschauten, weil's doch unanständig war. An Achals Ärmel klebte ein gelblicher Fetzen.

Wieder dem September zu mit vielen Regenwetterabenden. Du liebe Zeit, schließlich war es schon Ende Oktober; sonst hätte ja der Bub nicht mehr auf der Bank mit dem Wachstuchpolster sitzen dürfen, und auf dem metallenen Zifferblatt der Uhr wären die Zeiger weiter vorgerückt gewesen; jetzt wurde es auch schon wieder früh Nacht. Wie ungenau man's merkte, daß das Jahr verschwand, obwohl Frau Krumm dies gerne ruhiger beachtet hätte als sie's konnte. Auch in der Jugend hatte sie es nicht genau gesehen, spürte aber das Gewässer ihrer Tage flach und rasch wegfließen und auch schräger rutschen.

Sie stellte die Kanne aus weißem Email auf den Ofen; die war aus Frankreich und hatte einen Flecken, wo schwarzes Blech heraussah; dazu goldene Streifen auf dem Deckel und am Bauch. Das Kaffeewasser sollte bis zum Abendessen kochen; sie tranken Malzkaffee, der billig war, denn jetzt hatte man's nötig, auf das Billige zu achten. Eugen war heute mit einem Zehn-Millionen-Schein zum Musikus Gronbach gegangen, denn so viel kosteten die Geigenstunden im Oktober. Gegen fünf war der Uhrmacher Hoffmann dagewesen und auf die Bank gestiegen; er hatte die Uhr umarmt und das Ohr an ihr Gehäuse gepreßt, weil sie oft nachging. Vielleicht, daß er's in Ordnung gebracht hatte und seine Hand ihm dienlich gewesen war, Zeit zu gewinnen, oder wie man das jetzt nennen wollte; denn alles genau zu benennen, gelang Frau Krumm nicht mehr so leicht wie früher. Ihr war's ja auch kaum aufgefallen, daß der Bub seit Frühjahr die Realschule besuchte, denn schließlich hatte er sich nicht verändert, und schwer fiel ihm die Schule immer noch. Für den war der Gang wichtig, den er auf abgelegte Briefumschläge zeichnete und von dem er sagte, er könne in ihn hineingehen wie hinten beim Gefängnis, wo ein Haus über die Gasse an der Stadtmauer gebaut war, nicht weit vom Amtsgericht.

Eugen hielt den gelben hölzernen Hammer des Spiels ›Glocke und Hammer‹ hoch. Niemand verstand das Spiel, und deshalb hatte er den Hammer, um an die Wand zu klopfen; was er sich dabei dachte, wußte Frau Krumm nicht. Vielleicht hoffte er, etwas zu entdecken, das nicht jeder finden konnte und nur allein für ihn aufgespart war; aber wer fand das schon. Jedenfalls sagte er auch jetzt, während er sich wie schon oft der Tür zukehrte, die hier von der Bank und nebenan, also im Herrenzimmer, vom Bücherschranke verstellt wurde, ein paar Verse, die vielleicht zum Herbst gehörten, weil es in ihnen regnete, und die – –
»Auklopfe Hämmerle,
's Brot leit em Kämmerle,
's Messer leit derneba,
Sollst mer a Stückle geba.
Biera raus, Äpfel raus,
Oder i gang ens ander Haus.
Ander Haus ist gschlossa,
Hot mi des Deng verdrossa.
Lüftig düftig isch's em Wald,
Vors Walters Türa, do isch's kalt.
Drei Rosa, drei Rosa, dia wachset ufem Stengel. – Der Herr ist schön, die Frau ist schön, das Kind ist wie ein Engel.
Rote Äpfel, Bitzalich drau:
Herr Walter isch dr schönste Mau.«

Er lachte und klopfte mit dem gelben Hammer an die Tür. »Gibt's noch nichts?« fragte er und horchte. Im Flur hatte die Glocke angeschlagen; es schellte ein zweites Mal. Da ging Frau Krumm hinüber ins bessere Zimmer und zog am Griff, der die Haustür aufschnappen ließ, wartete bei der Treppe und sah einen jungen Mann im nassen Mantel heraufkommen, einen Unbekannten, der leise sprach; es war Herr Löwenthal aus Niederstetten, der ›seinen Hauptmann‹ sprechen wollte. Hermann kam heraus, nahm Löwenthal den Mantel ab und sagte: »Sie, das freut mich aber!« Frau Krumm machte das Abendessen fertig, legte ein drittes

Stück Käse auf den Teller und nahm den Krug voll Most hinüber ins hintere Stüble.

Wie sich die beiden unterhielten, grad als ob sie alte Freunde wären; aber so war's immer, wenn einer kam, der mit Hermann im Krieg gewesen war. Löwenthal war trotzdem fast ehrfürchtig, aber Hermann sagte: »Wissen Sie noch, wie ich zu Ihnen gesagt hab: ›Löwenthal, wie wär's, wenn Sie in den Stall kämen‹?« – »Herr Hauptmann, da bin ich arg froh gewesen.« Und Hermann ließ, während sie aßen und tranken, die versunkene Zeit sehen, und Frau Krumm war's zu Mut, als käme sie in eine bisher unentdeckte Gegend hinterm Haus, freilich aus Licht und Luft gemacht. Darin streckte sich kahle Erde, und es stäubte in der Sonne. Über eine Bodenwelle mit zerrupft wucherndem Gras sah sie auf eine Wiese, wo Löwenthal einen Ballen Heu fortwälzte, den er in eine Segeltuchplane eingepackt hatte; dann aber machten ihm zwei Feldgendarmen sein Heu streitig, sagten, daß er es gestohlen habe und dafür ins Loch komme, während Löwenthal nur einen herrenlosen, frei im Gelände herumliegenden Ballen Heu geborgen hatte, was Hermann jetzt wieder beteuerte und vor fünf Jahren schon ans Regiment geschrieben hatte; denn daß er seinen Futtermeister Löwenthal bestrafte, das gab es einfach nicht. Trotzdem wurde verlangt, den Mann zur Rechenschaft zu ziehen, und Hermann brummte ihm halt drei Stallwachen auf, weil er ja sowieso im Stall war. Löwenthal fragte ihn, ob er eigentlich schon Kartoffeln habe. – »Woher soll ein Schulmeister denn Kartoffeln kriegen, wenn er bloß sein lumpiges Geld hat?« Und Löwenthal erwiderte: »Herr Hauptmann, morgen werden Sie haben Kartoffeln.«

Frau Krumm sah, daß der Mann nach etwas in der Tasche griff, das knisterte; und als er ging, lag auf der Bank eine Tüte mit Zigarren; heimlich hatte er sie als Geschenk für seinen Hauptmann aus der Tasche herauspraktiziert und liegenlassen.

Später kam Irene mit Margarethe heim, die beide bei Walters gewesen waren, jenem Chauffeur Walter, der den Postomnibus von Gaisbach, Bubenorbis und Kupferzell hereinfuhr und beim Gasthof zur ›Sonne‹ das Horn melodisch blasen ließ, welches zwei Trichter und dahinter einen Griff mit einem Ring hatte, der Frau Krumm an eine Klistierspritze denken ließ und herausgezogen und wieder hineingedrückt wurde. Und weil Walter heut spät heimgekommen war, hatte Irene zu der Frau gesagt, ihrem Mann sei sicher nichts passiert, dem gehe es recht gut, und wenn sie daran denke, was sie sich um ihren Mann für Sorgen habe machen müssen, im Krieg zum Beispiel, ach, du liebe Zeit... Der Malzkaffee war fertig, Hermann rauchte eine von Löwenthals Zigarren, und Eugen hatte großen Hunger.

Etwas anderes ereignete sich nicht; und froh konnte jeder sein, der genug zu essen hatte. Eugen warf eine Wursthaut in den Ofen; sie brutzelte auf glühenden Kohlen und züngelte in gelber Flamme hoch; er sagte: »Herrlich!« aber Frau Krumm dachte, er fürchte sich trotzdem vor diesem Feuer. Zu seinem Vater sagte er, der Walter Heyn, der Bub vom Schmied am obern Bach, habe ihm heut die Kap-der-Guten-Hoffnung-Marke gschwind gezeigt, aus der Tasche herausgezogen und gleich wieder hineingesteckt, dieselbe, auf der eine Frau liege, eine nackte. Der Vater aber glaubte es ihm nicht.

Nun gut, das war gleichgültig. Jetzt sollte er die Bibel holen. Er brachte sie herbei. Der Vater las den hunderteinundzwanzigsten Psalm vor, den Eugen gerne hörte. Die Worte waren da: »Er wird deinen Fuß nicht gleiten lassen; und der dich behütet, schläft nicht. Siehe, der Hüter Israels schläft noch schlummert nicht. Der Herr ist dein Schatten über deiner rechten Hand... Von nun an bis in Ewigkeit.«

Eines von den Kindern mußte das Vaterunser sagen; es kam darauf an, wem der Vater zunickte; und der Bub hatte Angst, er könnte sich versprechen; aber er versprach sich nicht.

Was der alles erfuhr und was er dachte, hätte Frau Krumm gern gewußt. Beim Beobachten sah jeder nur die Haut, wahrscheinlich weil er von sich selber auch nichts wußte. Denn Frau Krumm, eine Schüchterne und Unscheinbare, die ein Leiden wacher machte als die andern um sie her, glaubte etwas entdeckt zu haben, das ihr vor der Zeit im Krankenhaus unerreichbar erschienen wäre, wenn sie sich's damals gewünscht hätte; jetzt aber hatte es die Zeit herausgewaschen oder bloßgelegt, denn ihr kam's vor, als wär ihre Haut an den Fingerspitzen abgeschürft, und deshalb spüre sie jetzt mehr als früher; freilich auch schmerzhafter.

Lieber schmerzhaft als stumpf... dachte sie und paßte auf Eugen auf. Sie hörte zu, wenn er vor dem Einschlafen mit seiner Schwester sprach. Denn als es dann wieder warm wurde – im Alter wartete man auf die Wärme des wachsenden Lichts – stellte er sich im Zimmer, wo Margarethe schlief, ans Fenster, sah hinaus oder setzte sich zu seiner Schwester auf das Bett. Und dort hörte sie den Namen der Amtsrichterstochter Hedwig Buri.

Eugen ging gern am Gefängnis vorbei, sah hinauf zu vergitterten Fenstern, wo ein bärtiges Gesicht erschien und eine Hand den Krug hob; der prostete ihm also zu. Und das Mädchen sagte, mit dem unterhalte sie sich oft. Ihr Vater sehe es nicht gerne, sie wisse aber nicht, weshalb; ihr komme es so vor, als ob die Alten immer glaubten, ein Kind sei taub und blind... Da lachte Margarethe, und Eugen drehte sich auf seiner nackten Ferse. Frau Krumm sah es vom Schlafzimmer der Eltern durch den Spiegel im Schrank bei der Tür. Ein Kind merke natürlich gar nichts, sagte Margarethe, und Eugen lachte. Und wieder erzählte er von Hedwig Buri, die in der Kegelbahn des Hotels zur ›Glocke‹ dicht beim Wirtsgarten getanzt hatte, dort, wo breite Kastanienbäume über moosigen Holztischen in warmer Luft dastanden, denn jetzt war ein trockener Mai. Das Mädchen tanzte, Frau Krumm sah ihr ausgewaschenes Kleid wehen, das ihr nur knapp paßte, sah, wie es durchschienen wurde von den Sonnenlichtern einer Hecke, die an der Kegelbahn wild wucherte. Paß auf, daß du dir keinen Spreißel in die Füße stößt… dachte Frau Krumm, denn Hedwig Buri huschte über diese Bretter, wo sonst Kegel standen. Eugen lehnte an der Rinne mit den Kugeln. Es war so herrlich, wie die Hedwig tanzte, und er gab ihr ein durchsichtiges Couvert mit Briefmarken darin. – »Für deine Brüder«, sagte er. Denn es war so, daß ihre Brüder auch ganz wundervolle Kerle waren, älter freilich als der Bub, und einer gar fünf Jahre; der war ja fast erwachsen und bewundernswert. Die Briefmarken nahm er dem Vater von seinen Doubletten weg, und eigentlich war das gestohlen; doch mußte er's halt tun. Und wie mochten sich Hedwig Buris Brüder wundern, weil sie unerwartet zu den Marken kamen und weshalb? In der Volksschule hätte er einen gewissen Layer gern zum Freund gehabt, aber der war eine Klasse unter ihm. – »Hast du den amol g'sehn, Margretle? Meistens hat der so einen hellblauen Kittel mit einem weißen Krägle an und sieht wunderbar aus. Der hat ein langes Gsicht, weißt, eins mit beinah gelblicher Haut; das ist halt das besonders Feine… Und ernst sieht er auch aus mit seinem dunklen Haar… Und mit dem Büchsenstein ist er sogar verwandt.«

Herr Büchsenstein war ein auffällig eleganter Mann, der zuweilen ins Haus kam, weil er sich wie Hermann für Parapsychologisches interessierte. Frau Krumm wußte nur, daß es sich dabei um was Geisterhaftes handelte, und sagte deshalb öfters zu Irene, es heiße Gott versuchen, wenn man sich auf so etwas einlasse; und seitdem machten sie es immer, wenn sie und die Kinder im Bett lagen. Einmal aber war auch Frau Krumm dabeigewesen, und da war auf einem Kreis mit Zahlen und Buchstaben ein Glas gerutscht, ohne anzustoßen und ohne daß es gerückt worden wäre, einfach von selbst. Wörter und Sätze hatten sich gebildet, und es war sonderbar gewesen. – »Seit Sie am Tisch sitzen, Frau Krumm, geht's besonders gut«, sagte Herr Büchsenstein, der ihr merkwürdig vorkam, weil sein grauer Mantel wie ein Frauenkostüm auf Taille zugeschnitten war und sein Gesicht auch dieses Lange, Schmale und Bräunliche hatte; der sah vornehmer aus als Rektor Schott und war bloß Kaufmann. Er sagte: »Frau Krumm, Sie haben eine starke mediale Gabe«, doch wußte sie nicht, wie sie es verstehen solle, ob als Kompliment oder als etwas anderes, denn Büchsenstein sagte es lächelnd. Jedenfalls war's besser, wenn sie es als Kompliment aufnahm, doch auch im andern Sinne wäre ihr's von diesem Manne gleichgültig gewesen. Es kam ihr doch so vor, als ob den alles amüsiere und er sich heimlich lustig mache, weil Hermann und Irene diese Sache mit dem Glas, das rutschte, wichtig nahmen und fast feierlich oder ehrfürchtig drüber sprachen, eben so, als ob es unten vor sich gehe und man nicht wisse, was es von einem wolle und was es mit sich bringe. Als sie dabei gewesen war, hatte aus dem Glas Hermanns Urgroßvater gesprochen, der in Dürrmenz Dekan gewesen war und seinen Großvater mit einer Dienstmagd, jenem Fräulein Stahl, außerhalb seiner Ehe gezeugt hatte. Der Mann mußte viel getrunken haben, weil er gesagt hatte, daß er Wasser schöpfen müsse; er hielt Hermann den Kegelabend in der ›Glocke‹ vor, von dem er angeheitert heimgekommen war. – »Was ihr dort tatet, war ein wüstes Saufen. Oder willst du später einmal auch so Wasser schöpfen müssen, wie ich jetzt?« Diese Worte schrieb Irene in ein Heft, denn das Glas war schnell von einem Buchstaben zum anderen gezuckt, und alles hatte sich ganz klar gezeigt. Frau Krumm jedoch war das Gefühl nicht losgeworden, als hängten sich ihre Gedanken an das Glas, oder ihre Gedanken zögen es, nur mußten es Gedanken sein, die in einem Geheimfach lagen. Dort hinein kam nur wenig Licht... Es mutete sie fast wie etwas aus dem Keller an, das jetzt heraufgezogen wurde. Und Hermann erzählte von seinem Urgroßvater, der ein ›lebenslustiger Herr‹ gewesen war und von dem ein Porträt in der Dürrmenzer Sakristei hing; darauf hatte er einen roten Erpel‹ im Gesicht und dicke Lippen. Hinterm Namen seines Sohns stand ›Spurius‹ im Kirchenbuch; der Dürrmenzer Pfarrer hatte zu Hermann gesagt, solch einen geistlichen Blutspritzer könne man sich schon gefallen lassen, und damit hatte der natürlich recht; freilich, sein Großvater war nie in die Kirche gegangen, was man ihm schließlich nicht verargen konnte. Der lebenslustige Dekan jedoch war als Magister nach Stuttgart strafversetzt worden, denn Pfarrer durfte er jetzt nicht mehr sein.

Den Sohn hatte er anerkannt und ein Handwerk lernen lassen; das war schon allerlei. Er hätte es auch anders machen können, wie jener, von dem Julius' Schwester ihr Kind hatte und der nie aufgetaucht war. Und Frau Krumm schaute zu Herrn Büchsenstein hinüber, der glatten Gesichts am Tisch saß und das grüne Römerglas zum Munde führte. Der wollte nach Amerika auswandern und kam schon bald nach diesem Abend zum Abschiedsbesuche ins hintere Stüble, wo die Kinder mit eisernen Pfennigstücken spielten; er sagte: »Oh, wie seid ihr reich!« Vor dem Einschlafen aber fragte Eugen, ob sie das auch gehört habe, das vom Büchsenstein; das sei doch bös gewesen; oder glaube der denn wirklich, sie seien so dumm und wüßten nicht, daß das eiserne Geld jetzt nichts mehr wert sei?

Der merkte halt zu viel. Horch nicht so genau hin, dachte Frau Krumm. Wer allzu scharf hinhörte, wurde von vielerlei gequält, und das war immer schlecht. Und wieder hörte sie den Buben von Hedwig Buri und vom jungen Layer reden, abends, wenn sie, wie sie es gewohnt war, die Kinder belauschte, wahrscheinlich um etwas zu erfahren, das lebendig war und warm wie Eugens Haar, wenn er verschwitzt nach Hause kam. Die Buri-Buben hatten also einmal im Hof des Amtsgerichts Fußball mit ihm gespielt und ihn ins Tor gestellt. – »Die wollten mir doch eine Freude machen, weil ich ihnen Briefmarken bring. Der Platz im Tor ist doch ein Ehrenplatz. Aber ich bin tappig gwesen; keinen Ball hab ich erwischt, und ganz verzweifelt und froh bin ich auch gewesen, als endlich Schluß war; und geschwitzt hab ich, du kannst dir gar nicht denken wie... Ich bin doch für die viel zu klein.«

Kurz darauf sah sie, als sie am oberen Bach beim Seifensieder Böhringer einkaufte, den jungen Layer im ersten Stock am Fenster stehen, einen ernsten Knaben im hochgeschlossenen Kittel aus hellblauem Stoff, unterm Kinn einen weißen Fallkragen. Und diesen Buben konnte sie sich gut vorstellen, wie er aussah, wenn er alt war.

Das Alte und das Junge, und die Gefühle der Verschwiegenheit; denn sie wollte niemand sagen, daß sie die Kinder belausche. Zudem verschwieg Frau Krumm ihr Leiden. Es regte sich jetzt wieder, es verflocht sich krampfhaft in der Brust, als werde dort ein Netz geknüpft. Aber schlimm ist's nicht; du kannst's ertragen und für dich behalten. Und du weißt auch, was zuletzt kommt. Es wartet und es zieht sich dichter.

Sie gingen die Keltergasse aufwärts. Ein milchiger Morgen wurde von schieferfarbenen Schattennestern angetastet, die in der Feuchte dunkler Toreinfahrten ruhten; der Regen war noch nicht getrocknet, und Fachwerk sah aus Höfen her. Frau Krumm holte bei Frau Schwächler Milch, und in dem Laden, wo ein Zinkblechbecher in die Kanne getaucht wurde, daß es vom grauen Metall abtropfte, hörte sie: »Die hat ihn angestiftet. Er ist Friseur. Sein Rasiermesser ist bis auf die Halsknorpel durchgerutscht.« Das Bett sei von Blut aufgeweicht gewesen, und wahrscheinlich hätten sie jetzt beide schon erwischt: die Frau des Wirts und den Friseur, denn diese zwei habe hier jedermann gekannt; der Friseur sei aus Forchtenberg gewesen.

Das Neue und das Andere griff jetzt herein. Die Kinder würden's in der Schule hören, und Margarethe wußte sicher bald Genaues: wie beide aus der Postkutsche herausgeholt worden waren, und weshalb sie geglaubt hatten, daß sie unter den Gesetzesbarrièren würden hindurchkriechen und irgendwo anders neu anfangen können, jetzt, nachdem sich ihre Liebe mit Messer und Blut vereinigt hatte, das konnte Frau Krumm nicht verstehen. Aber Leute, die so etwas wagten, mußten's gehofft haben, anders war es nicht verständlich. Oder sie hatten mit ihren Gedanken nur hinaus ins Ungefähre gewirtschaftet, sich gehen lassend und hineinschliddernd in ein Gemisch aus Regenwetter und stöhnenden Gedanken: Fort, nur fort... Vielleicht hatte jemand den Wirt hinter den verschlossenen Fenstern ächzen hören; jedenfalls hatte er sich nicht gewehrt, weil es im Schlaf geschehen war. Der erste Schlaf aber ist immer flach und dünn, bloß eine Bodendecke... Vergiß nicht, die Tür abzuschließen.

Es rann jetzt das Gerücht unter den Türen auf die Gasse, und es schwieg das Wirtshaus nicht weit vom Laden der Frau Schwächler, wo Frau Krumm vorbeiging. Der Amtsrichter, ein dicker Mann mit Zwicker, kam heraus, begleitet von zwei Herren; einer hatte einen Photographenapparat mit Holzstativ dabei und trug ihn vorsichtig über die Stufen; er paßte auf, daß er nicht anstieß.

Sie gingen um die Ecke. Frau Krumm sah ihnen nicht nach, weil sie dachte, dies sei ungehörig und es schauten zwischen den Vorhängchen andre zu ihr her. Sie sah die Straße wie sie war, weil sie sie kannte, dachte, daß auf ihr jetzt die drei Männer allein gingen, so sanft aufwärts und wieder hinab, der Villa des Fabrikanten Naumann zu. Vorher aber bogen sie nach rechts in jene Gasse ein, wo das Gefängnis stand, dessen Mauern sie sich dunkel und rauh vorstellte, mit scharfkantigen Steinbrocken, die zwischen Quadern aufgeschichtet waren, wie es sich für einen Rest der Stadtmauer gehörte; denn Rektor Schott hatte erzählt, dort drüben beim Gefängnis seien ein paar Häuser in die Stadtmauer hineingebaut. Gegenüber aber stand das Amtsgericht, und dies war also der Bezirk, wo Eugen oft mit Hedwig Buri spielte, einmal das Mädchen über die Treppen heraufgesprungen war und ausgerufen hatte: »Der Gefängnismann hat sich mit dem Beil in die Hand gehackt, und sein Blut ist aufs Holz getropft!«

Sie glaubte die Schläge des holzspaltenden Gefangenen zu hören, obwohl der Amtsgerichtsgarten weitab lag, hinter vielen Häusern; oder ihr kam es so vor, als läge er weitab.

Die Täuschungen des Alters waren demnach so beschaffen, daß man etwas sehen konnte, das nicht offen dalag und von Mauern versperrt wurde. Frau Krumm erfuhr's als Einundsechzigjährige; sie lernte es kennen, und vielleicht war es so, daß sie auf diese Weise, also im Ausdenken oder beim Hineindenken in andre etwas sah, das gemeinhin versteckt blieb, zum mindesten nach außen hin.

Aber das waren doch nur unsichere Einbildungen. Jedenfalls kam es ihr vor, als ob sie die verschachtelten, krummen und schrägen Häuser anders sähe. Und der Bub sagte zu ihr etwas über diesen Mord im Wirtshaus; es sei dort immer schon so etwas wie ein bleiches Fleisch auf dem Geländer neben der Treppe gelegen, die steil hinaufführte zu der Tür der Wirtschaft. »So durchsichtig... wie wenn du schräg hineinsiehst auf durchgeschnittene Fische.«

»Ach, das gibt's doch nicht! Einem Haus kann niemand was ansehen. Höchstens im Nachhinein«, sagte Frau Krumm, aber das Nachhinein war wohl am wichtigsten. Erst hinterher sah auch sie, wie's gewesen war. Und nur, wenn du dir etwas überlegst, kommst du dahinter.

Der Bub schaute sie von der Seite an; er sprach leiser als früher. Sie glaubte, daß ihm etwas auf dem Herzen liege, das sie nicht kannte. Sie hatten jetzt also im Haus die Katze, dieses Schnurrle, und die Kinder wollten sie nicht auf die Gasse lassen, obwohl in der Haustür ein Durchschlupf ausgesägt war und man ihr doch im Flur den Freßnapf hätte hinstellen und ein Lager richten können. Eugen sagte, die Katze könne sich im Flur erkälten, und wenn sie fortlaufe, komme sie nie mehr zurück. Hermann und Irene sahen einander an, und dann hieß es, ja gut, man lasse sie also im Haus. Wenn Eugen auf dem Dachboden, auf dieser Bühne saß, war die Katze immer bei ihm. Dann wurde sie läufig, und Frau Krumm holte in einem Sack den Kater des Metzgersbecken, den Hermann auf dem Dachboden herausspringen ließ. Eugen stand neben ihm auf der Treppe, und Hermann reckte den Kopf, damit er alles sehen konnte; zu seinem Buben aber sagte er: »Bleib drunten. Geh nicht hinauf. Du darfst die beiden jetzt nicht stören.«

Wie folgsam war der Bub, wie still und wie abwesend. Das gefällt dir nicht... Für die Eltern freilich war's bequem, obwohl sich beide über Eugens Fehler in den französischen Schulaufgaben ärgerten und Irene zornig wurde. Dem Buben schien es gleichgültig zu sein. Und Frau Krumm rückte beim Putzen in der hinteren Stube die Photographenkiste von der Wand, wo viele Vesperbrote lagen, die sie Eugen in die Schule mitgegeben hatte; fast alle waren schimmelig, hatten graue Fäden und rochen verwest; die Papiere waren von geschmolzenem Fett durchsichtig geworden.

Frau Krumm schnitt aus den Broten ein Fressen für die Katze zurecht, die sich gierig darüber hermachte. Dann fand sie Eugens dünne Unterhose auf dem Bett und wunderte sich, daß er sie hiergelassen hatte. In der Kommode aber, die aus den Junggesellenjahren ihres Mannes stammte, einem Bauernmöbel, bemerkte sie, daß Eugens dick gestrickte Winterunterhose fehlte.

Später, als sich heißer Mittag dehnte und die Läden nach der Keltergasse dicht verschlossen waren, kam er durch den engen Gang neben dem Haus des Hörtz und mußte also am Stadtgefängnis entlanggegangen sein, wo selten jemand ging; vielleicht des Mörders wegen, der dort wieder festgehalten wurde, nachdem er auswärts verhört worden war; er sollte alles eingestanden haben. Und Eugen kam über die Treppe, sagte: »Grüß Gott, Großmutter« und ging in die hintere Stube, wo er seinen Ranzen ans Pult hängte. Frau Krumm machte die Tür zu, es war angenehm kühl, und von den geschlossenen Läden war das Licht bräunlich gedämpft.

»Warum hast du denn in der letzten Zeit dein Vesperbrot nicht 'gessen?« fragte sie. – »Aus Angst vor diesem Wurster.« Wurster hieß ein strenger Lehrer. – »Hat er dich gehauen? Hast du deshalb deine dicke Unterhose angezogen?« – »Ja, aber es hat nichts geholfen.«

Er stand da, als werde er verhört; denn einmal war auch Frau Krumm bei Gericht gewesen; sie hatte mit ihrem Mann zugehört, wie ein Dieb vernommen worden war, ein junger Mensch, der seinem Lehrherren zehn Mark gestohlen hatte; und der war so steif dagestanden wie jetzt Eugen. – »Vor mir hast keine Angst? Erzähl mir alles«, sagte sie und sah, als er dann Antwort gab, wie er sich über ein Pult legen und die Bank anfassen mußte, damit sich seine Hose spannte. Wurster hatte einen langen und dünnen Meerrohrstecken und schlug nach einer Pause, während der die Spitze seines Steckens das Hinterteil des Delinquenten sanft betupfte, unerwartet zu, daß sich der Bub aufbäumte und wild heulte. Dann ging Wurster zwischen den Bänken auf und ab und redete, um abzuwarten, bis der Schmerz verschwunden war; und langsam zögerte er es hinaus, bis er zum zweiten Schlag ausholte und danach wieder wartete, herumging, redete und zum drittenmal sein Meerrohr sausen ließ, daß es scharf knallte.

»Ich hab dreimal bekommen. Ich kann noch sechs- und zwölfmal kriegen.«

Sie sah sich sein Hinterteil an; die Striemen waren glühend rot und wurden an den Rändern bereits bläulich. Wenn sie es Hermann sagte, lachte der; oder er schwieg; oder er sagte: ›Es geschieht ihm recht‹. Aber daß er diesen Wurster zur Rede gestellt hätte, das ereignete sich nicht. Eigentlich feige... dachte Frau Krumm, aber Hermann war gerne Soldat gewesen. Daher wird es wohl kommen. Für den Buben ist es freilich schlecht, denn der wird dadurch nur verstockter; und niemand treibt ihm das Entsetzen aus, denn das ist jetzt in ihn hineingehauen worden.

Du kannst es nicht aus ihm wegwaschen, dachte sie und

sah, daß er jetzt öfter auf die Seite schaute, wenn Irene zu ihm sagte: »Guck mir ins Gesicht! Sei jetzt einmal ganz da!« Trotzdem suchte er mit den Augen immer nur das Küchenfenster, das oben einen Himmelstreifen sehen ließ und den Glanz hatte, diesen fortweisenden Schein und Schimmer mit Goldspuren, wo eine Schwalbe sich zur Seite drehte und hinterm Furchheimerschen Dache untertauchte.

Wer erspart einem Kind die Grobheit? Also kannst du nicht mal einem zehnjährigen Buben helfen.

Er saß an seinem Pult und schrieb. Ein schwarzer Vogel flatterte gegen das Fenster, krächzte und verschwand. Eugen sprang auf und rief: »Die Dohle vom Herrn Schaaf! Sie will zu mir!« Er rannte auf die Gasse. Die Dohle flog jetzt drüben bei jener Frau Reisig, wo der Seminarist Blatter einlogiert war. Eugen rannte, der Vogel schwankte ungelenk und krächzend, als ob er fortgewirbelt würde, obwohl an diesem stillstehenden, regenkühlen Tag mit trocknenden Trottoirs und Pfützen kein Wind ging. Der Bub lief heulend weiter, und viele lachten über ihn. Bei Metzger Schlör stieß er mit einer Frau zusammen, die üppig und bunt gekleidet war. Kinder rannten hinter Eugen her und johlten. Auch Frau Krumm lächelte und ging am Furchheimerschen Kleiderladen zur Hauptstraße hinüber, weil sie dachte, Eugen werde ihr dort in die Arme laufen; denn es war schlimm, wie aufgeregt er war, als müsse er sich an die Dohle hängen, um den Lehrer Wurster zu vergessen. Denn so reimte sie es sich zusammen, und es war für sie ein Zeichen, daß dem Buben alles scheußlich vorkam, was er allein auszuhalten hatte.

Er hoffte also auf die Dohle. Die sollte ihn mitnehmen und forttragen. Nein, er wollte sie nur bei sich haben; sich neben ihrem Käfig auf den Boden legen, sie anschauen; sie herauslassen und ihre kühlen Krallen auf dem Zeigefinger spüren... Aber einen Vogel im Haus haben, wenn schon eine Katze da war, das ging natürlich nicht. Die Katze warf zwei Junge, das eine schwarz, das andere getigert; und sie ließ das getigerte an ihre Zitzen, damit das andere verendete. Ob es damit zusammenhing, daß der Kater des Metzgersbecken schwarz gewesen war? Und der Polizeidiener Schmetzer nahm, als dieses Junge größer war, die getigerte Katze mit, weil er so viele Ratten hatte und diese Katze richtig wild war, wie es sich gehörte.

Da sah er also, wie es zuging, aber lernen würde der Bub daraus nichts; er kümmerte sich halt nicht drum. Falsch machte er es sowieso – wie man es macht, ist's falsch – also machte er es so, daß er Zeit hatte, die moosigen Dächer anzuschauen, hineinzugehen in seinen Gang, wo ihn niemand erreichen konnte, auch Wurster nicht mit seiner Prügelei. Er ertrug es als Abwesender und zeichnete sein Quadrat mit dem kleinen Quadrat in der Mitte, zog Striche vom einen zum andern und vertiefte sich in diese Zeichnung; aber was er sah, wenn er dies tat, das wußte Frau Krumm nicht. Der Gang schloß sich hinter dem Buben; er verschwand in ihm.

Also war der einer, der sich zurückzog in seine Vorstellungen, wie es letzthin jeder machte, weil er ohne Vorstellungen, ohne Wünsche oder Träume niemals hätte existieren können. Du brauchst's doch auch, dachte Frau Krumm. Weiß du, wie alles wirklich ist? Du weißt doch nichts von diesem Buben und bildest dir bloß ein, was er sich vorstellt; du siehst nur, was er tut und wie er aussieht, er weicht zurück, weil ihm nichts andres übrig bleibt, denn der Wurster ist stärker; der hat den Buben in der Hand; ihm ist er ausgeliefert.

Zu Hause aber hatte er's doch so, daß er das Andre spürte. Das Andre war der Vater mit den breiten Schultern, der zu ihm ›Schatz‹ sagte, und eine Mutter, von der er Empfindlichkeit mitbekommen hatte; zu den beiden gehörte er. Und seine Schwester, die war eine, die mitmachte und ihre dunkeln Augen wie ein Bub blitzen ließ, eine, die Spaß verstand. So hatte er es also wenigstens daheim recht freundlich.

Frau Krumm dachte daran, daß Margarethe einmal gesagt

hatte, er habe weglaufen und nicht mehr wiederkommen wollen; das mußte ungefähr vor vier Wochen gewesen sein, also auch schon in der Zeit, da er beim Wurster war. Ob Eugen also die Angst überm Kopf zusammenschlug und ihn fortjagte? Anmerken ließ er sich jedenfalls nichts.

Sie sah ihn dann unter den Leuten hinterm Wirtshaus, wo der Mord geschehen war; die säumten jetzt die Straße und schauten aus den Fenstern, weil der Mörder herbeigeführt werden sollte, derselbe, der ein Friseur war. – »Er muß es oben zeigen, wie er's gemacht hat«, hörte Frau Krumm hinter sich. Sie schaute zu Eugen hinüber und hoffte, daß er sie nicht sehe. Es war sonnig und warm, die Wolken und die Schwalben, die Bläue und das Grün im Garten der Villa Naumann und dort drüben, wo die Gasse zum Gefängnis abzweigte, ließen sich nicht daran hindern, so klar dazusein, wie sich's an einem Sommertag gehörte; und Frau Krumm hatte die goldene Brille aufgesetzt.

Sie kamen um die Ecke, ein kleiner, unrasierter Mann mit offenem Hemdkragen zwischen zwei Landjägern, deren Ledergamaschen glänzten und die beide recht gesund aussahen. Hinter ihnen gingen Herren. Vielleicht sind die aus Hall, dachte Frau Krumm und suchte Eugen in der Reihe auf der andern Seite, fand ihn aber nirgends.

Zu Hause sagte er nichts davon. Obwohl es den Tag über sonnig war, saß er auf dem Dachboden, und Frau Krumm ging gegen Abend zu ihm hinauf und tat, als ob sie etwas suche; sie ging an seinem Platz beim Dachfenster vorbei; dort war er nicht. Sie stieg über geschwärzte Stufen in den zweiten Dachboden hinauf, diese obere Bühne, und guckte in den luftigen und heißen Raum hinein, wo auf den Dielenbrettern Äpfel lagen. Der Bub hockte am Fenster auf einer Kiste und sah dort hinaus, wo das Tal offen lag, der Aumühle entgegen. Der Sonnenuntergang war breit gedehnt und sozusagen aufgerichtet, ausgebreitet, ein strenges Schauspiel, von dem sie dachte, eigentlich sei es unheimlich.

Dem Buben aber schien es zu gefallen; er saß wie unbeweglich und bemerkte nicht, daß sie ihn ansah. Vom schrägen, scharfe Schatten zeichnenden Licht angeschienen, das die Risse in den Balken hervortreten ließ, war er weit von ihr weg und fremd und erinnerte sie unter diesen Fensterscheiben mit den Bleifassungen an ein Bild, das sie einmal gesehn zu haben glaubte; also war's fast künstlich oder so, als ob sie's im Einschlafen sähe, wenn der Traum zu ihr herübergriff.

Am selben Abend gingen sie in die Allee hinaus, auf diesen Platz vor der Turnhalle, wo Kastanien ein Dach aus Blättern machten und im Dunkeln ein Mann durch einen Ring brennender Fackeln sprang; danach schoß er eine Pistole ab, und Eugen zuckte neben ihr zusammen. Sein Vater setzte ihn auf die oberste Treppenstufe des Artistenwagens, den er ›fahrbare Heimat‹ hieß; so konnte er dann alles sehen, zum Beispiel den Clown, der zwergenhaft stolperte und ein Rad schlug, der hinterm Mann mit der Pistole steif daherkam, die Brust rausstreckte und sich bemühte, jenes Schlenkerige nachzumachen, das der Große in den Hüften und den Armgelenken hatte, als ob er einer sei, der viel Geld habe und über seine Äcker gehe. Deshalb wurde gelacht. Ein Wind kam her, auf einer Leinwand ritten Männer lange und gerade Waldwege entlang und suchten einen Kerl, der Arizona Bull hieß; sie hatten Gewehre umgehängt und schossen, daß es dampfte. Hermann sagte, die schössen mit Mehl, und wieder lachten viele.

Schießen und Reiten, und der Clown. Der Totenkopfring an der Hand des Mannes mit der Pistole mußte dem Buben als das Sonderbarste in Erinnerung geblieben sein, denn beim Zubettgehen fragte er, was dieser Ring bedeute. – »Halt einen Spaß«, sagte Frau Krumm, weil ihr nichts andres einfiel; was sollte sie auch schon antworten. Der Bub sah sie unsicher an, als glaubte er ihr nicht, obwohl sie nichts anderes dachte. Fahrende Leute wollten doch die Menschen unterhalten, und wenn einer einen solchen Ring trug, tat er's nur, damit die anderen etwas vermuteten, das vielleicht nicht stimmte.

So war es Frau Krumm recht, daß sie alle nah beisammen lebten in dem alten, weiträumigen Hause, das siebzehnhundertelf erbaut worden war, und sie schaute oft über der Haustür das Wappen und die Inschrift an, die sorgfältig gemeißelt waren. Es mußte wohl so sein, daß das Vergangene auch in der Gegenwart noch wirksam blieb als eine Ausstrahlung von Mauern mit grünlichem Hauch, dem Licht auf Türmen, in denen es sich wohnen ließ, wie drüben im Schloß bei Herrn Rektor Schott. Und wiederum erinnerte sie sich der Wendeltreppe, über die sie zwar einmal hinaufgegangen war, aber das Licht an ihrem Ende niemals erreicht hatte.

Es eilte nicht; es bleibt dir vorbehalten, dachte sie und ging vorbei am Rathaus, hinter dem eine Viehwaage mit eisenbeschlagenem Bretterboden ruhte, der sich bewegte, wenn Eugen mit anderen Buben darauf stand, vielleicht mit Walter Heyn, von dem es hieß, daß er die Kap-der-Guten-Hoffnung-Marke habe. Und sie sagte zu sich selber: »Kap der Guten Hoffnung...« murmelte es so, daß niemand etwas hören konnte, denn die Hoffnung hatte jeder in sich, auch wenn er nicht über sie sprach. Das Alte stand vor ihr als Fachwerkhäuser und verputzte, graue Häuser, andere gelblich, mit schwarzen Streifen unter Fensterläden. Daß dies noch dastand, wie sie es vom ersten Tage kannte, als sie hergekommen war, dies machte, daß sie sich kräftiger fühlte, freilich nicht im körperlichen Sinn; denn sie war doch hinfällig. Das weicht nicht von dir... In einem anderen Bezirk und wenn du an die Kinder denkst, ist's für dich wichtig, daß es dieses Alte gibt, das dir noch fest erscheint, verläßlich, während sonst... Und ihr fielen die hohen Ziffern mit den vielen Nullen auf den Geldscheinen ein, und diese Nullen kamen ihr wie Froschlaich auf dem Weg durchs Kleb zum Scheurachshofe vor; denn dort reichte das Schilf ans Ufer, Wasser war ganz nahe, ein durchsichtiger, dunkler Boden neben den Kalkplatten; gleich ging es flach hinaus in Wasser, Schilf und Froschlaich.

Als ob dies hier hereingedrungen wäre, so kam es ihr vor. Es machte auch das Gehen in der Hauptstraße unsicher. Beim Seifensieder, wo es zum Friedhof hinüber und die alte Gaisbacher Steige aufwärts ging – aber die lag hinter dem Haus des Schmiedes Heyn, wo der gelbe Wegzeiger mit der Aufschrift ›Schwäb. Hall‹ hing – dort also lagen Seifenstücke hinter einem schmalen Fenster. An jedem Stück lehnte ein Schild mit einer Ziffer und dahinter eine Schultafel aus Schiefer, auf der mit schwerfälliger Kreideschrift zu lesen stand: ›Multiplikator, daß Gott sich erbarm, eine Billion.‹

Sie ging, nachdem sie Seife gekauft hatte, wiederum die Hauptstraße hinab. Vor dem Neptunbrunnen mit dem gußeisernen Becken, worin Goldfische schwammen, stand ein Leiterwagen. Unter seiner gebauschten Plane wurden Gewehre ausgegeben und ins Rathaus geschafft. Das waren also jetzt die Waffen, die in den Dörfern gelegen hatten und heute im Rathaus zerschlagen wurden. Dumpfe Stöße drangen aus dem Keller, es splitterte und krachte, und Frau Krumm hörte ihre Tochter sagen: »Es quält halt einen Mann, wenn Gewehre zerschlagen werden.«

Zu Hause saß Hermann in seinem Ledersessel und betrachtete eine Radierung, die er wieder an einen Tischfuß gelehnt hatte. Der Ausblick aus seinem Zimmer im Seminar war darauf zu sehen, eine Gasse, welche eine Kehre machte und an der Werkstatt eines Schmieds vorbei zum Kirchturm führte; mit schiefergedeckter Haube schaute der über die Dächer, und zwei Dachreiter spitzten ihre Ohren. Das Bild war Hermann gut gelungen; die Luft zwischen den alten Dächern und das Licht waren wie ein Gefühl zwischen Menschen auf dem Blatt oder in ihr selbst zu spüren. Sie sagte es ihm, während er eine Radierung ansah, im Haar grub oder grubelte und sich eine Locke drehte, die wie ein Horn vorragte. Er lächelte, und dieses Lächeln paßte gut zu seinen kräftigen und schönen Händen. Jetzt trommelte er mit den Fingern auf der Sessellehne und schaute die Radierung an. – »Ja«, sagte er, »so was macht mir halt Spaß. Gut, daß die Gschicht mit den Gewehren aus ist.« Und er warf die Hand beiseite: »Halt ein Krampf.«

Abends kam Herr Renner, und sie musizierten. Hermann spielte Geige, und Irene sagte: »Noch einmal von Buchstabe A an.« – »Weißt, Paule«, sagte er zu Renner, »da habe ich gefitschelt. Mein Mäusle läßt mir nix durchgehen.« Und er spielte wieder, und Herr Renner trank einen Schluck Rotwein. Dann sang er, während Irene ihn begleitete: »Dergleichen hab ich nie gesehn / Einen Menschen so rasch die Trepp hinabgehn.« Das Fenster war angelehnt, der Nachtwind strich herein. In der Keltergasse war es still. Irenes Rock reichte bis zu den Pedalen des Klaviers, über dem ein goldgerahmtes Bild hing, das ›Musique‹ hieß. Hermann hatte gesagt, das sei ein Kitsch. Frau Krumm aber kam's vor, als ob's so schlecht nicht sei, wahrscheinlich weil es schon in Gablenberg überm Klavier gehangen hatte. Und die Musik, und daß Herr Renner sang, während sie hier beisammensaßen unter einer Lampe mit Milchglasschirm und grünen Glasperlenfransen, dies alles drängte den Froschlaich der Zeit zurück, dieses quallige und gallertige Schieben, Fließen, das zwar nirgends zu bemerken war, aber trotzdem überall eindrang; wenigstens schien's Frau Krumm so zu sein. Und wiederum sah sie das Fenster des Seifensieders mit abschilferndem Farbbelag am Fensterkreuz, wo rissiges Holz bloßlag. Dahinter diese Kreideschrift auf einer Schiefertafel: ›Daß Gott sich erbarm.‹

Hermann las den neunzigsten Psalm laut vor. »Lehre uns bedenken, daß wir sterben müssen, auf daß wir klug werden«, hörte sie, und es erschien ihr als das Wichtigste für immer. Eigentlich weißt du es längst; weil du ein Leiden hast, ist's nicht verwunderlich, daß du es weißt.

Hermann sagte später: »Ich will jetzt eine« – und die Kinder schrien: »Pfeife schmauchen!« Da war sie froh. Es mußte halt weggewischt werden, weil sie lebte.

Ein gutes Leben; ihr schmeckte es noch immer. Die Haut der Welt, die immer wieder neu wird, hat sich dir erst jetzt gezeigt... Denn es war so, daß immer wieder das Licht anders wurde, wenn sich der Himmel änderte und wenn im Frühling etwas Neues kam; die Erde trieb's hervor mit ihren Flügelschwärmen, ihren Knospenspitzen, ihren Blättersträußen, und nie war's wie zuvor. Schau in die Gasse, sieh die Kinder: nichts bleibt stehen... Und vielleicht war's dies, daß niemals etwas stehenblieb und immer mit dem Reiz verschmolzen war, ohne den niemand leben konnte.

Herr Renner sang: »Horch, was kommt von draußen rein – Holla hi, holla ho!« Er sang's im Freien, auf der Waldwiese, wo Hermann sagte: »Das ist jetzt unser Waldheim!« Wie hatte Frau Krumm doch den Sommer gern. Eugen erzählte von der Schießscharte des Turmes auf dem Wartberg, wo ein Nest gelegen war mit drei grünlichen Eiern drin, nicht größer als sein Fingernagel; er hatte diese Eier nicht anrühren dürfen, weil die Vogeleltern sonst nicht mehr gekommen wären; der Vater hatte ihm's gesagt. Hermann machte eine Aufnahme, und Irene saß zwischen den Kindern und Herrn Renner im Gras, der Offiziershosen und Wickelgamaschen trug; seine Jacke und den steifen Kragen hatte er ausgezogen. – »Du, Paule«, sagte Hermann zu Renner, »da muß ich dir jetzt was erzählen!« Und er zeigte seinem Freund Paul Renner und allen, die auf der Waldwiese saßen, was am Samstag passiert war. – »Also, ich hab's unmöglich g'funden«, sagte Irene, und Hermann: »Aber jetzt wart doch, Mäusle!« Der Spaziergang über Nagelsberg und an der Ruine Zarge vorbei kam jetzt wieder herauf. Die Zarge war ein Lehnsessel aus Stein, ganz schwarz vom Moos. Nicht weit von ihr sah die Ruine Lichteneck heraus, wo Hermann sich auf ein Mäuerchen setzte, den Skizzenblock aus der Tasche nahm und die Ingelfinger Dächer im Tal zeichnete. Dann gingen sie in das Städtchen hinunter. Unter den Schuhsohlen rutschten Steine fort. Nicht weit vom grauen Pyramidenhaus der Münzprägestelle trafen sie den dicken kleinen Rilling, der Sekretär der Winzergenossenschaft war. Der nahm sie mit nach Haus. »Und weißt, Paule, beim Rilling haben wir einen gehoben – hinten hoch, vorne lauft's von selber!« Doktor Römer saß neben Frau Rilling, als sie in die Stube kamen. Es gab zu essen und es gab zu trinken. Der Bub freute sich, weil er noch nie so lang hatte aufbleiben dürfen und heute einmal in der Nacht heimgehen durfte; das war für den doch etwas, das die Schule weit weg rückte; und kein Wunder, daß er vor den Prügeln des Lehrers Wurster Angst hatte. Wie weggeschluckt von Nacht war all dieses Abscheuliche, als er zwischen den Männern ging. Das Mondlicht war blausilbern. In der Keltergasse aber stand die Haustür offen, und der Flur war hell vom Licht. Frau Krumm sah sich neben Irene in der Tür stehen, weil sie auf den letzten Zug gehen wollten, der von Ingelfingen kam. Aber dann stand Hermann mit dem Buben da.

Wieder sagte Irene: »Also, Herr Renner, ich hab's unmöglich g'funden. So spät in der Nacht! Und auch noch mit einem Kind!« Hermann lachte. Der Bub ging an den Haselbüschen im warmen Hauch der Wiese weiter, und Frau Krumm dachte wieder: immer siehst du nur den Buben... Ihr kam es vor, als ob sie sich versündige. Und sie sprach mit der Tochter Margarethe über ihr Kleid, in das Irene Blumen gestickt hatte; Hermann hatte ihr das Muster aufgezeichnet, das wie etwas aus einem Märchen aussah und das sie längst vergessen hatte. Im Himmel, diesem gleichmäßigen, blaurauchigen Dunst, schlug ein Bussard seinen lautlosen Bogen und versank; dann klang wieder sein Katzenschrei. Wenn es so bliebe, wie's jetzt ist... Hermann klappte den Photographenapparat zusammen und schob die Messingbeine des Statives ineinander; es knackte leise. Der Bub lief zum Vater und sagte, dort drüben habe er den Schwalbenschwanz gesehen und den Kaisermantel; das sei wie auf dem Galgenberg gewesen; und er erzählte vom Ausflug zum Galgenberg, der auch schon einen Monat zurücklag, eine lange Zeitstrecke für ein Kind. Die Prozession der Waldameisen, alle den schattigen Waldweg überquerend, auch diese kam ihm wieder ins Gedächtnis, als ob sie ein Ereignis wäre. – »Und weißt noch, Vater, wie die Rupfenvorhänge im Bad rauh sind, wenn du in die Kabine gehst? Und wie das teerige Holz riecht, wenn die Sonne darauf scheint?« – »Ha, freilich, Schatz!«

Es ist fast so, als ob du mit diesem Buben verwachsen wärest... Frau Krumm sah, wie er unterm Haus hindurchging, das über die Gasse an der Stadtmauer gebaut war; dort fühlte er sich scheint's am wohlsten. Er ging neben Hedwig Buri, und dann rannten beide. Als Frau Krumm auf den Platz kam, wo der Kircheneingang hersah [der hieß seltsamerweise Paradies] war sie allein vor dieser rückwärtigen Mauer einer Scheune, die wie zusammengeflickt aussah und vor der die Erde grasig war. Die Kinder verschwanden im »Hörtza Gängele«, und deshalb nahm Frau Krumm an diesem Nachmittag den Weg an der Kirche vorbei, trat durchs enge runde Tor bei Schreiner Britsch, und kam bei Sillers Küferwerkstatt von hinten zum Haus in der Keltergasse. Die Tür stand offen, wie im Sommer öfters. Langsam ging sie über die Treppe und hörte im Flur, wei Eugen Hedwig Buri das große Zimmer zeigte, dort wo ein zuckerbepuderter Hefekranz auf dem Tisch lag. Das Mädchen sagte: »Es ist wunderschön!« Und flüsternd gingen sie ins Herrenzimmer, wo, wie Frau Krumm wußte, die Vorhänge vor dem Schreibtisch zugezogen waren und braunes Licht die Schreibtischplatte und die Glastüren des Bücherschrankes glänzen ließ, als wär's etwas Besonderes; das kam nur daher, weil in dieser Stube selten jemand war, vielleicht, wenn ein Lehrer von der Realschule sonntags einen Antrittsbesuch machte, wie kürzlich jener Rieß, der eine lange Nase und schlenkerige Beine hatte.

Sie ging in die hintere Stube. Nebenan hörte sie die Kinder flüstern. Wahrscheinlich kamen die hier nicht herein, weil diese Stube nur nach Wochentagen roch, sie aber wollten etwas Besonderes finden; und Hedwig Buri hatte diese Zimmer sehen wollen, in denen Eugen wohnte, während ihm... Ihm war's peinlich gewesen, daß sie's gewollt hatte, denn Mädchen kriegten immer, was sie wollten.

Das war heiter und leicht. Am andern Morgen drang Schluchzen durchs offene Fenster, und es war eine Männerstimme. – »Der Gerichtsnotar weint«, sagte Irene, und als die Kinder horchten: »Geht ins Bad und wascht euch.« Dort hörten sie es auch, und beim Frühstück, als jedes ein Stück Hefezopf bekam, weil doch heut Sonntag war, hob der Bub seinen Zeigefinger und hatte große Augen: »Die Frau Gerichtsnotar ist heute nacht gestorben.« Also wußten es die Kinder vom Dienstmädchen. Die Glocken klangen, der helle Morgen hatte sich vor dem Haus ausgebreitet, eine Freude, die nichts nützte, weil immerzu das Weinen dieses Mannes durch die Wände drang. – »Der soll doch die Fenster zumachen!« sagte Hermann, denn ihm war's widerwärtig, wenn ein Mann so schrecklich heulte. – »Es gehört sich einfach nicht... Zuchtlos...« murmelte er. Der Kinder wegen war es freilich schlimm. Dies schaurige Gejammer, das sich in die Gasse entleerte, damit ja alle hören konnten, wie schrecklich Herr Gerichtsnotar unter dem Tode seiner Frau zu leiden hatte. Übrigens ein reicher Mann... Und sie erinnerte sich, wie er mit zitternden Schritten und so eilig, wie er konnte, an einem Sommerabend zum Rathaus gegangen war, wo das Automobil seines Sohnes von Landjägern angehalten und nach Hamsterware durchsucht wurde. Einer der Landjäger hatte dem Auto einen Tritt gegeben, bevor er's weiterschickte.

Am Nachmittag schaute Frau Krumm hinter den Kindern her, die mit Hermann und Irene in den Wald gingen. Der

Bub sah zu den Fenstern der Gerichtsnotarswohnung hinauf, wo immer noch das Weinen jammerte und stöhnte.

Frau Krumm ging in die Küche und putzte Salat fürs Abendessen. Das war eine Arbeit, die sich freundlich anließ; jetzt hörte auch der Gerichtsnotar zu weinen auf. Licht lag drüben auf dem grauen Hause, und sein Schein drang in die Küche, während sie am Fenster saß und mit dem gebogenen Messer, einer Habe, bräunliche Blätter von den grünen abschnitt, und das gelb gefaltete Innere herauslöste, dieses Herz. Eugen hatte ihr dabei oft zugesehen, und ihr war's zu Mut, als ob er nun drüben am Hackblock stünde. Er sah das Wiegemesser an, dessen Schneide glänzte. Wenn Fleisch zerhackt wurde, ging er hinaus; das Feuer aber sah er gern im Nest des Reisigs glimmen, zuerst weiß und gelb, wenn Papier brannte, bis es sich weißer und dann rötlich färbte, knackend und prasselnd hochschlug und eine Rauchzunge aus dem Loch mit den geschwärzten Ringen streckte; ihm gefiel das Samtige des Rußes hinter Flammen, das Gehäuse des Herdfeuers, wenn in der Pfanne das Fett flüssig wurde und Tropfen spritzten. – »Ich tu nicht gerne was; lieber schau ich zu«, hörte sie ihn sagen, und solch ein Wort durfte kein Lehrer hören, außer er hieß Hermann Rapp. Und sie erinnerte sich, wie er einmal Eugen gefragt hatte: »Willst net Schäfer werden?« – »Steinklopfer wäre besser«, hatte der Bub gesagt, und sie konnte verstehen, daß es zu ihm paßze, am Straßenrand auf einem Steinhaufen zu sitzen; nur war halt solch ein Wunsch bei einem Kind nicht ganz das Richtige, und wenn sein Vater lachte und: »Das kannst immer noch werden« zu ihm sagte, freute sich der Bub. Dann war alles, was auf ihn wartete, nicht ganz so schlimm, wie er befürchtete. Denn ihm graute es vor später, das sah sie ihm schon lange an.

Weshalb hatte er gesagt, Walter Heyn habe die Kap-der-Guten-Hoffnung-Marke? Es sollte eine dreieckige sein, in der eine nackte Frau lag. Er hatte schon einmal davon erzählt, jetzt aber sagte er, Heyn habe sie aus der Tasche gezogen, was halt geschwindelt war. Bald stellte sich's heraus, und nun stand er vor seinem Vater, als erwarte er den Richterspruch; aber den Richter sah man nicht, und sein Freund Heyn, der Sohn des verstorbenen Schmieds oben am Bach, der längst mit seiner Mutter nach Amerika gegangen war, der hieß wie der Freund Hein im Märchen; und wenn der in die Stube kam, starb immer einer. Ob er also sterben müsse, weil sein Freund Walter Heyn hieß?

Sonderbar. Was der sich alles dachte... »Der ist jetzt nicht mehr da, und deshalb macht es nichts«, hatte sie zu ihm gesagt und wußte bis heute noch nicht, wie sie es gemeint hatte; der Bub aber verstand's.

Unterm Herd lag die Katze und war tot. Frau Krumm holte sie mit dem Kehrwisch hervor. Margarethe legte sie in eine Schuhschachtel, und Frau Krumm sagte zu Eugen: »Rühr' sie doch an.« Da streichelte er dann die Katze, sagte: »Wie Holz unterm Fell fühlt es sich an...« und legte sie im Garten in das Erdloch, das er beim Stachelbeerbusch ausgegraben hatte, weil er glaubte, daß er dort etwas Herrliches fände. Jetzt lag die Katze da und hatte viele Blumen auf dem Leib.

Gut, wieder heimzugehen... Frau Krumm dachte dies oft, denn jetzt hieß es, Hermann sei versetzt worden; er blieb vorerst noch da, denn frühestens in einem halben Jahre war's so weit, daß er wegreisen mußte, wahrscheinlich erst im nächsten Sommer. Aber es machte sich hier in der alten Wohnung schon etwas bemerkbar, das wahrscheinlich nur ihr Gefühl war, nicht mehr in diese Zimmer zu gehören. Der ›Kocher- und Jagstbote‹ lag auf dem Tisch in der hinteren Stube, und zwischen den Anzeigen war zu lesen: »Ich verkaufe mein Haus – Studienrat Hermann Rapp, Keltergasse 428.« Das Haus war nicht größer als eine Briefmarke, schwarz und weiß, und sah anders aus als das, in dem sie wohnten. Und hier herinnen, wo die Uhr sich regte und Novemberlicht am Nachmittag silbergrau durch alle Fenster schaute, als wäre es ein verwitterter Wegzeiger mit der Schrift ›Nach Stuttgart‹, ein solcher, wie er in der Kindheit bei Gottgetreus Wengert nicht weit vom Heidehof gestanden hatte: in dieser Stube also schienen alle Möbel nicht mehr so fest dazustehen, wie sie noch vor einer Woche festgestanden waren, wahrscheinlich weil sie schon nach Stuttgart schwimmen wollten. Und Frau Krumm schaute auf das Dach des Nachbarhauses, also dorthin, wo es nach der Stadt ging, der Heimat zu, wieder zurück, wieder ins Alte, wo es gut war.

Schon verwob das Abschiedsgefühl sein graues Gewebe mit den Regensträhnen des Novembers. Ein Mann kam und wollte das Haus kaufen. Frau Krumm hörte ihn mit Hermann im besseren Zimmer reden, ein heftiges Gespräch. Worum es ging, das konnte Frau Krumm nicht verstehen; sie hörte nur, daß Hermann immer wieder sagte: »Also, ich hab g'meint: vom menschlichen Standpunkt aus kann ich Sie verstehen.« Irene sagte, es sei arg; mit Hermann sei halt sein gutes Herz durchgegangen; der habe zu dem Mann gesagt: ›Na ja, dann lassen wir halt die zweitausend Goldmark weg, weil Sie sie schwer zusammenkriegen.‹ – »Und jetzt merkt er, daß das nicht geht. Oder glaubst du, daß wir auf zweitausend Mark verzichten können?« Und Irene sagte – und da mußte ihr Frau Krumm recht geben – in eine Mietwohnung ziehe sie nicht hinein; sie wolle ein eigenes Häusle haben, und deshalb müsse man sich halt eins bauen. Das Geld aber ging knapp zusammen, besonders weil die Rentenmark gekommen war. Und zum Glück hatte Frau Krumm noch ein altes Haus in Gablenberg, dessen Dachrinne bis zu den Weidenbüschen am Bach hinabreichte, eines mit Moos auf den Ziegeln; und mit dem Geld, das dieses Künzelsauer Haus einbrachte, reichte es zu einem Vertrag mit den Herren vom Heimstättenbauverein, die beim Weißenhof in Stuttgart ein Akazienwäldchen gekauft hatten. – »Der Hermann hat den Platz schon angesehen. Im Garten will er zwei hohe Bäume stehen lassen, einen Ahorn und eine Esche.«

– »Schade, daß es kein Nußbaum ist«, sagte Frau Krumm. – »Wahrscheinlich muß der Hermann im Frühjahr schon nach Stuttgart. Du, mir graut's vor der Zeit, wenn wir hier allein im großen Haus sind.« – »Mir auch. Aber weißt noch, wie oft du zum Hermann gesagt hast: ›Wir kommen nie nach Stuttgart?‹« – »Da hab ich ihn doch immer wieder dran erinnern wollen. Weißt du, dem hat's hier gut gefallen.« – »Mir eigentlich auch«, sagte Frau Krumm.« – »Und wer freut sich am meisten von uns, wenn er von hier wegkommt?« – »Der Eugen, ich weiß schon… Und eigentlich ist's auch kein Wunder. Der hat's doch furchtbar bei dem groben Wurster.«

Ob Wurster jetzt freundlicher zu Eugen war, weil er wußte, daß der Bub nicht mehr lange sein Schüler blieb? Es war zu wünschen, denn allmählich wurde ihm die Haut unter den Augen bläulich, und er schaute auf die Seite, wenn sie mit ihm sprach. Zwar versteckte er sein Vesperbrot nicht mehr hinter der Photographenkiste, aber sie traute ihm zu, daß er's verschenkte; denn er wurde mager, und das Abwesende in seinem Gesicht nahm zu. Freilich, er hatte Kameraden, mit denen er auf der Gasse wild spielte, doch sagte er ihr einmal: »Eigentlich ist es am schönsten, wenn ich allein in Lochers Weinberg sitz.« Und er beschrieb ihr die steilen Steintreppen hinter der Villa des Stadtbaurates Ritter und daß er sich dort gern allein auf einen der Steinriegel unter Buchenhecken setzte, lauter wucherndes Gebüsch. – »Dort ist das Laub im Licht ganz gelb«, erzählte er, und dies erschien ihm als das Schönste, das es gab. Oder Radfahren, von Ingelfingen her, am Kocherfelsen vorbei, wenn unten das Wehr bei der Zigarettenfabrik glänzte und die Nagelsberger Gänse sich hinunterstürzten. Das war für immer im Gedächtnis eingeschlossen, bis es dort versank.

Der Bub brauchte etwas, das ihn leichter machte; die Buchenblätter, die im Licht gelb wurden, halfen ihm dabei. Im Sommer hatte Hermann ein J-Rad gekauft; das war die Erfindung eines Holländers, der Jaray hieß: ein Fahrrad, auf dem er wie in einem Lehnstuhl saß und die Füße an zwei Eisenstangen mit drei Zapfen drückte, ein langgestrecktes Ding mit schräger Lenkstange und kleinem Vorderrad. Bequem zurückgelehnt, schob man sich so durch eine sanfte Gegend. Und Frau Krumm sah Herrn Jaray in der Ebene drunten in den Niederlanden, die sie noch niemals gesehen hatte, weil sie kein weites Land kannte, es sich aber vorstellen zu können glaubte, wenn ihr Schwiegersohn, der Lehrer Hermann Rapp, von Flandern sprach, wo er im Krieg gewesen war.

Der mußte jetzt nach Stuttgart ziehen und sich dort ein Zimmer mieten. Als er fort war, kam's ihr vor, als ob die Wände dünn geworden seien. Jetzt warteten sie alle auf den Samstag, und vielleicht hatte es auch der Bub leichter mit dem Lehrer Wurster, wahrscheinlich weil er wußte, daß sein Schüler Eugen Rapp nicht mehr lang bei ihm war; oder er schonte ihn aus einem andern Grund, denn einmal hörte sie Eugen zu einem andern sagen: »Im Herbst bin ich nicht mehr beim Wurster. Und ihr beneidet mich deshalb.« – »Das ist das Einzige«, sagte der andere, denn von hier ging niemand gerne fort, außer er hatte Angst vor einem, dem er ausgeliefert war. Oder Wurster hatte gemerkt, daß er Eugen, auch wenn er ihn schlug, nicht mehr erreichen konnte, denn der war tief in seinen unsichtbaren Gang zurückgekrochen, den er immer noch auf Briefumschläge kritzelte und in den Verputz des Hauses kratzte, eine Zeichnung, die wie ein viereckiger Kopf mit einem Mund aussah, oder als ob ein viereckiges Kind im Quadrat eines Bauches ruhe. Weil er die Zeichnung immer schärfer in den Gips grub, waren dort jetzt tiefe Rillen, und vielleicht gelang's ihm einmal doch, in jene Gegend hinüberzukommen, von der er glaubte, dort sei's anders. So stellte sich Frau Krumm Eugens Wünsche vor; sie konnte sich nichts andres dabei denken, denn was hätte es sonst noch bedeuten sollen, als daß er sich wegstehlen wollte durch die Wand? Und die war also dünn geworden, seit sein Vater in der Stadt war; erst, wenn er am Samstagabend mit dem Zug wieder hierherkam, wenn sie ihn abholten und der Bub auf dem Bahnsteig vorauslief, weil er den Vater im Fenster gesehen hatte, spürte sie, wie alles langsam fester wurde.

Am Haus des Dentisten Brückner gingen sie vorbei, und Eugen war bei seinem Vater. – »Wie geht's dir in der Schul?« fragte ihn der, und Eugen sagte: »Ach, halt so...« Da verriet ihm Hermann, daß er sich einen Radioapparat gebastelt habe. »Und durch den kann ich mit Herrn Wurster sprechen; und der erzählt mir dann alles von dir.«

Jetzt waren sie nicht mehr weit von der Fabrikantenvilla mit Staketenzäunen, dichtem Rasen und braunroten Backsteinmauern, zu denen Eugen gern hinüberschaute; heute aber sah er auf die Weste seines Vaters und berührte dessen eiserne Uhrkette. – »Du«, sagte er und schaute zu ihm auf, »das glaub ich nicht.« Hermann sog an seiner Pfeife, um sein Schmunzeln zu verbergen; der Bub merkte es trotzdem. Es war ja auch ein klarer Abend, heute am siebzehnten Juli neunzehnhundertvierundzwanzig, und hohe weiße Wolken hatten sich hinter Garnberg zurückgeschoben, wahrscheinlich, um dem Goldbach des Himmels Platz zu machen, der vom Kleb herauf das Tal durchschien.

Er blieb bis Sonntagabend. Dann fuhr er wieder fort, weil er seine Buben unterrichten mußte, und dagegen konnte man nichts machen; trotzdem schnitt's ihr wie eine Schnur ins Handgelenk, als er wieder zum Bahnhof ging und unter der Tür die Weste glatt zog: »Schade, daß die Schneider immer so arg krumme Westen machen.« Denn Hermanns Westen waren nach vorn krumm geworden, wahrscheinlich weil Irene so gut kochte. Es war in Ordnung, daß ein Mann um vierzig eine gepolsterte Figur bekam, und Hermann stand sie gut; der hatte Muskeln, der konnte immer noch einen Zentnersack Kartoffeln nach dem andern in den Keller tragen. Und sie dachte an Löwenthals Kartoffeln, damals vor drei Jahren, und daß man heuer keine kaufen würde, weil es dumm gewesen wäre, sie hier einzulagern, wenn man, wahrscheinlich im August, umziehen würde.

Sie besprach's mit Hermann und Irene, während sie zum Bahnhof gingen. Also gut, das war in Ordnung, und beide gaben sie ihr recht. Vor dem Einsteigen stopfte Hermann seine Pfeife. Er lachte, winkte mit der Faust, aus der die Pfeife wuchs, sah durchs Fenster und ließ sein Feuerzeug eine gelbe Zunge herausstrecken.

Dann gingen sie zum Lagerhaus bei der Allee und warteten. Klingelnd senkten sich die Schranken am Übergang vor den Geleisen, der Zug schnaufte herbei und puffte vorwärts, doch Hermann schaute nicht heraus. – »Er hat es halt vergessen. Aber beim nächsten Mal...« sagte Frau Krumm. Es war fast so, als wäre er überhaupt nicht im Zug. Es war nur ein Gefühl, aber man sorgte sich halt um den Vater. Und der Bub sagte: »Hoffentlich ist ihm auch nichts passiert.«

Gut, daß es gesagt wurde; so stellst du's von dir weg... Vielleicht schickte er übermorgen eine Karte. Das wär beruhigend gewesen, und wenn sie alle ängstlich waren, dann hing's vielleicht damit zusammen, daß sie in einer Kleinstadt lebten und nicht gewohnt waren, von hier wegzufahren; immer wieder Abschied nehmen müssen, paßte nicht hierher... Aber wer wollte denn darüber spotten, es merkte ja doch niemand, was sie dachten. Und dies gehörte halt zu ihnen; sie mußten sich damit abfinden, daß sie keine andern Nerven und keine andere Haut hatten als eine dünne, durch die alles eindrang.

Am Dienstag kam dann eine Karte, und auf ihr war ein wackeliger Zug zu sehen, dessen Lokomotive einen langen Kamin hatte, fast wie eine Ofenröhre; aus dem letzten Wagen wuchs ein Riesenarm heraus, der ein Taschentuch schwenkte, als ob er eine Fahne im Wind flattern ließe. So holte Hermann jetzt sein Winken nach. Und am Samstag kam er selbst, lachte und ließ seine eiserne Uhrkette auf der krummen Weste sehen, roch nach Pfeifenrauch und gab den Kindern einen Kuß. Zu Eugen sagte er: »Grüß Gott, Schatz«, und zu Margretle: »Grüß Gott, Schätzle.« – »Mäusle, wie geht's? Ich hab den Plan für unser Häusle mitgebracht.« Er gab Frau Krumm die Hand: »Grüß Gott, Mutter. Dir hätt ich zuerst Grüß Gott sagen sollen, ja, ich weiß... Aber ich lern's halt nie. Nie werde ich ein feiner Mann.«

Man ging nach Hause; es war regnerisch, doch erwies sich dieses Wetter als das Richtige für einen Samstagabend. Im Ledersessel sitzend erzählte er von Stuttgart, wo er zuweilen ins Bräustüble ging, wenn er nicht mit den Buben der Gretel Schäfer Radio-Apparate bastelte; aber die hieß doch jetzt Roth und hatte einen Baugeschäftsbesitzer geheiratet; auch das war schon lang her... Und ihre Villa stand nicht weit vom Haus, wo Hermann bei der Witwe eines Postbeamten wohnte.

Die Lampe war herabgezogen, und sie saßen im hinteren Stüble. Auf dem Tisch lag der Bauplan, ein dünnes Heft. – »So wird unser Haus«, sagte er, »und hoffentlich gefällt's euch auch.« Es stand über einer Mauer und hatte ein Dach wie ein altes Haus. Frau Krumm gefiel's, es paßte zu den Häusern, wo sie früher gewohnt hatte. Die Kinder schauten auf das Blatt, und dann sah Margarethe ihren Bruder an. – »Das sieht ja aus wie eine... Hütte«, und beim Wort ›Hütte‹ bleichte ihre Stimme aus. Hermann lachte; Irene fragte, wie sie es sich gedacht habe. – »Halt größer.« Der Bub hätte gern einen Erker dran gehabt – »oder, noch besser: so ein Türmchen... Wißt ihr, wie am Haus vom Maler Breyer an der Amrichshäuser Steige.« Aber das war doch beinah so etwas wie eine kleine Villa, und auch Frau Krumm hatte sie schon öfters angeschaut. Hermann sagte: »Wart, du kriegst den Turm, aber jetzt noch nicht.« Die Meerschaumpfeife mit dem zerbissenen Mundstück legte er aufs Wachstuch, wischte Aschekrümel fort und fing an, auf den Umschlag des Bauplans ein krummes Schloß zu zeichnen, dem an der Ecke ein Turm wuchs, einer mit langer und spitzer Haube, wo die Wetterfahne stillstand und nach Süden zeigte, denn Südwind war Eugen am liebsten. Sein Vater sagte: »Gut Wetter im Land... Oder willst du sonst noch was?« – »Da hineinziehen«, sagte der Bub, und alle lachten.

Im besseren Zimmer hing nur noch die Klingel von der Decke, sonst war es leer. Die Möbelpacker hatten schon das Haus geräumt. – »Weißt, Robser, wenn ich nicht hineinzieh in mein neues Haus, wird es nie fertig«, sagte Hermann zu Robert Ziegler, der noch einmal zu ihm hereinschaute; sie standen vor der Haustür, und es war ein grauer Tag, an dem die Schwalben niedrig flogen. Die Kinder hockten im offenen Möbelwagen, ließen die Beine herausbaumeln, bissen in Laugenwecken und rote Würste und lachten, weil es jetzt in etwas Neues hineinging, wo's keinen Lehrer Wurster gab. Und dann war's auch wahrscheinlich so, daß denen jetzt das Durcheinander des Umzugs gefiel. – »Weißt noch, Mama, wie der Papa immer g'sagt hat: ›Baue macht Graue‹?«–»Und deshalb hat er's nie getan«, sagte Irene. – »Robser, mein Mäusle hat halt einen Tropfen schweren Blutes... Aber mir ist's wurst, auch wenn noch nicht mal das Linoleum gelegt ist. Und elektrisches Licht gibt's auch noch nicht, aber einem alten Soldaten macht's nichts aus... Ha no! Das wär gelacht! Mit Petroleumfunzeln und so weiter... aber das ist nur für kurze Zeit; halt für den Übergang.«

Der Gerbereiarbeiter Benner kam mit seiner Frau, und Küfer Siller zeigte sich; Herr Metzger trat aus seiner Weinstube; der Sattler Haag gab ihm die Hand, und Häußermann, der schlüsselklappernd aus dem Eisendepot kam, ein Kleiner, Dicker, verbeugte sich elastisch vor Frau Krumm. Der junge Furchheimer hatte Tränen in den Augen und stand vor Hermann stramm; Herr Ledermann gab ihm eine Zigarre. So rauchte er und schwätzte mit den Nachbarn: »Schade, daß der Wein schon in den Kisten liegt. Ha, das wär was, wenn wir jetzt noch g'schwind einen heben könnten! Eine Flasche Ingelfinger... was? Wir setzen uns dann auf die Staffel... Ach, kommt, wir gehen jetzt zum Metzgersbecken!«

Doch dafür war's zu spät. Irene zupfte ihn am Ärmel und flüsterte etwas. – »Mein Mäusle meint, s'langt nemme. Schad. Also, dann, wenn ich wiederkomm.« Und ein Packer schlug das Tor des Möbelwagens zu.

Rasch war's gegangen, »rasch und schmerzlos«, wie Hermann sagte. Und du bist krank, und es hilft nichts mehr. Du läßt dir nichts anmerken, schon der Kinder wegen... Irene und Hermann wußten es. Und sie, die sich seit langem mit ihrer Krankheit angefreundet hatte, mußte auf das Andere hinter der letzten Mauer warten.

Sie gingen in der Keltergasse, und der Bub sah durch gemeißelte Torbögen in Höfe hinein, wo das Pflaster feucht war; dahinter wohnte Häberle, der mit ihm die Glocken geläutet hatte. Frau Krumm kam's vor, als ob sie manches sähe, das ihr früher nicht begegnet war: einen Giebel, der vorragte, einen Stein mit gemeißeltem Gesicht und darunter die Zahl 1691; und ihr fiel ein, wie sie dort drüben, von Frau Schwächler kommend, mit der Milchkanne beim Bäcker Schoch [dem mit der zerfressenen Nase] untergestanden war, weil sie ein Regenguß dort hineingescheucht hatte. Jetzt roch's hier wieder nach frisch gebackenen Kipflich, ein Morgenduft und das Richtige für einen Abschied. Einen gesunden Geruch in der Erinnerung mitnehmen, das war wichtig. Weiter oben hatte das Haus eines Juden eine unten abgeschrägte Mauerecke, Wäsche hing unter dem Küchenfenster, und nach der Hauptstraße waren alle Fenster, wo die Woche über Felle lagen, mit rostigen Eisenläden dicht verschlossen. Es kam ihr vor, als sei in diesem Hause etwas verborgen gewesen, das kennenzulernen sie versäumt habe; doch war dies vielleicht eine Täuschung, oder sie dachte es, weil sie weggehen mußte. Sie sah auch jetzt den grünlichen Belag auf vielen alten Ziegeln und daß auf dem Dach eines Kellereingangs handbreite Moospolster hockten.

Hermann wollte noch am Friedhof vorbeigehen, um die Gedenkplatte für die Gefallenen zu sehen, wo er, als sie eingeweiht worden war, eine Ansprache gehalten hatte. Frau Krumm erinnerte sich, daß er in seinem Zylinderhut einen Zettel verborgen gehabt und Eugen dazu ›Spickzettel‹ gesagt hatte. Wieder hörte sie seine Stimme bei der Rede hier im Friedhof und dachte wie damals: sonderbar, daß er so scharf und so abgehackt spricht, als wäre er ein anderer... Windig und regnerisch war es gewesen, während heute die Luft stillstand und der Dachreiter der Friedhofskapelle über die Bäume sah, wie er es immer getan hatte. Vor der Nagelschmiede rauschte der Bach, und ein Haus zeigte hinter Bäumen sein rostiges Schild. Beim Steinmetzen Beez war die vergoldete Schrift überm Eingang scharf in den Sandstein hineingehauen.

»Also, mir hat's hier gefallen. Ich hab mich eingelebt. Und mir tut's leid, daß ich jetzt weg muß«, sagte Hermann.

»Ich auch. Aber den Wurster bin ich gerne los«, sagte der Bub.

Frau Krumm fand sich im neuen Haus zurecht und gewöhnte sich dort ein; dieses hier hatte nun also die letzte Adresse, eine andre gab es für sie nicht mehr. Du weißt es, und es ist, wie sich's gebührt. Die Fenstergesimse waren niedriger als in Künzelsau und außen auch mit Blech verschalt. Fast tat's ihr leid, daß hier die Fensterbretter nicht so rissig und vom Regen ausgewaschen waren, denn jene hatten doch zu ihrer Haut gepaßt: die tiefen Rillen, und wie hart das Holz geworden war seit siebzehnhundertelf... Den neuen und geraden Treppenstufen fehlte das Nachgiebige jener ausgemuldeten und schiefen, über die sie bisher stets gegangen war und die sich ihr unter die Sohlen gelegt hatten, als ob es Hände wären. Aber ein Mensch ging niemals auf den Händen anderer, er wäre denn die Tochter eines Kunstreiters gewesen, die von ihrem Vater in den Sattel hochgehoben wurde. Denn jetzt fiel ihr das Kindergrab eines Kunstreitertöchterleins aus Dörzbach ein, das sie in Künzelsau gesehen hatte; ein Engel war daraufgestanden und hatte die Hand hochgehalten wie ein Mädchen, das auf einem Pferde stand.

Der Zementboden im Wohnzimmer würde bald mit Linoleum belegt werden. Wenn's so weit ist, dann bist du auch noch da; es hat noch eine Weile Zeit. Denn daß sie überraschend werde gehen müssen, erschien ihr unwahrscheinlich. Du darfst noch warten, aber niederlegen wirst du dich bald müssen... Gesprochen wurde nicht darüber, und sie wußte, daß die andern daran dachten. Dreiundsechzig Jahre alt zu werden war nicht viel, doch wer es erreicht hatte, sah genauso rückwärts wie ein Achtzig- oder Neunzigjähriger; übrigens sonderbar, daß es sich so verhielt.

Jetzt brannte wieder eine Petroleumlampe mit Milchglasschirm und gußeisernem Fuß wie vor sechzig Jahren auf dem Tisch. Sie erinnerte sich dessen, und ihr fiel ein, daß ihr Vater in der Petroleumlampenzeit an den Pocken gestorben war. Sie konnte sich ihn kaum noch denken, denn es sah dunstig aus, wenn sie in jene frühen Tage zurückschaute. Da und dort waren an den Häusern Plakate angeschlagen, auf denen etwas stand, das sie nicht lesen konnte, übrigens in altmodischer Schrift; ›hier sind die Menschenpocken‹, hatte das geheißen. Aber sie hatte eine Photographie in schwarzem Rahmen, und darauf stand ihr Vater lang und hager mit zusammengezogenen Augenbrauen da, und ihre Mutter trug ein Krinolinenkleid, das glänzte.

Die Kinder machten ihre Aufgaben unter der Lampe; sie schrieben, sie beugten sich vor, und der Bub wurde nach dem Mädchen fertig. Er ließ sich in den Ledersessel seines Vaters fallen, dessen Sitzpolster den dumpfen Schuß einer gesprungenen Feder hören ließ, und stülpte sich die Kopfhörer über die Ohren; dabei schraubte er an einer Dose, in der ein Stein glitzerte, und ließ Spulen aufgewickelten Drahtes sich bewegen, die sie an Garnrollen erinnerten. Die Dosen und die Rollen aus Drahtgeflecht, die waren auf einem Zigarrenkistchen festgeschraubt.

»Großmutterle, komm her... Jetzt hörst was Feines«, sagte der Bub, und sie mußte sich in den Sessel setzen. Die Kopfhörer drückten ihr die Ohren fest, aber dann spürte sie es nicht mehr. Hell kam der Walzer aus der Ferne; sie kannte ihn, und er hieß Kaiserwalzer, eine Musik, die Julius gerne gehört hatte, denn der war doch einmal in Wien gewesen und hatte von dort einen weißen Sonnenschirm mit heimgebracht. Die Kaiserjäger sollten Federn an den Hüten gehabt haben, doch war es möglich, daß sie sich dies nur vorstellte. Jedenfalls hatte Julius ab und zu das Lied ›Da streiten sich die Leut herum‹ gesungen, und das war auch ein Lied aus Österreich gewesen.

Hermann und Irene kamen gegen halb zwölf heim. Die Kinder schliefen längst. – »Arg schön ist's g'wesen. Mit der Gretel und dem Albert war's wieder so nett«, sagte Hermann und plumpste in seinen Sessel: »Jetzt lasse ich mir noch eine Pfeif schmecken.« Er rauchte und strahlte. Gretel war mit Irene in Avenches gewesen, und Albert hieß ihr Mann. Die sollten doch so eine große Villa haben, ein Herrschaftshaus, das eine Halle mit einem Kamin hatte, wo man ums Feuer sitzen konnte; es gab dort sogar eine Galerie. Alberts Vater hatte das Haus gebaut, und Frau Krumm kam es vor, als wär es mindestens der Großvater gewesen, so weit schien alles jetzt zurückzuliegen. Wenn du dir ausdenkst, wie lang du schon auf der Welt bist und daß dein Vater nach dem achtundvierziger Jahr als Revoluzzer auf dem Asperg eingesperrt gewesen ist... also grad, als kämst du in etwas Versunkenes hinein... Hermann aber war noch jung. – »Ich hab der Gretel und dem Albert erzählt, wie ich mit dem Hugo und dem Max nach Italien gezogen bin, damals von der Kunstschule aus«, sagte er und es kam etwas her, das so war wie der Wind, wenn es in Grötzingen Mai wurde. Sie roch und schmeckte alles, sobald er erzählte. Im Gebirge hatten sie den Weg verloren, ein Gewitter war emporgekrochen und hatte sich entleert mit Nacht und Schnee; Hugos dünne Schuhe waren aufgeplatzt, und jetzt stand er durchnäßt im gelben Sommermantel da, halt zum Erbarmen. Sie lachten, aber damals war es ernst gewesen. In Innsbruck hatte sie die Kellnerin der Herberge zur Heimat nach ihrem ›Büchel‹ gefragt, und sie hatten gedacht: die meint den Paß ... obwohl sie das Handwerksburschenbuch hatte sehen wollen; deshalb waren sie fortgegangen. Der Muskateller hatte in einer anderen Wirtschaft wild geschmeckt, und Hugo war in der Unterhose dagesessen, weil er sich trocknen mußte ... Aber das gab's doch nicht; in keiner Wirtschaft durfte man in Unterhosen sitzen, oder vielleicht damals in Tirol? Dann lag das also auch arg weit dahinten ... Und die drei Kerle, Hermann, Hugo und Max, waren bis Sizilien gekommen; unterwegs hatten sie die Köpfe feiner Reisender, zum Beispiel von Engländerinnen, abgezeichnet und Geld dafür bekommen. Wichtig für die drei, denn sonst hätte es denen niemals bis Sizilien gereicht.

Das tat ihr gut. Wie schmeckte ihr solch ein Gespräch! Hermann sagte: »Mäusle, schön war's! Und jetzt hinein in d' Flohkist!« Er klopfte seine Pfeife aus. Dann sah er sich im Zimmer um, schmunzelte und sagte: »Weißt, wie ich mir hier vorkomme? Wie in Bourlon.« Und er klopfte mit dem Stiefelabsatz auf den Zementboden: »Au dessous ... au dessous!« Er machte die Französin nach, die durch ein solches Stiefelabsatzklopfen den Wein verraten hatte, der im zugemauerten Keller lag. Der Boden wurde aufgehackt, und unten war was Feines: »Ei, da lagen sie in den Regalen, also ich sag euch: lauter Spitzenweine! Und mein Feldwebel hat von jeder Sorte gleich eine probiert. Dem ist's egal gewesen, daß ich zu ihm gesagt habe: ›Wir zwei sind die letzten, die einen Rausch kriegen.‹ Der Stabsarzt hat im Rausch den Ofen umgeschmissen. Und ich habe mit meinem Burschen, also mit dem Albert Widmann – der hat doch jetzt in Gaisburg eine Wirtschaft – am anderen Morgen im Friedhof weitergebechert, nackt bis auf den Fingerring!«

Das neue Haus hatte ringsum einen Garten. Gegenüber wurde schon ein anderes gebaut; davor stand eine Bretterbude, wo Arbeiter ihr Bier kauften. Hermann schaute zu, wenn einer den Ellenbogen aufs Fensterbrett stützte und zur Verkäuferin hineinsah, einer drallen Schlampe, die das Haar scharf gebleicht und bauschig hochgesteckt trug. Ein anderer kratzte sich hinterm Schubkarren unter der Mütze, während eine aus der Kunstgewerbeschule vorbeischwebte, den Skizzenblock unterm gebräunten Arm. Der Wirt des Cafés ›Weißenhofbäck‹ füllte mit seinem Kopf das Dachfenster, und ein Straßenbahnwagen rumpelte vorbei und hielt. Dann sah Frau Krumm noch diesen kahlen Garten mit den hohen Bäumen, einem Ahorn und einer Esche. Die Johannisbeerbüsche, die Buchenhecke am Rand des Nachbargartens, die mußten noch wachsen, aber der Jakobiäpfelbaum würde bereits in nächsten Sommer tragen; doch ob sie einen dieser Jakobiäpfel dann noch sehen würde, das war ungewiß.

Der Winter ging vorbei, und sie verließ das Haus nicht mehr. Sie lag jetzt oft und wartete. Die Kinder gingen in die Schule; Hermanns Lachen drang gegen Mittag durch das Haus; Irene kam herauf und brachte ihr das Essen. Nachmittags stand sie auf und ging im Garten ein paar Schritte auf dem Mittelwege. Irene stützte sie. Doktor Rosenberg kam und sagte: »Oh, Frau Krumm, Sie rappeln sich noch einmal auf.« Aber da lächelte sie halt, denn es war gut gemeint.

Die Sonne zeigte sich jetzt mild, nur kam's ihr vor, als wäre ihr Licht ausgebleicht. Wie sie der Bub anschaute, als sie an den hochstämmigen Beerenbüschen mit den grünen Spitzen und den schwarzen Ästen vorbeiging und die Erde in den Beeten hell und trocken dalag... Übrigens gut, daß ihr der

Doktor Rosenberg keine Arzneien mehr verschrieben hatte.

Ihr Gesangbuch lag auf dem Nachttisch mit der grauen Marmorplatte. Vom Bett aus sah sie auf die schwarze Ofenröhre. Der Plafond war weiß getüncht. Jetzt dachte sie oft an die Decken der anderen Zimmer, an die rosafarbene mit der Goldleiste, wo die Kinder in den Betten der Großeltern schliefen und der Schreibtisch mit dem eingebauten Kassenschrank aufgestellt war. In der Stube aber, wo sie sich nun eingerichtet hatte, hätte der Bub schlafen sollen, denn für sie gab's hier im Haus bereits kein Zimmer mehr, nur war das freilich in Künzelsau ebenso gewesen; und wieder sah sie die hintere Stube mit der krummen Wand und darüber jenes Zimmer, wo der Bub geschlafen hatte. Dem war's wohl sonderbar erschienen, daß sie sich immer noch eine Schlafhaube überzog, deren Leinenbänder unterm Kinn festgeknüpft wurden, doch kam's ihr vor, als hätte er nie darüber gelacht. Freilich, eine alte Frau erschien jungen Menschen wunderlich, und es war sonderbar, daß sie bei ihren Enkelkindern nie ein spöttisches Lächeln gesehen hatte.

Ihr schmeckte nichts; am liebsten hätte sie nichts mehr gegessen. Aber sie aß zuweilen irgend etwas von einem irdenen Teller, dessen Rand mit einem Erdbeermuster verziert war. Seit neunzehnhundertelf oder -zwölf mußte dieses Geschirr benutzt worden sein, und es war also auch schon über fünfzehn Jahre alt; zwischendurch hatte sich das alte Geld verflüchtigt, der König war in ein Kloster umgezogen und im Sommer manchmal auf der Uferpromenade Friedrichshafens zwischen seinen weißen Spitzerhunden spazierengegangen, wo ihn Eugen einmal seinen grauen Hut hatte schwenken sehen; also hatte der Bub noch einen König zu Gesicht bekommen, obwohl der jetzt nichts mehr zu sagen hatte. Sonderbar, daß etwas nichts mehr galt, das in ihrer Jugendzeit jedem als etwas Beständiges erschienen war. Aber ihr Vater hatte einen solchen König wahrscheinlich für einen bösen Mann gehalten, sonst wäre er nicht bei den Revolutionären mitgegangen; oder es hatten ihn andre dazu angestiftet, das war auch möglich. Julius, ihr Mann, der hatte sich unter die Leute eingereiht, die im Vestibül des Neuen Schlosses am Sarg des Königs Karl vorbeigegangen waren, und Hermann erzählte oft vom Händedruck des Königs und wie er zu ihm gesagt hatte: »Gehen Sie mit Gott, mein lieber Rapp.«

Das kam nun alles zu ihr, wenn sie hier im Bette lag; sie erinnerte sich dessen. Der Laut des Windes mischte sich hinein, das Rauschen und daß ein Fenster ihres Zimmers aufgestoßen wurde. Dann stand sie auf, ging mühsam hinüber und machte es zu. Ein Gewitter ließ zwischen den Möbeln blauschwarzen Samt wachsen, und hernach waren alle Blätter hell; sie sah es durch die Scheiben. Jetzt machte sie das Fenster wieder auf, obwohl's ihr schwerfiel, hinüberzugehen. Aber dann hatte sie die Luft wieder ganz nahe, es berührte sie wie eine kühle Haut; ihr schien's, als rege sich der Ahorn mit nassen Zweigen um ihren Kopf und sie sähe Regentropfen glänzen. Wie jung das war! Und in Gedanken lief sie, ein Kind, durch den Buchenwald hinter Grötzingen zwischen schmalen Stämmchen und solchen, die wie Elefantenfüße waren, eine graue und gelbgrüne Mauer, die sich öffnete, während alle andern Mauern Grenzen waren; und über die kam sie niemals hinaus.

Sie sagte dann Irene das mit den zwei Frauen; die wechselten einander ab. Morgens nach dem Aufwachen stand die im violetten Kleide an der Tür und hatte eine rote Schleife umgebunden, das dunkle Rot der württembergischen Staatsfahne, zu dem das Schwarz gehörte. – »Die bringt immer den Schnaufer mit.« Und wenn Irene fragte: »Wie hat sie denn ausgesehen?« konnte sie nur sagen: »Eine mit hoher Stirn... Eigentlich gleicht sie der Agathe Krumm.« Und sie dachte an die Schwester ihres Mannes, die niemals gesagt hatte, wer der Vater ihres Kindes war.

»Und die andere?« fragte Irene.

»Die hat ein gelbes Kleid an und eine weiße Schleife unterm Kinn. Wenn sie am Morgen dasteht, weiß ich: heute geht's dir gut.«

»Spürst du sonst nichts als diesen Schnaufer? Hast du keine Schmerzen?«

»Nein.« Sie lächelte. Ihr fehlte nichts. Manchmal wurde ihr das Atmen schwer, und dies war dann ›der Schnaufer‹.

»Muß ich noch lang ausharren?« fragte sie in der Nacht, als Hermann und Irene bei ihr saßen; jetzt wäre sie lieber allein gewesen; sie mußte doch mit etwas zurechtkommen, das vielleicht ein halbes Pfund allzu fetter Fische war, von dem sie meinte, daß sie es gegessen habe. Dann fehlte ihr die letzte Zeile eines Lieds, die sie vergessen hatte. Und sie sagte: »Nummer siebenundneunzig, aber im alten Gesangbuch«; es lag neben dem neuen auf dem Nachttisch.

Später ging sie über eine Wendeltreppe in die Höhe, eine wie im Künzelsauer Schloß, wo sich Licht näherte. Mühsam stieg sie weiter, doch hinderte sie dieser Schnaufer, bis sie endlich lächeln durfte, als fühlte sie sich wohl, wahrscheinlich weil sie oben angekommen war.

Hermann Lenz
im Suhrkamp Verlag und
im Insel Verlag

– Andere Tage. Roman. st 461
– Die Augen eines Dieners. Roman. st 348
– Die Begegnung. Roman. Leinen und st 828
– Dame und Scharfrichter. Erzählung. BS 499
– Das doppelte Gesicht. Drei Erzählungen. BS 625
– Erinnerung an Eduard. Erzählung. Leinen
– Der Fremdling. Roman. Leinen
– Der innere Bezirk. Roman in drei Büchern. Leinen
– Der Kutscher und der Wappenmaler. Roman. BS 428
– Der Letzte. Erzählung. BS 851
– Neue Zeit. Roman. Leinen und st 505
– Der russische Regenbogen. Roman. st 531
– Spiegelhütte. BS 543
– Tagebuch vom Überleben und Leben. Roman. Leinen und st 659
– Der Tintenfisch in der Garage. Erzählung. Leinen und st 620
– Verlassene Zimmer. Roman. st 436

31/1/4.86